백연 피리소리

박연-피리소리
김동민 장편소설

초판 인쇄 | 2011년 10월 06일
초판 발행 | 2011년 10월 10일

지은이 | 김동민
펴낸이 | 신현운
펴는곳 | 연인M&B
기 획 | 여인화
디자인 | 이수영 이희정
마케팅 | 박재수 박한동
등 록 | 2000년 3월 7일 제2-3037호
주 소 | 143-874 서울특별시 광진구 자양동 680-25호(2층)
전 화 | (02)455-3987 팩스 | (02)3437-5975
홈주소 | www.yeoninmb.co.kr
이메일 | yeonin7@hanmail.net

값 12,000원

ⓒ 김동민 2011 Printed in Korea

ISBN 978-89-6253-104-6 03810

피리 소리

박연

박연은 언제나 음악에 뿌리를 내려
악기의 줄기를 뻗고 노래의 꽃가루를 날렸다.
난초 잎새 위를 흐르던 피리 선율 같은
고고한 울음이었다.

김동민 장편소설

세계 최고의 천재 음악인 난계 박연
한국의 3대 악성(樂聖), 국악의 아버지 박연!

연인M&B

피리소리

박연

난계 박연 선생을 사랑하는
사람들의 추천사

유학자와 예술인의 두 가지 길을 가다

이용희
(국회의원)

국악의 거성 난계 박연 선생의 일대기를 그린 소설 『박연-피리소리』의 출간을 기쁘게 생각한다. 훗날 세종이 된 충녕대군을 가르친 세자시강원 문학, 관습도감 제조, 예문관 대제학까지 지낸 박연 선생의 놀라운 업적은 세계 어디에 내놓아도 손색이 없음을 이 책에서 발견할 수 있다.

무릇 사람이 한 가지 일만 하기도 어려운 법인데 유학자와 예술인의 두 가지 길을 훌륭히 걸어간 박연 선생의 멀티탤런트한 면모는 오늘날에도 찾아보기 힘들 것이다.

박연 선생이 주도한 당시 음악 문화 정비사업은 우리나라 음악사를 통틀어 가장 혁신적인 것이며, 당신이 살았던 시대를 '한국의 르네상스'로 올려 세우는 데 중추적인 역할을 했음을 상기할 때, 과연 선생은 김동민 소설가가 작품 속에서 들려주고 있듯 천년을 살고 있는 인물임에 틀림없다.

우리의 소리를 찾아 빨려 들어가다

신영희
(신영희국악연구소 대표)

작가 김동민의 국악에 대한 폭넓은 관심과 연구에 깜짝 놀랐다. 국악인의 한 사람으로서 난계 박연 같은 분의 일대기를 책으로 엮어 준 것에 감사한다. 정말 고마운 일이다. 적지 않은 세월 동안 국악에 몸담아 온 나 같은 사람도 미처 알지 못했던 분야까지 섬세하게 다루어 놀라지 않을 수 없다.

국악은 그 중요성에도 불구하고 뭔가 거리가 좁혀지지 않는 특수 계층만의 영역으로 간신히 맥을 이어 가고 있는 현실을 고민했는데 『박연-피리소리』는 아주 쉽고 재미있게 우리의 소리를 찾아 빨려 들어가고 있다.

박연 선생이 피리를 불면 날아가는 새가 머물고 산토끼와 너구리가 춤을 추고 나무와 꽃이 숨을 죽였다는 대목에서 그 놀라운 재능을 닮고 싶어졌다. 시묘살이 때는 호랑이가 부모 묘지를 함께 지켰다는 전설이 있을 만큼 효성이 지극했다고 하니 나의 창 속에서 우리 효 정신을 지필 불씨를 담아내야 하겠다고 다짐해 본다.

백년을 살지 못하는 우리네 인생이 천년을 살 수 있는 길을 이 소설을 통해 만났다. 끊임없는 국악 연구에 몰두하여 나의 솟구치는 예술혼을 불태우고 싶은 강한 의욕을 느끼게 하는 인상 깊은 소설이다.

모차르트의 마술피리, 박연의 피리소리

심양홍

(탤런트 · 〈종합병원〉 외과과장)

이 책을 손에 쥐면 책장을 덮을 때까지 단숨에 읽게 된다. 초림하고 박연하고 하룻밤 안 재우고 그렇게 보낼 수 있나. 김동민 작가가 너무 매정하다. 박연이 아주 잘 그려져 있고 박연만한 인물이 나올 만큼 빼어난 영동의 풍수가 한눈에 들어온다. 청백리 맹사성과 박연이 종묘 정전에서 만나는 인연이 예사롭지 않고 특히 뜨거운 불가마 앞에서 혼자 악기를 만드는 대목에서 허준의 인내력을 봤다.

내가 드라마 〈종합병원〉 외과과장 배역을 맡고 생명의 탄생과 한국적 휴머니즘에 대해 관심을 갖고 있던 차에 만나게 된 이 『박연-피리소리』는 결코 적지 않은 감명을 주었다.

일찍이 모차르트는 죽기 전에 '마적(魔笛, Die Zauberflote, 마술피리)'을 남겼다. 그런데 박연은 어머니 뱃속에서부터 피리를 불었고 그가 태어날 때 동네 사람들이 모두 그 피리소리를 들었다는 글을 읽으면서 박연은 동양의 모차르트라는 사실에 무릎을 쳤다.

60부작 드라마 눈앞에 펼쳐지다

박은수
(탤런트 · 〈전원일기〉 일용이)

 이 소설을 보는 순간 60부작 드라마 그림이 눈앞에 펼쳐졌다. 잔잔한 음악을 깔고 겨울연가처럼 한국의 아름다운 산하를 끌어다가 세계적인 작품을 만들고 싶어진다. 사실 우리나라를 방문한 외국인들에게 어떤 한국적인 문화를 보여 줄까 고민하고 안타까워했다. 그래서 작가 김동민의 『박연-피리소리』를 영화나 드라마로 만들어 세계 각국에 수출하고 번역판도 출간하여 한국적인 작품으로 한판 승부를 걸고 싶은 욕망을 느낀다.

 외모보다 연기력이 뛰어난 참신한 신인을 등장시켜 동양적인 미덕과 분위기를 관객들에게 보여 주기에 적합한 소설 같다. 진정한 기인으로서의 박연 선생을 스크린 위에 옮겨 놓고 많은 사람들의 시선을 끌어오고 싶다. 불륜이나 폭력을 소재로 한 작품에 식상한 사람들에게 이런 스토리가 오랫동안 기억에 남는 문화상품으로 자리 잡을 날이 멀지 않을 것이다.

15세기 한국의 르네상스를 이룬 난계

정 우 택

(디지털서울문화예술대학교 총장)

조선조의 명신이며 우리나라 3대 악성인 난계 박연 선생을 소재로 한 『박연-피리소리』를 잘 읽었다. 태어나면서부터 피리소리를 내며 울었으며, 평생 피리와 연을 맺은 이야기는 과연 '국악의 아버지'로 불릴 만하다고 새삼 느꼈다.

지극한 효성, 문학, 학문, 음악 등을 모두 섭렵하고 '15세기 한국의 르네상스'를 이루어 낸 분으로서 '멀티플레이형 인재'라는 표현은 아주 적절한 것 같다. 특히 충북도지사를 역임한 사람으로서 난계 선생이 충북 영동 출신이라는 사실에 더욱 큰 관심과 높은 존경심을 우러나게 하는 소설이다.

훌륭한 책 발간에 감사하며 김동민 작가의 활발한 창작 활동과 건승도 기원한다.

역사서, 국악서로서의 귀중한 책 『박연-피리소리』

이기용

(충청북도 교육감)

『박연-피리소리』, 이 책은 1378년 출생하여 1458년에 사망한 난계 박연의 삶은 물론, 조선 시대 악기의 재료와 제작 방법, 악기의 명칭과 연주 방법, 왕실의 행사에서 연주되던 음악 등에 대한 이야기를 작가 김동민이 언어의 마술사처럼 섬세하고 세련되게 저술하였다.

이 책은 전문적인 궁중음악(향악, 당악, 아악, 종묘제례악)에 대하여 독자들이 누구나 쉽게 이해할 수 있도록 대화글로 재미있게 써내려가 음악에 관심이 부족한 독자들도 지루함 없이 계속 읽지 않고는 못 배길 정도로 흥미와 긴장감을 준다.

박연은 '배움에 있어 부끄러움이 없어야 할 것이다. 알지 못하는 것이 수치가 아니라 알지 못하면서도 학습하려 들지 않는 오만과 나태가 문제다' 라고 하면서 신분 고하를 막론하고 누구에게나 배우려 했다. 대부분 사람들은 난계 박연이 단순히 고구려의 왕산악이나 신라의 우륵과 더불어 한국의 3대 악성이었다는 사실만을 알고 있다. 그러나 저자는 이 책을 통하여 박연이 국악을 연구하기 위해 겪은 고뇌와 아픔, 음악에 대한 광적인 사랑, 부모에 대한 남다른 효심, 신하로서 임금에 대한 충성심 등 인간적인 모습을 독자들에게 전해 줌으로써 잔잔한 감동을 선사한다.

『박연-피리소리』는 박연 개인의 삶뿐만 아니라 역사서로서, 국악서로서 음악인들뿐만 아니라 교사, 학생들, 일반인들이 꼭 한 번 읽어 볼 귀중한 책으로 추천한다.

한국을 빛낸 역사 인물, 난계 박연

정구복
(영동 군수)

난계 박연 선생은 우리 고장 영동이 낳은 위대한 음악가입니다. 중국계 아악을 정비하여 국악의 기반을 닦아 놓으신 '한국 국악의 아버지' 이신 선생은 많은 종류의 아악기를 제작한 공이 크지만, 무엇보다 편경과 편종을 제작하여 한국 아악을 일본 아악과 구별시키고, 모든 악기를 조율하는 데 사용하였습니다.

저는 '한국을 빛낸 역사 인물' 의 한 분으로, 우리나라 음악의 큰 획을 그으신 박연 선생의 일대기를 그린 김동민 작가의 장편소설 『박연-피리소리』를 감히 추천하면서, 독자 여러분께서 소중한 우리의 음악을 더욱 계승 발전시키는 데 한몫을 다해 주시길 부탁드립니다.

귓전에 맴도는 박연의 피리소리

정창용
(영동군의회 의장)

난계 박연 선생의 일대기를 그린 김동민 작가의 『박연-피리소리』를 읽고 나자 정말로 피리소리가 귓전에 맴도는 듯하다.

수천 년 넘게 대물림될 수 있는 훌륭한 악기를 만드는 것이, 백년도 살지 못하는 우리네 인생이 천년을 살 수 있는 방법이라는 일념으로 음악을 개혁한 박연 선생은, 석경·편경 등의 아악기를 만들고 향악과 아악, 당악의 악보·악기·악곡을 정리, 악서를 편찬하고 궁중음악을 정비해 국악의 기반을 구축한 바, 그 파란의 인생 역정을 흥미롭게 다룬 이 책의 일독을 권한다.

악성 박연 선생이 태어난 우리 영동에서는 해마다 난계국악축제를 개최하고 있으며, 현재 44년 전통과 5년 연속 전국 우수축제로 선정되는 쾌거를 이룩하였다. 또한 난계국악박물관, 난계국악기제작촌, 난계국악기체험전수관이 자리 잡은 국악의 메카, 국악 체험 위주의 배움의 장으로 큰 인기를 끌고 있다. 특히 국내 국악계에서 손꼽히는 난계국악경연대회가 개최되는가 하면, 국내·외적으로 명성을 떨치는 난계국악단을 보유하고 있기도 하다.

난계 박연 선생을 살아 있는 듯 생생하게 그려 준 김동민 작가에게 다시 한 번 감사의 마음을 전하며 앞으로 더 많은 활동을 기대한다.

한국인의 역량과 예술혼을 전파시킬 발판

윤 석 진
((사)난계기념사업회 이사장)

김동민 작가의 『박연-피리소리』에 대한 나의 감회는 실로 남다르다. 이 소설만 보면 박연 선생을 훤히 꿰뚫어 볼 수 있을 것이다.

거의 반백 년 전인 1965년에 설립한 (사)난계기념사업회의 이사장으로서, 늘 박연 선생을 마음속에 모셔 두고 살아가고 있다.

악성 박연 선생의 국악에 대한 업적을 되새겨 현대에 계승 발전시키는 일은 누군가가 반드시 해야 할 소임이라고 본다.

우리 국민 모두가 역사소설 『박연-피리소리』를 통해 한국인의 얼을 되찾고 나아가 세계 속에 한국인의 역량과 예술혼을 전파시킬 발판으로 삼았으면 좋겠다.

조선일보와 국립중앙도서관, 교보문고가 공동주최한 '길 위의 인문학'에 이 책이 추천도서로 선정되고, 그런 과정 속에서 문화탐방단들이 난계 박연 선생의 고향인 영동에 몰려오는 일들이 계속되고 있다. 실로 반갑고 고무적인 일이 아닐 수 없다. 피리소리의 여운이 영원히 퍼져 나가기를 기원한다.

새로운 감흥과 충격으로 다가온 『박연 ─피리소리』

정원용
(충북 영동문화원장)

태어날 때 울음소리가 피리소리였다는 난계 박연 선생. 그동안 선생을 잘 알고 있다고 자부하던 나였는데 소설 『박연-피리소리』는 새로운 감흥과 충격으로 다가왔다. 크게 될 나무는 떡잎부터 알아본다고 했던가? 그래서 난계 선생은 태어날 때부터 남달랐나 보다.

선생은 유학자였지만 피리를 잘 불었고 우리나라 아악 정리와 편종 등 여러 악기를 개량하면서 우리 음악의 틀을 닦았다. 막내아들이 사육신 사건에 연루되어 죽임을 당하자 낙향하여 아들을 잃은 슬픔을 피리로 달랬다는 등 가슴 찡한 여러 일화가 소설적 재미와 함께 소상하게 그려지고 있다.

국악과 예향의 고장, 충절의 고장에서 열린 난계국악축제 때 들었던 국립국악단, 서울예술단 그리고 난계국악단의 연주가 양악에서 느낄 수 없었던 다른 감동을 주었던 것은 나의 피 속에 어느새 우리의 음악이 녹아 흐르는 까닭일까. 난계 선생의 일대기를 훌륭하고 재미있게 엮은 김동민 작가의 노고에 감사드린다.

역사의식의 고취와 우리 소리의 소중함 일깨워

박승영
(난계국악단장)

국악의 본향 영동 출신의 위대한 음악가이자 대학자인 난계 박연 선생의 일대기를 그린 장편 소설 『박연-피리소리』가 독자들의 넘치는 사랑으로 거듭 출간된다니 참으로 기쁘고 축하할 일이 아닐 수 없습니다.

특히 한국소설가협회와 한국문학평론가협회가 추천한 '한국을 빛낸 위대한 인물' 중의 한 분인 박연 선생의 혼불을 밝혀 신묘한 편경과 편종, 현의 소리 속으로 독자를 흠뻑 끌어들이게 하는 힘이 느껴집니다.

국악이라는 무거운 소재를 작가 특유의 필체로 생동감 있게 그려 잔잔한 감동과 재미를 자아내는 이 한 권의 책은, 역사의식의 고취와 더불어 우리 소리의 소중함을 일깨워 주고 있습니다.

『박연-피리소리』가 온누리에 여울져서 천년만년 흘러 흘러 세계 속에 한민족의 혈맥으로 뛰고 국악이 모든 이의 가슴에 녹아내리길 바랍니다.

머릿속에서 사라지지 않는 귀인

이 행 구
(난계국악박물관장)

 난계국악박물관을 관장하는 처자에 있는 몸인지라 국악의 아버지라고 불리는 난계 박연 선생을 주인공으로 하는 소설 『박연-피리소리』는 처음부터 관심을 끌었다. 인물들의 호흡이 살아 있고 이야기 전개도 매끄럽고 흥미가 넘쳐 금방 다 읽었다.

 마지막 책장을 덮고 나서 한참 동안 머리에 남아 사라지지 않는 부분이 '귀언을 만나다' 라는 대목이었다. 박연과 맹사성이 처음 만나 나누는 대화가 아주 마음을 끌었다. 갓 벼슬하여 관아에 나간 젊은 박연과 당시 백성들로부터 추앙을 받던 맹사성이 조선의 새로운 종묘제례악을 꿈꾸는 모습이 깊은 감동을 주었다.

 한 나라를 지켜 나가기 위해 반드시 필요한 종묘와 사직단이 세워진 곳에서 가슴속에 새로운 해 하나를 환하게 떠올리고 있는 두 사람의 포부는 오늘을 살아가는 사람들에게 큰 이상과 꿈을 심어 주기에 넉넉하다.

 이 소설이 많은 독자들에게 사랑을 받아 국악에 대한 뜨거운 열기를 뿜어내는 계기가 되었으면 좋겠다.

『박연 —피리소리』 공적비를 난계박물관 앞뜰에

(밀양박씨 문헌공 난계 박연 자손대표 제16세손 대종중회장)

『박연-피리소리』를 읽으면 난계 할아버지의 피리소리가 들려오는 듯하다.

우리 가문 이야기를 영원히 사라지지 않을 기록으로 남길 수 있게 되어 난계 후손을 대표하여 깊은 감사의 뜻을 전한다. 난계 할아버지를 모셔 놓은 경난재 앞에는 태종이 하사하신 '효자 박연'이란 글씨가 새겨진 효자비가 있다. 우리 후손들은 그 비를 보면서 늘 가슴속에 효를 새기곤 한다.

이 작품을 보면서 지금은 많이 사라져 가고 있는 우리의 전통적 미덕인 효를 실천할 수 있을 거라는 기대를 걸어 본다. 생전의 난계 할아버지를 다시 만나는 것처럼 생생하게 잘 그려진 소설을 통해 선조를 세상에 널리 알리는 작업으로 김동민의 『박연-피리소리』 공적비를 난계박물관 앞뜰에 건립할 계획도 세우고 있다.

경난재 오른쪽 처마 안에는 맑고 시원한 석간수가 나오는데 옛날에 속병을 앓는 환자들이 이것을 마시고 나았다는 이야기가 전해진다. 우리 문중에서는 '난계약수'라는 이름의 명소를 만들어 그 약수로 난계 조상을 기려 주시는 고마운 분들께 조금이라도 보답하고 싶다.

뜨거운 불가마 앞에서 박연 선생과 만나다

조준석
(대한민국 명인 국악 현악기)

박연 선생의 일대기를 그린 『박연-피리소리』라는 책에서 감명을 받았다. 박연 선생은 왕명을 받아 편경을 만들기 시작했는데 그의 지휘를 받아 편경을 제작하는 기술자들은 곧잘 불평을 늘어놓았다. "이런 무더위에 뜨거운 불가마 앞에 앉아 있어야 하다니, 이건 정말 너무하는 거라구. 정말 힘들어 못 살겠다."고 불평을 했다.

그러나 박연 선생은 귀머거리라도 된 듯 묵묵히 일만 했다. 그래서 기술자들은 내 평생에 저리도 지독한 양반은 처음이라면서 도망을 가 버렸다. 그런데도 박연 선생은 "더위란 놈이 기술자들을 모조리 몰아내 버렸다며 나라도 계속해야지." 하면서 점심을 거른 채 일에 열중했다. 배가 고픈 것도 불길이 뜨거운 것도 더 이상 방해물이 되지 못했다고 한다.

나도 박연 선생처럼 악기 제작할 때 이런 어려움을 접할 때가 많다. 이제 『박연-피리소리』 속에서 선생님과 만나고 대화하고 그것을 후손들에게 알리는 작업에 집중할 생각이다. 위대한 박연 선생을 사랑하는 사람들이 많이 늘어났으면 좋겠다.

『박연 ─피리소리』를 통해 편종을 꼭 이루어 내고 싶다

박 해 도
(대한민국 명인 금속공예)

박연 선생 생애를 흥미롭게 그려 낸 소설이다. 박연 선생은 뜨거운 불가마 앞에서 작업을 했다는 대목이 가슴을 찡하게 한다. 나도 제39회 난계국악체험장에서 5개의 편종을 만들고 있었는데 2300도 이상 올라간 적이 있고 구경꾼 하나 없이 홀로 일했다. 편경을 만들 때 박연 선생은 청동의 비율을 갖고 음을 잡은 것 같다.

금속을 하면서 악기 계통을 보니 악기를 다루는 사람은 금속을 모르고 금속을 다루는 사람은 악기를 몰랐다. 그런데 『박연-피리소리』 속에서 박연 선생은 피리를 잘 다루고 금속을 아니까 그것이 조화되어 그렇게 훌륭한 소리가 나온 것 같다.

우리가 선조들이 했던 일을 못하고 있어 안타깝다. 편종만큼은 꼭 이루어 내고 싶다. 금속을 다룰 수 있는 것은 충분하고 금속을 녹여서 편종을 만드는 것도 가능하고 금속의 비율 조절로써 소리를 잡아 나가다 보면 옛날 박연 선생처럼 놀라운 성과를 거둘 것 같다.

이 책을 좀 더 빨리 알았더라면 성과가 보다 빨리 왔을 것인데 하는 아쉬움이 있다.

민족음악 발전에 남긴 업적에 고개 숙이며

소순주
(대한민국 명인 장구 제작)

학교 다닐 때 음악 시간을 통해, 난계 박연 선생은 우리나라 3대 악성 가운데 한 분이라는 사실을 배워, 막연히 그 정도로만 알고 있던 차, 이번에 김동민 작가의 『박연-피리소리』를 접하고서 비로소 박연 선생에 대해 보다 자세히 알게 되었다.

우리는 조상님들로부터 귀중한 재산을 물려받았음에도 불구하고 그 값어치를 모르고 있는 것 같다. 서양 문물에 대한 무분별한 추종으로 인하여 우리의 소중하고 아름다운 전통이 퇴색되어 가는 아쉬운 현실 속에, 박연 선생을 기리는 이 소설이 대중들에게 많은 사랑을 받았으면 하는 바람이다.

난계 선생이 태어나신 고장 영동에서 우리나라 전통악기(타악기)를 만들고 있다는 것만으로도 선생의 기(氣)를 느낀다. 조선 시대 미비한 궁정음악 정비와 우리 민족음악 발전에 남긴 업적에 고개 숙이며, 나의 모든 역량을 기울여 악기 제작에 최선을 다해야겠다고 다짐해 본다.

피리소리

박연

차례

탄생의 소리

고려 우왕이 열 살의 어린 나이로 이인임·왕안덕 등에 의해 옹립된 지 네 해째가 되는 1378년 8월 20일, 충북의 남단 영동군 심천면 고당리에서는 아주 신비스러운 일 하나가 벌어지고 있었다. 그 기이한 사건이 생겨난 곳은, 비단의 물이라고 하여 이름한 금강錦江이 감아 흐르는 그 고을, 밀양 박씨密陽朴氏 천석天錫의 정부인貞夫人 경주 김씨慶州金氏 처소인 내당內堂이었다.

거기 삼사좌윤 댁 사내 계집 하인배들은 경악의 눈빛으로 서로의 얼굴을 망연히 바라볼 뿐이었다. 그들은 아씨마님이 초산初産을 치르는 방에서 새 나오는 소리에 연신 귀를 문질렀다. 그 신기한 소리는 마침내 영감마님이 거처하는 사랑채까지 퍼져 나갔다. 부인이 몸을 푸는 동안 지그시 눈을 감고 서안 앞에 앉았다가 벌떡 일어나 방 안을 서성거리기도 하며 초조해하던 천석은 깜짝 놀라 큰소리로 아랫사람을 불렀다. 그러자 수십 년 이 집 종살이를 해 온 순돌 아범이 섬돌 아래 짚방석처럼 커다란 머리통을 조아렸다.

"예에, 영감마님! 쇤네 여기 대령했사옵니다."

천석은 애써 체통을 잃지 않으려는 기색이었지만 평소 쇳소리 나는 음성이 어쩔 수 없이 크게 떨려 나왔다.

"저, 저게 대체 무슨 소리란 말인고? 너 지금 냉큼 달려가 알아 오너라, 어엇!"

그러나 순돌 아범은 쌩 바람같이 분부를 받들 생각은 하지 않고 그저 머뭇거리기만 했다. 순돌, 천성이 소보다 가탈 없이 순하고 몸이 돌처럼 단단하다 하여 전 당주當主 우문관대제학 시용時庸이 지어 준 이름이다. 천석의 노기 띤 음성이 다시 시퍼런 불칼로 떨어져 내렸다.

"네 이노옴! 내 말이 들리지 않느냐? 당장 물고를 내렸다?"

무는 호랑이는 뿔이 없다더니, 혼자서 사정을 다 알아볼 수 없는 천석은 답답해 미칠 것처럼 보였다. 한데도 순돌 아범은 계속 죽을상을 짓고 심한 말더듬이같이 아뢰는 것이 술술 내려가지 못했다.

"여, 영감마, 마님……."

"허어, 이런 고얀 놈을 봤나! 내 네놈을 당장 이 자리서 요절을……."

순돌 아범은 물푸레나무 뿌리같이 딴딴하고 거친 두 손을 싹싹 비비며 고했다.

"마, 말씀 오, 올리겠사옵니다. 시, 실은 애기씨…… 애기
씨……."

순간, 천석의 안색이 막 패기 시작하는 보리 싹처럼 파랗게
질려 버렸다.

"무어라? 그, 그럼 아, 아기가 자, 잘못되기라도 해, 했단 말
이더냐?"

그때 언제 달려왔는지 순돌 아범 옆에 와 선 팽실네가 얼른
대신 전했다.

"그, 그런 게 아니오라, 애기씨 울음소리가……."

대청마루에 서서 눈을 부릅뜨고 호통치던 천석은 머리 위 도
리 쪽에서 늘어뜨려진 보라색 끈을 잡으며 가까스로 몸을 지
탱했다.

"그, 그러니까 지금 저 소리가 애기 울음소리다, 그런 말이
렷다?"

순돌 아범과 팽실네는 더 이상 사뢰지는 못하고 한층 머리만
땅에 닿아라 떨구었다. 웬만한 남정네라도 당해 내지 못할 만
큼 튼실한 데다가 무슨 일이 있으면 그 큰 눈을 팽이처럼 빠르
게 굴리는 버릇 탓에 팽실네로 불리는 팽실네지만, 지금 그 순
간만은 눈동자가 목각인형의 그것처럼 한 곳에 박혀 버린 듯
했다.

"어어, 해괴한 일이로다! 세상에 처음 나온 아이가 내는 소
리가 저러하다니……? 허, 믿을 수 없도다."

그때였다. 그 소리는 사람들에게 좀 더 똑똑히 자기를 인식

시켜 줄 것처럼 보다 크고 정확하게 울려왔다. 놀랍게도 그것은 갓 태어난 아기 울음소리가 아니었다. 그렇게 믿기에는 너무나 달랐다. 그 소리는 어느 누가 들어도 영락없는 그 소리였다. 피리소리…….

'세상에, 이제 막 어미 뱃속에서 빠져나온 아이가 피리소리를 내다니? 저게 무슨 징조냐?'

그런데 그런 생각을 굴리던 천석의 혼미한 머릿속이 문득 어떤 기억으로 확 밝아졌다. 마치 어둠 속에서 부싯돌을 쳐서 불을 일으킨 것처럼. 그 경황 중에 미처 떠올리지 못했던 일이었다. 그리고 그제야 천석은 아직 부인이 낳은 아이가 사내인지 여식인지조차 물어보지 않았다는 사실을 깨달았다. 그러자 순돌 아범보다 눈치코치 열 배는 빠른 팽실네가 고정됐던 눈알을 움직이며 약간 비뚤어진 입을 열었다.

"영감마님, 기뻐하시옵소서! 도련님이시옵니다."

"허어, 이 집 장자가 태어났다, 그런 말이렷다?"

어쨌든 천석은 흡족하고 기뻤다. 아직도 중죄를 지은 듯 몸 둘 곳을 몰라하는 아랫것들을 물리치고 나서 방으로 들어와 옷자락 끝을 획 돌려 서안을 마주하고 위연히 좌정했다. 길쭉한 얼굴에 길게 늘어뜨린 턱수염을 매만지며 천천히 감은 눈 앞에 배태했던 부인 모습이 되살아났다.

통례문부사 김오金珸의 따님인 부인은 남달리 정이 많고 사려 깊고 정숙한 여인이었다. 그런 부인이 지아비에게 그런 소리를 해 올 땐 여간 오랫동안 많이 고심하지 않았을 것이다. 그날, 해서楷書를 약간 흘려 쓴 열두 폭 병풍에 그림자를 일렁이게 하는 등잔불보다 더 붉어진 얼굴로 부인은 긴 시간 혼자서만 닭이 알 품듯 해 왔던 말을 꺼냈다.

"저, 실은······."

"부인! 어서 말씀해 보시구려. 우린 촌수가 없다는 부부가 아니오. 그런 사이에 말하지 못할 게 뭐가 있겠소. 그러니······."

"그렇게 말씀하시니······."

그러면서 부인이 털어놓는 사연은 지난여름 동구 밖 고목을 벼락이 세상을 쪼개 버릴 듯한 굉음으로 내리칠 때도 눈 하나 깜짝 않던 천석으로서도 대단한 충격이 아닐 수 없었다.

"아, 부인 뱃속에서 피리소리가 나는 것 같다, 그런 말씀을 지금 하신 게요?"

"예······."

"부인! 신경이 너무 예민해지신 것 같소. 산부産婦의 불안하고 초조한 심사를 내 모르는 바 아니지만, 어찌 그런 일이 있을 수 있겠소?"

그러나 평소 지아비의 어떤 말에도 묵묵히 순종하던 부인이 이날은 완강했다.

"틀림없이 그런 소리가 나옵니다. 소첩, 왠지 무섭고 두려워 견딜 수가 없습니다."

천석은 사태가 예사롭지 않다는 것을 깨달았다. 그만큼 부인의 얼굴은 심각하고 수심에 차 보였다. 천석은 약간 부은 듯하나 여전히 고운 부인의 손을 잡아 가만히 자기 몸 쪽으로 끌어당겼다. 부인 몸속에 씨가 자라고 있어 합방을 하지 않은 날이 꽤 오래되었다. 천석은 부인 이야기를 매몰차게 나 몰라라 할 수는 없어 앞동산같이 둥그런 배에 귀를 갖다 댔다가 떼내며 말했다.

"보시오, 부인. 내 귀에는 아무 소리도 들리지 않으오. 부인 몸이 많이 허해져서 환청이 들리는 듯하오. 내 부인 몸 보하는 탕제를 새로 지어 올리도록 명하겠소. 그리고 해산하면 곧 드실 수 있도록 사람을 시켜 부인 보혈에 약으로 쓸 가물치도 제일 큼직한 놈으로 구해 놓도록 하였으니 그저 마음 턱 놓으시고……."

그러나 부인은 여전히 자기 말을 믿지 않아 안타깝다는 표정이었다.

"어찌 이렇게 똑똑히 들리는 소리를……?"

"허허, 조금도 괘념치 마시라니까 자꾸 그러시오? 내 언제까지고 저 병풍처럼 세상의 온갖 바람으로부터 부인을 가리고 막아 줄 작정이오."

뒷산 쪽에선가 들려오는 부엉이 소리가 그 밤에 유난히 정겨웠다. 아마 이 땅 곳곳에 사는 텃새 수리부엉이일 것이라 짐작하며 부인을 바라보는 천석의 눈썹이 솜을 꼬아 만든 심지처럼 검고 짙었다.

아이가 잠시 울음을 그친 모양일까. 피리소리는 끊어져 있었다. 하지만 천석의 마음은 여전히 월이산 자락의 뒤엉킨 칡넝쿨같이 복잡했다.

'이런 일이 있으려고 부인이 그런……. 그건 그렇고 아, 저 애가 장차 무엇이 되려고……?'

천석은 보료 앞에 놓인 직사각형 모양의 오동나무 연상硯床 상단에 덮인 두 짝의 뚜껑을 열어 벼루를 들어내고 서랍 속에서 먹과 붓을 꺼냈다. 이어 벼루의 먹을 가는 묵당墨堂에 물방울을 조금씩 부어서 갈아 곧 나오는 검은 빛깔 먹물을 묵지墨池에 모았다. 천석은 묵지에 있는 물을 먹으로 끌어올리면서 가는 것은 좋지 않다는 것과 먹은 직각의 반 각도로 벼루 면에 갈리도록 하여 부드럽게 천천히 움직여야 한다는 것을 아버지에게서 배웠었다.

이윽고 그는 종이를 펼쳐 놓고 붓두껑에서 빼낸 붓을 들어 글씨를 쓰기 시작했다. 지금처럼 심란하거나 괴로울 때면 곧잘 하는 행동이었다. 정성을 들여 한 자 한 자씩 적어 나가면, 평면의 널에 네 다리를 끼우고 사방이 틔게 만든 연상 하단처럼 마음이 툭 트였다.

그런데 그 순간은 그렇지 못했다. 도무지 글이 이루어지지 않았다. 붓봉 끝이 예리하고 흐트러지지 않은, 명나라 문헌에도 소개되어 있을 만큼 훌륭한, 귀한 족제비털로 만든 붓이었지만 소용이 없었다. 자꾸 파지만 냈다. 끝내 붓을 내던지고 말았다.

천석은 다시 자리를 박차고 일어나 쥐가 난 다리를 이끌고 뜰로 나왔다. 하인은 아무도 보이지 않고 햇살 좋은 화단에 피어난 난초의 자태만 이날 따라 한층 눈길을 끌었다.

마야고摩耶姑 신화가 생각났다. 소백산맥 남단 지리산의 성모신聖母神 마야고가 그리도 사랑하는 반야般若를 위해 옷을 지었다가 반야가 쇠별꽃밭으로 가 버리자 너무 화가 나서 옷을 갈가리 찢어 버렸는데 그 실오라기가 나무에 걸려 풍란이 되었다던가.

그러고 보니 꿈에 난초를 보면 아들을 낳는다는 속설이 맞아떨어진 듯했다. 얼마 전 꿈에도 천석은 부인이 난초가 흐드러진 화원에서 환히 웃고 서 있는 모습을 보았었다. 풍문에 의하면 정몽주 어머니도 태몽에 난초를 꾸었다고 해서 정몽주의 초명初名을 몽란夢蘭이라 한다 했다. 아버지 시용도 살아생전에 난초를 기르면 가문에 상서롭지 못한 일이 생기지 않도록 막아 주고 잎을 달여 마시면 노화 현상이 없어진다 하여 난을 심고 난 그림을 집안에 걸어 두어 요사스런 귀신 물리치기를 했었다.

그런 가풍 속에서 살아온 천석은 대대로 집안에 많이 키우는 저 화초처럼 고고함을 잃지 않으리라 다짐을 하곤 했다. 지나치게 많은 거름을 필요로 하지 않는 그 속성이 청렴한 선비 기질을 닮았다고 일러 주던 선친이었다. 하지만 그가 녹봉을 먹고사는 고려 국운은 이미 서산에 간신히 걸린 해처럼 기울대로 기울어져 있었다. 아직 늦더위가 머무는 계절인데도 마음속에는 오래 불을 지피지 않은 온돌방 같은 냉기가 차오르기만 했다.

 장자를 얻은 이 좋은 날에 무슨 무겁고 어두운 생각이냐고 그는 한껏 고개를 흔들었다. 그러자 그 순간을 기다리고 있었다는 걸까. 한동안 잠잠하던 피리소리, 아니 아기 울음소리가 다시 터져 나왔다.

 그때였다. 천석은 놀란 눈으로 바라보았다. 그 청아한 피리소리가 난 이파리에 미끄러지듯 흐르는 것을. 난도 피리소리에 맞춰 빼어난 몸을 기쁘게 움직이는 것을. 천석의 가슴도 덩달아 선산발치 길섶에 유난히 많이 서식하는 방아깨비 방아찧듯 뛰었다.

 '그렇다! 이건 흉조가 아니다. 더할 수 없이 좋은 징후인 것을. 저 아이는 장차 큰 인물이 될 것이야.'

 치렁치렁한 수염발을 쓰다듬는 손이 어떤 기대감에 파르르 떨렸다. 저 아이는 피리, 난초와 깊은 인연을 맺고 살아갈 것이란 예감이 버들내 물결처럼 밀려왔다. 담벼락에 붙어 자라는 늙은 감나무에서 왕매미가 피리소리에 대한 화답이기라도 한 듯 구성지게 울었다. 감나무는 옮겨 심으면 잘 살지 못한다 하여 처음 심은 그 자리에 그대로 두었기 때문에 터줏대감같이 비쳤다. 천석은 새삼스런 눈으로 예로부터 이 고을에 유독 많은 감나무를 보며 이런저런 생각에 잠겼다. 장자를 얻은 일은 온 세상을 얻은 것같이 만감이 교차되는 모양이었다.

 올해도 감꽃은 어김없이 당년에 자란 녹색 가지에 피었다.

계집종들은 그 꽃을 주워 실에 꿰어 꽃목걸이를 만들었고 큰 것은 손가락에 끼우기도 했다. 감나무가 백년이 되면 천 개의 감이 달린다 하던가. 감나무 고목을 보고 자손의 번창함을 기원하는 기자목祈子木으로 생각한 것도 이런 연유이리라 여기며, 천석은 뿌듯한 가슴으로 계집종들이 감나무 아래에서 감꽃을 주우며 신명나게 불러 대는 강원도아리랑을 듣곤 했다.

아주까리동백아 열지 마라. 누구를 꾀자고 머리에 기름.
…(중략)…
감꽃을 주우며 헤어진 사랑, 그 감이 익을 때 오시면 사랑.
…(중략)…
아리아리 쓰리쓰리 아라리요, 아리아리 얼씨구 놀다 가세.

순진한 산골 처녀의 절박한 사랑의 하소연을 담은 그 민요는 언제 들어도 강원도 특유의 순박성이 물씬 풍기는 타령장단이었다. 어떻게 해서 그곳에 정착했는지는 모르되 강원도에서 온 낯판 편편한 여인네 하나가 퍼뜨린 그 노래를 천석의 부인이 특히 좋아했다. 집안에서 감꽃은 꿈과 낭만의 전령병이었다.

그런가 하면, 지필묵이 귀한 시절이었으므로 감잎은 훌륭한 필기장이 되기도 했다. 간혹 하인들이 바친 잎을 한 장씩 잘 펴서 책갈피에 끼워 다듬잇돌이나 벼루 같은 무거운 것으로 꾹꾹 눌러놓았다가 먹으로 글씨를 쓰기도 했는데 참 잘 써졌다. 다른 잎은 미세한 털이 있어서 먹이 잘 묻지 않지만 감잎은 매끄러워 먹이 잘 묻는 덕분이다. 기록한 감잎의 꼭지 쪽에 구멍을 뚫고 묶으면 작은 책이 되었다. 얼마나 운치 있던지 한 권의 자작 시집을 만들어 보고 싶기도 했다.

"이 애비 말 잘 들어라. 자고로 감나무는 잎이 넓어 글씨 공부를 할 수 있으니 문文이요, 목재가 단단해서 화살촉을 깎으니 무武요, 겉과 속이 한결같이 붉으니 충忠이요, 치아가 없는 노인도 즐겨 먹을 수 있는 과일이니 효孝요, 서리를 이기고 오래도록 매달려 있는 나무이니 절節이라 했느니라."

아버지 시용의 음성이 금방 어디선가 들려올 듯했다. 감잎이 햇빛을 받아 가야금 열두 줄같이 반짝이며 흔들거렸다. 드디어 가문의 대를 이어 갈 새 핏줄이 탄생한 오늘 바라보이는 모든 것들이 새삼 고맙고 새롭기만 했다. 아버지가 된 지금 천석은 아버지 손에 이끌려 다니던 고향 땅 이곳저곳이 눈앞에 되살아났다.

영동은 소백산맥과 노령산맥이 분기되는 곳에 자리잡고 있어 아름다운 산들로 에워싸여 있다. 동쪽에는 눌의산 · 황악산이 우뚝 솟고, 소백산맥에서 노령산맥이 갈라지는 지점인 서쪽에는 마니산 · 천태산 · 성주산이 멋진 능선을 뽐낸다. 남쪽으로는 천혜의 자연림으로 알려진 민주지산과 석기봉 · 각호산 · 삼도봉 · 천마령 · 막기황산 등이 높은 머리를 맞대고, 북쪽에는 백화산맥의 포성봉이 자리한다. 그 산봉우리에 올라 환호하거나 능선을 타고 오르내리며 깔깔대는 어린 자신의 모습 위로 이제 태어난 아이 모습이 겹쳐 보인다.

고향은 강도 좋다. 금강 상류 지역으로 곳곳에 발원한 지류들이 금강에 흘러들고 있는데, 남쪽 석기봉에서 시작되어 동부와 북부를 돌아 금강에 합류하는 초강천과 서부의 호탄천·원당천이 달린다. 내륙에 자리하여 한서의 차가 심한 대륙성기후의 특징을 보이지만 도내에서 가장 따뜻하고 일조량이 많아 '과일나라'라고 불릴 만큼 생산되는 과일이 풍부하고 맛도 퍽 뛰어나 여인들 피부가 매끄럽고 주전부리를 좋아하는 아이들에겐 큰 복이다.

그런 고을을 아기의 고고한 첫 울음소리, 아니 피리소리는 때로는 산맥같이 높고 우렁차게 때로는 강줄기같이 은은하게 퍼져 나갔다.

―삘리이잉 리이앙 으응삐애애.

아이는 어려서부터 피리 불기를 즐겨 틈만 나면 버들가지 껍질로 만든 버들피리를 만들어 불곤 했다. 버들내라는 이름이 무색치 않게 버들내 가에 지천으로 자라는 게 버드나무여서 재료는 넘쳤다. 그렇지만 부모의 걱정을 크게 사지는 않았다. 한량처럼 싸돌아다니며 놀기만 좋아하는 게 아니라 학문도 게을리하지 않아 사서오경을 비롯해 제자백가諸子百家를 섭렵, 이치 정연한 유학자로서의 소양을 쌓아 가는 침착하고 사려 깊은 소년이었던 것이다.

"피리 명수야!"

"글쎄, 어쩜 장단과 가락이 저렇게 잘 맞을까?"

어린아이 솜씨라고는 도저히 믿어지지 않을 만큼 신묘한 피리소리에 사람들은 한입으로 감탄했다.

그런데 고을에는 언제 어디서 흘러들어 왔는지 모를 미치광이가 하나 있었다. 도무지 나이를 종잡을 수 없는 사내였다. 동리 사람들은 차마 그를 쫓아내지는 못하고 아이들이나 부녀자들에게 주의를 주는 선에서 그쳤다. 다행히 심한 횡포를 부리거나 도둑질 따윈 하지 않았고 다만 아무에게나 헤헤거려 좀 성가실 뿐이었다.

사내 머리칼은 몹시 헝클어져 꺼병한 게 들녘 미루나무 위까치집 같았고 풀어헤쳐진 남루한 의복 사이로 내다보이는 살갗은 그을음 잔뜩 낀 굴뚝처럼 새카맸다. 그런 사내가 아이의 피리소리만 들으면 늘 개개 풀렸던 두 눈에 생기가 살아났다. 그러고는 피리를 계속 불어 달라며 붙들고 늘어지기 일쑤였다. 더욱 신기한 것은 피리소리를 듣고 있는 동안 사내는 전혀 광인 같지 않다는 사실이었다. 얌전하게 앉아 조용히 듣는 품이 참선에 몰두하는 선사를 방불케 할 정도였다.

"아마 도를 닦다가 그만 돌아 버린 사람임에 틀림없어."

"어쩌면 악기를 만드는 기술자였거나 광대패를 따라다녔는지도 모르지. 저렇게 피리를 좋아하는 걸 보니……."

그런 소리도 나왔다. 그리고 그럴 때면 사내를 그렇게 다른 사람으로 변하게 만드는 아이의 피리소리에 대해 다시 한 번 감탄해 마지 않는 사람들이었다.

아이가 즐겨 찾는 곳이 옥계폭포였다. 폭포, 절벽, 수목이 한데 어우러진 풍광이 수려하여 예로부터 많은 시인 묵객들이 곧잘 찾는 장소였다. 아이 집에서 산길을 따라 죽 올라가면 저수지가 나타나고 숲이 우거진 산을 약 삼백 미터 더 오르면 깎아지른 단애를 타고 장쾌하게 떨어지는 삼십여 미터 높이의 물줄기가 일품이었다. 아이는 폭포수 옆 뿌리를 드러낸 나무 밑에 앉아 피리를 꺼내들었다.

"삘리리, 삘리리."

물보라가 피리소리를 따라 금실 은실같이 흩어져 내리고 뭇산새들이 피리 가락에 맞추어 흥겹게 조잘거렸다. 그런데 얼마나 그렇게 정신없이 불었을까. 문득 주위를 둘러본 아이는 화들짝 놀랐다. 저만큼 떨어진 커다란 바위 위에서 산토끼와 너구리가 춤을 추고 있는 게 아닌가. 그랬다. 산짐승들이 모여들어 가만히 있지 못하고 귀를 쫑긋, 꼬리를 살랑, 사지를 흔들, 바로 영락없이 춤추는 형상 같았다.

아이는 깨달았다. 음악의 힘을. 생명을 가진 것들은 모두 악기 소리에 감동을 받고 반응을 나타낸다는 사실을. 피리소리가 그치자 그들은 북쪽 월이산 방향으로 사라져 갔다. 아이는 둥글고 순하고 단아하게 생긴 데다가 비단을 펼친 듯한 금강을 굽어보는 그 월이산도 좋았다.

"월이산은 순우리말로 달이산이라고 부르지. 달이 떠오르는 산이라는 뜻이야."

언젠가 산행을 즐기는 아버지와 그 산에 올랐었다. 정상은 기암절벽으로 이뤄져 있었다. 아버지는 서쪽 봉이 투구같이 생겨 투구봉이라 부른다는 것과 주봉과 서봉에서 남쪽으로 내달리는 등성이 아래에 옥계폭포가 있다는 것을 말해 주었다.

잠시 생각에 잠겼던 아이는 일어나 폭포 위쪽에 있는 사각형 바위로 된 못으로 올라갔다. '예저수'라고 하는 못인데 어른들한테서 용이 살던 곳이라 들었다. 아이는 다시 피리를 입술에 가져갔다. 하지만 오래 불지는 못했다. 월이산 쪽에서 사십대 중반쯤 돼 보이는 사내 하나가 내려오는 게 눈에 띄었던 것이다. 보통 체구에 눈썹이 먹물을 들인 듯 짙고 입술이 붉은 사내는 피리소리를 듣고 온 모양이었다. 아이가 자신도 모르게 입에서 피리를 떼자 사내가 혼잣말처럼 중얼거렸다.

"허, 아직 어린 도령이었군. 놀랄 일이야!"

그러고 나서 사내는 문득 근엄한 표정을 짓더니 천천히 말했다.

"잘 부는구나. 그러나 애야! 피리는 그냥 잔재주로만 부는 게 아니란다. 피리는 모든 악기 중에서 가장 인간 육체와 가까운 악기지."

아직 어린아이로선 이해가 되지 않을 소리였다. 사내 말은 계속 이어졌다.

"피리는 우리 몸이 느끼고 있는 것을 그대로 소리로 만들어 낸단다. 그 이유가 뭔지 알겠느냐?"

"……"

"호흡이 그대로 소리로 연결되기 때문인 게야."

아이는 호흡이 멎는 듯했다. 사내는 말상대인 아이가 알아 듣든 말든 혼자 말했다.

"이곳 풍수가 훌륭한 예술인을 배태할 기운을 담고 있으니 어쩌면 넌 그 방면에 특출한 귀재가 될 것도 같구나. 무릇 동 양의 음악관은 곧 우주관이지. 우주 삼라만상에 대한 운행과 그 원리를 이해하지 못하고서는 진정한 음악이라고 할 수 없 나니. 고대로부터 유교적인 자연에 대한 경외와 질서 숭배에 서 이러한 음악적 철학이 비롯되었도다."

그것이 끝이었다. 사내는 성큼성큼 큰 걸음걸이로 그 자리 를 떠나기 시작했다. 아이는 왠지 가슴이 방망이질을 하여 멀 거니 지켜보기만 했다. 휘적휘적 산길을 내려가던 사내가 문 득 멈춰 서더니 이쪽을 올려다보며 물었다.

"네 이름이 무엇이더냐?"

아이는 목청을 돋우어 대답했다.

"박, 연, 박연이라 합니다."

그 소리는 메아리 되어 산과 골짜기를 울렸다. 나무숲에 가 려 보일락 말락 고개를 끄덕이던 사내 모습은 어느 한순간 사 라졌다. 하지만 그의 남자답지 않은 미성美聲과 완만하게 느 껴지던 뒷모습은 아이의 가슴속에 오랫동안 새겨져 있었다.

박연이 우연히 그 사내를 다시 본 것은 그로부터 얼마 후 처 음 가 본 한양 객관에 혼자 머물고 있을 때였다. 갑자기 집안에 무슨 일이 생긴 바람에 같이 왔던 어른들은 모두 내려가고 자기만 남아야 할 불가피한 형편이었다. 그날 따라 이상하게 세상은 괴괴하고 쓸쓸하였다. 도통 잠이 올 낌새가 없었다. 한데 자리에 누워 엎치락뒤치락하고 있는데 느닷없이 들려오는 소리가 있었다.

'아아, 저 소리…….'

박연은 벌떡 몸을 일으켜 유달리 큰 귀를 모았다. 그것은…… 피리소리였다. 정든 고향집과 부모님 생각에 젖어 울적해져 있는 어린 소년의 여린 감성이 죽순처럼 삐죽이 솟아올랐다. 두 뺨을 진한 눈물이 주루룩 타고 내리는 것도 모른 채 그 소리에 흠씬 젖어들었다. 밤이 다하도록 눈을 붙이지 못했다.

'아, 대체 저것은 무슨 음곡인가? 어디서 누가 부는 것일까?'

동녘에 빛의 씨앗이 돋아나기 무섭게 하인 을쇠를 앞세우고 피리소리가 나던 곳을 찾았다. 왼쪽 눈 아래 커다란 점이 박히고 좀 촐랑대는 게 흠이지만 순돌 아범 못지않게 주인을 섬기는 마음이 두터운 을쇠는 박연보다 한 살밖에 더 먹지 않은 어린 종이었다. 하지만 순돌 아범한테서 단단히 훈육을 받아 일처리가 잽싼 을쇠는 마침 자연석이 완두콩 얹힌 백설기처럼 박힌 담장 밑을 지나는 이를 붙들어 이런 대답을 얻어 냈다.

"저기는 궁중의 음악·무용에 관한 모든 일을 맡아보는 관청인데……."

박연은 그런 새로운 세계가 있다는 사실에 가슴이 풀쩍 뛰었다. 중키에 눈이 서글서글해 보이는 그 행인은 뜻밖에도 음악에 관여된 일을 하는 듯했다. 박연이 음악에 관심이 있음을 알고는 가던 발길을 멈추고 이런 얘기도 들려주었다.

"지금 우리나라에는 여러 개의 음악기관이 있지요. 도령도 혹 나중에 그런 데서 일하게 될지 누가 알겠소? 사람 팔자는 누구도 모르니 세상은 뭐든 알아 두면 나쁠 게 없지."

"알고 싶습니다."

"잘 들으시오. 종묘제례악宗廟祭禮樂*의 악기 연주를 관장하는 아악서雅樂署가 있고, 연향宴享*에 쓰이는 당악과 향악의 연주 활동을 맡은 전악서典樂署*가 있다우."

"아악서, 전악서……."

박연이 자기 말을 받아 외우자 그는 신바람이 붙었다.

"그뿐이 아니오. 또 악학樂學*이라고 있는데, 음악이론 연구와 악복 및 의례의 고증과 악서 편찬을 담당해요. 나머지 하나는 관습도감慣習都鑑이라고 하여, 악공과 관현맹인, 관악기와 현악기를 다룰 줄 아는 소경 말이오, 그 소경과 여자 기생, 여

---

* 종묘제례악(宗廟祭禮樂) : 조선 시대에, 종묘에서 역대 제왕의 제사 때에 쓰던 음악. 세종 때에 창작한 정대업과 보태평을 세조 때 최항 등이 손질하고 줄여서 채택하였다. 종묘 제례와 더불어 2001년에 유네스코 세계 무형 유산으로 지정되었다. 중요 무형 문화재 제1호.

* 연향(宴享) : 국빈(國賓)을 대접하던 일, 또는 그 잔치.

* 전악서(典樂署) : 장악 기관의 하나. 고려 말기·조선 초기에 예조(禮曹)에 속하여 궁중 음악을 관장하던 관아로, 고려 충렬왕 34년(1308)에 태악서(太樂署)를 고친 것이다. 조선에 계승되어 세조 때 장악원으로 통합되었다.

* 악학(樂學) : 조선 시대에, 악공들을 뽑아 훈련하던 관아.

기女妓가 연주하는 향악과 당악의 실기 연습을 책임져요."

"정말 대단하네요. 꼭 그곳을 구경하고 싶습니다. 고맙습니다."

행인은 꼭두각시 인형같이 고개를 까딱해 보인 후 저쪽 모퉁이를 돌아가고 담 그림자만 땅바닥에 남았다. 한참까지 넋을 놓고 서 있는 어린 주인이 딱해 보였는지 을쇠가 습관처럼 오른쪽 손등으로 점을 쓱쓱 문지르며 말했다.

"도련님은 저 사람들보다 몇 배 더 훌륭한 피리 명수가 되실 것이구먼요. 그러니……."

그런데 약간 뻐드렁니인 을쇠의 그 말이 채 끝나기도 전이었다. 박연의 총기 넘치는 눈이 소반에 박힌 자개처럼 반짝 빛났다. 그 관청 안으로 막 들어서고 있는 한 사내의 뒷모습이 낯설지 않았다. 어디서 봤더라? 이곳에 내가 아는 사람이 없을 텐데……?

박연이 그렇게 궁금해하고 있는 사이에 사내는 문지방 관솔불 연기 스며들 듯 안으로 사라져 버렸다. 그제야 퍼뜩 깨닫고 달려갔지만 이미 문은 닫힌 후였다.

"아, 도련님, 왜 그러세유?"

놀란 을쇠가 급히 뒤따라와 물었다.

"그 아저씨야! 그날 예저수 근처에서 만났던……."

"그 아저씨라니 누구를 말씀하시는데유?"

박연의 귀에 을쇠 물음은 바윗돌에 떨어지는 빗방울같이 퉁겨지고 사내 음성만 다시 생생하게 들리는 듯했다.

'피리는 그냥 잔재주로만 부는 게 아니란다. 피리는 모든 악기 중에서 가장 인간 육체와 가까운 악기지. 피리는 우리 몸이 느끼고 있는 것을…….'

박연은 그게 병이 돼 버렸다. 집으로 돌아온 후에도 그날의 피리소리를 잊을 수 없었다. 하루는 그 말을 전해 들은 천석이 아들을 불렀다. 박연은 아버지 방으로 들어가 무릎을 꿇고 앉았다. 천석은 보던 서책을 덮고 입을 열었다.

"연아! 내 들으니 지난번 객관에 있을 때 들은 피리소리를 아직도 못 잊고 있다는데 그게 사실이냐?"

박연의 단아한 이마에 땀 기운이 배어났다.

"예, 아버지. 정말 죄송합니다. 소자를 크게 꾸짖어 주십시오."

천석은 턱수염이 흔들릴 만큼 호탕하게 웃고 나서 말했다.

"아니야, 괜찮다. 그렇다고 네가 학문에 태만하지는 않고 있다는 것도 내 알고 있으니……."

"아버지!"

"그냥 이 애비 말을 들어라. 오늘 이 애비가 널 부른 것은 질책하기 위함이 아니니라. 피리에 얽힌 우리 민족 설화 한 가지를 들려주기 위함인 게야."

"아, 피리에 얽힌……?"

창호지에 비치는 뜨락에 서 있는 나무의 그림자가 피리소리를 듣고 춤을 추던 산토끼와 너구리 같았다. 피리라는 말만 들어도 가슴이 뛰는 듯한 아들을 천석은 대견한 듯 걱정스런 듯 그윽이 바라보며 설화를 들려주기 시작했다.

"이건 만파식적萬波息笛*에 대한 이야기야. 이 피리는 동해에 떠 있던 이상한 산에서 베어 온 대나무로 만든 것이었는데 믿을 수 없는 힘을 가졌다는 게야."

"……!?"

"장마와 가뭄을 멈추게 하고 세찬 파도를 잠재우는 등 자연의 질서를 마음대로 바꾸기도 했다니 얼마나 대단한 능력이냐? 심지어 적병을 물리치기까지 했다니 더 말할 필요가 있겠느냐."

"아, 그렇게 놀라운 피리가 있었다는 것입니까?"

"그래, 신라 사람들은 이것을 소중한 나라의 보물로 월성의 천존교에 보존했다는 게야. 그 후 그처럼 세상 모든 것, 심지어 자연의 움직임마저 좌지우지할 수 있었던 만파식적의 힘은 신라를 지탱해 주는 중요한 정신적 지주가 됐다는 것이야."

박연은 아버지가 잠시 말씀을 그친 틈에 여쭈었다.

"아버지, 그 만파식적이라는 피리소리는 대체 어떤 소리였을까요? 그렇게 경이로운 힘을 지녔다면……."

아버지 입에서 낮은 피리소리 같은 한숨 소리가 새나왔다.

"글쎄다. 이 애비도 그게 궁금하구나. 하지만 이제 와서 누

---

* 만파식적(萬波息笛) : 신라 때의 전설상의 피리. 『삼국사기』와 『삼국유사』에 전하는데, 신라 신문왕이 아버지 문무왕을 위하여 동해변에 감은사(感恩寺)를 지은 뒤, 문무왕이 죽어서 된 해룡(海龍)과 김유신이 죽어서 된 천신(天神)이 합심하여 용을 시켜서 보낸 대나무로 만들었다 하며, 이것을 불면 적병이 물러가고 병이 낫는 등 나라의 모든 근심, 걱정이 사라졌다고 한다.

가 그 소리를 알겠느냐. 단지 무한한 상상력의 세계 속에서만 존재하는 그 소리의 실체를 저마다 가늠해 볼 수밖에 없을 것이야.”

“상상력의 세계 속에서만 말씀입니까?”

“그렇다. 그토록 신묘한 피리소리에 대한 궁금증이야 어느 뉘 갖고 있지 않겠느냐. 후대의 우리가 알 수 있는 것은 그 피리 재료가 대나무였다는 사실뿐이지.”

“정말 안타까운 일입니다.”

“이제 그만 나가 보아라. 이 애비가 알고 있는 건 모두 말해 주었다.”

“예, 그럼 소자 이만…….”

박연은 깊숙이 허리 굽혀 인사를 드린 후 밖으로 나왔다. 감잎과 난초를 흔들며 불어온 시원한 바람이 얼굴을 스쳤지만 그저 답답하고 아쉬웠다. 그 대단한 피리에 대해 우리가 알 수 있는 건 오직 그 재료뿐이라니.

품에서 피리를 꺼냈다. 버들피리를 만들어 부는 아들을 위해 어머니가 얼마 전에 구해 준 대피리였다. 언제나처럼 어머니 체취가 고스란히 전해졌다. 피리를 불자 꽉 막혔던 가슴이 버들내 얼음장 녹듯 조금은 풀리는 것 같았다.

그러나 그때까지도 박연은 까마득히 몰랐다. 그렇게 근엄하면서도 자상하신 아버지가 갑자기 세상을 뜨실 줄은. 박연이 세상에 나와 처음 접하게 된 죽음의 실체였다. 그 충격은 박연으로 하여금 천년을 사는 삶에 대해 생각케 하는 계기가 되었고 훗날 음악을 통해 그것을 이루려는 영원한 악인樂人의 길을 걷게 만들었다.

온 고을이 여러 날 동안 근조謹弔의 숙연함 속에서도 파시罷市처럼 술렁거렸다. 고인이 생전에 쓰던 물건을 태우는 연기는 슬픔을 못 이겨 함부로 쥐어뜯고 풀어헤친 유족의 머리칼처럼 피어올라 하늘을 가리고 땅을 덮었다. 아직 어린 박연이었지만 아버지가 들려주던 만파식적 이야기는 가슴 복판에 못이 되어 아프게 박혔다. 박연은 아버지 영전에 고했다.

'아버지! 소자 장차 그 만파식적을 능가하는 피리소리를 낼 수 있는 사람이 되겠습니다. 자연의 질서뿐만 아니라 신의 세계도 움직일 수 있는 그런 피리의 대가가 되겠습니다. 부디 고이 잠드소서.'

아버지가 죽은 후 박연을 향한 어머니의 정은 예저수보다 깊어졌다. 맏이인 박연은 과수댁에게 남편 같은 기둥이었다. 박연도 그런 사실을 누구보다 잘 알아 그의 효성은 날로 훌륭해지는 피리소리와 더불어 사람들 입에 오르내렸다. 박연은 서나 앉으나 누우나 가슴에 손을 대고 박자를 짚고 휘파람을 불어 율려律呂* 소리를 내었다.

박연은 열두 살 되는 해 영동 향교에 들어갔다. 공자와 선현의 위패를 봉안하고 제례를 위해 마련된 대성전·동무·서무 등 문묘와 학생들이 공부하고 기숙하는 명륜당·동재·서재는 신기하고 정이 들었다. 그런 어느 날 어머니는 아들을 불러

---

* 율려(律呂) : 12율의 양률(陽律)과 음려(陰呂)를 통틀어 일컫는 말.

앉힌 뒤 감잎에 듣는 봄비같이 조용한 목소리로 타일렀다.

"학문과 피리를 구별할 줄 알아야 한다. 유학 공부 또한 피리 불기 못지않게 열심히 해야 하느니라. 아버지가 돌아가신 후로 네가 지나치게 피리에 집착하는 것 같아 이 어미는 걱정이 크구나. 그 심정을 이해하지 못하는 바는 아니다만. 너를 아는 이들은 모두 네가 침착하고 사려 깊다고 칭찬들을 한다마는 이치가 정연한 유학자의 소양을 갖추는 데 일시도 게을리해서는 아니 될 것이야."

"예, 어머니, 그렇게 하겠습니다."

박연은 비록 행동거지가 범상치 않고 문사文辭에도 능란한 싹이 보였지만 어딘가 예술가다운 특이한 풍모도 느껴져 어머니는 대견하면서도 한편 우려되는 바가 없지 않았던 것이다. 무엇보다 아들의 극진한 효성이 도리어 사내 대장부 앞날에 걸림돌이 되지 않을까 애가 탔다.

박연은 지아비를 잃은 젊은 과수댁의 뻥 뚫린 가슴 한복판을 지나는 찬바람을 느끼며 몰래 눈물을 훔쳤다. 젖은 눈 저편에 아버지 천석이 나타나 '연아!' 하고 부르며 피리 하나를 내밀었다. 놀라 자세히 보니 만파식적이었다……

첫정, 그 맹목적인 빛깔

처음에는 아무래도 인정하기 힘들던 아버지의 빈자리가 어쩔 수 없이 조금씩 현실로 받아들여지기 시작하는 어느 날이었다. 박연은 동네 어귀에서 이웃에 사는 아저씨 한 분을 만났다. 어쩐지 동굴처럼 어둡고 깊은 상념에 잠겨 보이는 그는 박연을 보자 반가운 듯 말했다.

"네가 피리를 잘 분다는 그 아이구나. 너의 피리소리를 들은 적이 있어. 네가 태어날 때도 들었고……. 허허허."

박연은 아버지 나이뻘 되는 그에게 꾸벅 인사를 하면서 왠지 낯이 붉어졌다. 그의 선친은 고려 때 꽤 높은 벼슬을 했는데 조선이 서자 초야에 묻혀 지내다가 죽었다는 것을 바람결에 들었다. 마을 아이들은 그를 '피리 아저씨'라고 불렀다. 아마도 몰락한 가문의 후손으로 꼭꼭 쟁여진 한을 피리로 달래는 것 같았다.

그는 감나무 길을 따라 사시사철 쪽빛 물이 흐르는 버들내 쪽으로 박연을 데리고 갔다. 어른들 서너 명은 족히 앉아 쉴 만한 큰 바위가 있는 곳이다. 그는 바위에 걸터앉더니 박연더러 옆에 앉으라고 했다. 박연은 평소 그의 적笛 소리를 퍽 좋아했으므로 가슴이 벅찼다. 언젠가는 그에게서 피리에 대해 듣고 싶었는데 이날 운수 좋게 마주친 것이다. 잠시 고즈넉이 흘러가는 물살을 바라보던 그는 문득 허리에 찬 무명 전대에서 피리를 꺼냈는데 놀랍게도 세 개나 되었다.

"네게 이야기해 줄 기회를 기다렸는데 오늘 마침 잘 만났어."

그러면서 그는 박연이 자세히 볼 수 있게 그것들을 앞으로 내밀었다. 박연은 두근대는 가슴으로 피리와 그의 말에 온 눈과 귀를 쏟았다.

"우선 이 피리부터 설명해 주마. 이건 원래 이름이 향필율인데 보통 향피리라고 부르지."

박연이 유심히 보니 여덟 개의 구멍이 있는 죽관竹管인데 길이는 여덟 치 삼 푼 정도밖에 돼 보이지 않았다. 그가 나지막한 목소리로 물었다.

"애야, 우리나라에 피리는 언제부터 있었는지 아느냐?"

박연의 하얀 얼굴이 화톳불처럼 타오르고 말았다. 그냥 좋아서 불어 대기만 했지 그런 것은 전혀 알려고도 하지 않았다. 그는 박연의 마음을 읽은 듯 싱긋 웃으며 말을 이어갔다.

"고구려 때부터란다. 수서隋書에 의하면, 이 피리는 일명 '가관' 이고 구자龜玆 나라의 악기라고 했는데, 이런 점에 비춰 볼 때 서역에서 생긴 게 아닌가 싶어."

"예에……."

"하지만 고구려에 들어온 후에는 우리 음률에 맞게 향토화되어 향피리라고 부르는 거야. 그러니까 송나라에서 들어온 당피리와 대칭인 이름인 게지."

"예에……."

박연은 한층 존경심이 우러났다. 늘 대숲이 지우는 그늘 같은 짙은 우수에 찬 듯한 모습이지만 어딘가 귀골이 배어 있는 그였다. 그때 마침 옆에 선 감나무에 까치 한 쌍이 날아와 꼿꼿이 세운 꼬리를 까딱까딱 흔들며 깍깍 노래했다. 그는 잠시 까치를 올려다보고 난 후 향피리 잡는 법을 실제로 보여 주며 상세히 설명해 주기 시작했다.

"자아, 내 손가락을 잘 보아라. 여기 뒤의 1공과 앞의 2·3·4공은 왼손의 엄지·식지·장지·명지의 순으로 열고 닫는다. 그리고 나머지 5·6·7·8공은 오른손 식지·장지·명지·소지의 순으로 이렇게……."

박연의 눈에 비친 그의 가늘고 긴 손가락들은 악신樂神의 그것처럼 느껴졌고 그의 투명한 음성은 천상으로부터 들려오는 것 같았다.

"연주법에는 '제대로 잡는 법'과 '치켜 잡는 법'이 있는데……."

치켜 잡는 법은 맨 아래 8공을 쓰지 않으며, 왼손 장지로 앞의 첫 공을 막고 열기 때문에 왼손 식지는 해당 구멍이 없게 된다 했다. 그리고 향피리는 다른 악기보다 좁은 음넓이를 가진 단점이 있으나 음량 조절이나 감정 표현, 생동감 넘치는 효과들은 큰 장점으로, 아악과 민속악을 통해 거의 주된 가락을 담당하는 인솔자 역할을 한다는 것이다.

박연은 넋을 놓고 한지에 먹물 젖어들 듯 그의 말에 빨려 들어갔다. 그의 한마디 한마디는 박연 가슴에 화살처럼 꽂혀 파르르 떨렸다. 이윽고 그는 향피리를 따뜻한 햇살이 쪼이는 바위 위에 내려놓았다. 그러고는 향피리보다 조금 작고 가느다란 피리를 만지작거렸다. 그런 다음 그것에 대해 막 얘기하려던 그가 문득 동구 쪽을 보며 얼굴 가득히 반가운 빛을 떠올렸다.

얼른 그쪽을 본 박연은 가슴이 쿵쾅거렸다. 자기 또래 여자아이 하나가 걸어오고 있다. 초록 치마와 노랑 저고리가 산뜻했다. 그의 외동딸이었다. 초림草琳이라고 하던가. 초림은 자기 아버지를 알아보고는 기쁜 표정으로 달려오다가 아버지 옆에 이웃 도령이 있는 걸 보고는 얼른 걸음을 천천히 하는데 얼굴이 홍시보다 빨갛다.

"림아! 어디 갔다 오느냐?"

그가 딸을 얼마나 애지중지愛之重之하는지 박연은 그 소리 하나를 통해서도 충분히 느낄 만했다. 가까이 다가온 초림은 긴 고개를 옆으로 비스듬히 꺾고 가만히 서 있기만 했다. 갸름한 얼굴에 목덜미가 까치 어깨깃처럼 희었다. 그런 딸을 아주 애정 어린 눈길로 바라보던 그가 말했다.

"너도 여기 애비 옆에 잠깐 앉아 보아라."

박연은 내심 퍽 당황하지 않을 수 없었다. 처녀티가 나기 시작하는 딸을 이웃집 도령과 나란히 앉게 하다니. 초림은 한층 부끄러운지 유난히 희고 예쁜 이마만 더욱 숙일 뿐 아버지 곁에 앉을 생각을 안 했다. 그가 너털웃음을 터뜨렸다.

"괜찮다. 너는 지금부터 이 애비 딸이 아니라 피리를 배우는 문하생 신분으로 있는 것이다. 여기 연이 도령과 똑같이 말이다."

박연 마음도 간혹 수면으로 솟구치는 버들내 물고기처럼 힘차게 뛰는 게 사실이었다. 그렇지만 피리에 대해 더 듣고 싶은 마음도 그에 못지않았다. 초림은 아버지가 몇 차례 더 재촉하자 어쩔 수 없다는 듯, 그러나 결코 싫지는 않은 표정으로 아버지를 가운데 두고 박연 반대편에 살짝 앉았다. 노랑나비 한 마리가 바위에 내려앉는 것 같았다. 세상도 귓불이 벌개진 그녀를 훔쳐보며 숨을 죽이는 듯했다. 그는 아주 흡족한 얼굴로 둘을 번갈아 보며 두 번째 피리에 관해 강講하기 시작했다.

"이게 세피리라고 하는 것이야. 보다시피 재료나 구조는 향피리와 똑같지. 하지만 이건 훨씬 늦게 제작된 것으로 보여."

그는 정맥이 파르스름하게 드러난 손가락으로 세피리를 돌려가며 이리저리 들여다보면서 말을 이었다.

"헌데, 내가 불어 보니 호흡 조절이 향피리보다 힘든 것 같아."

"소녀도 그런 느낌을 받았습니다, 아버지."

초림이 조그만 소리로 말했다. 박연은 충격을 받았다. 어린 처녀가 벌써 여러 피리를 불어 보았다니. 그러고 보니 박연 자신이나 마을 사람들이 들었던 피리소리는 그 혼자만의 소리가 아니라 그의 딸이 부는 소리도 섞여 있었다는 얘기였다. 박연은 초림의 피리 솜씨 또한 예사롭지 않을 것이란 생각이 들었다. 그러자 그녀의 고운 자태가 한결 돋보였다.

마지막으로 그의 손에 남은 것은 마디가 촘촘한 황죽黃竹이었다. 향피리보다 조금 짧으나 더 굵어 보였다.

"이게 고려 예종 때 송나라에서 들어온 당피리 종류야. 오죽烏竹으로 만들기도 하지. 향피리 지공指孔과는 달리 1공 그리고 3공에서 8공까지는 앞에, 2공은 이렇게 뒷면에 뚫려 있어."

그는 그것을 한 번 불어 보았다. 약간 비성鼻聲이 섞인 듯했다. 가야금이나 거문고 등의 현악기가 편성되는 음악에는 사용되지 않고 주로 관악 합주에 쓰인다고 했다. 박연은 그 세 종류의 피리를 모두 불어 보고 싶었다. 지금까지는 버들피리나 보리피리 따위를 불어온 게 고작이었다. 어머니가 선물한 대피리는 아껴 두었다.

초림의 피리 부는 모습도 보고 싶었다. 그 새하얀 예쁜 손가락을 움직여 가며 작고 고운 붉은 입술로 불면 막대기에 구멍을 낸 것이라 해도 하늘나라 음악보다 아름다운 선율이 흘러나올 것 같았다. 초림이 살짝 얼굴을 들어 이쪽을 볼 때 그 긴 속눈썹 속에 감춰진 깊고 까만 눈빛에 쏘인 온몸이 그대로 녹아나는 듯했다. 그때 그의 근엄한 음성이 떨어졌다.

"피리 한 곡조를 불 때도 언제나 자연과의 조화를 잊어선 아니 될 일이지."

저만큼 물가에 늘어선 연초록 빛깔 버들가지가 알아들었다는 듯 마침 불어오는 바람에 하늘하늘 옷고름 나부끼듯 했다. 그 바람 끝에도 초림의 체취가 묻어 있다. 박연은 마음속으로 스스로를 꾸짖었다. 피리를 배우는 신성한 자리에서 여자 생각에 혼란스러워하다니. 그런 박연의 속을 알기라도 하듯 그가 말했다.

"난, 연이 자네가 고구려 왕산악 선생이나 신라 우륵 선생 같은 악성樂聖이 되리라 믿고 있어."

박연은 그만 몸둘 곳을 몰랐다. 이까짓 아이를 그런 위대한 분들에 끼워 말하다니. 그런데 그때 초림이 또 나팔꽃 벌어지듯 입을 열었다.

"예, 아버지 말씀이 틀림없을 거예요. 저도 연이 도련님이 꼭 그렇게 되시리라고 확신해요."

그 음성은 피리소리처럼 아름답고 정겨웠다. 무척 겸연쩍어진 박연이 무어라 말하려는데 그가 먼저 나섰다.

"우리 림이가 그러하다니 정말 그렇게 될 것이야. 지금까지 저애가 한 번 그렇다고 하면 그렇게 되지 않은 게 없으니까. 허허허."

그 말을 들은 박연이 초림 쪽을 훔쳐봤을 때 그녀 또한 이쪽을 넘겨보다 그만 두 사람 눈이 마주치고 말았다. 박연은 얼른 고개를 돌렸고 초림의 고개는 땅끝까지 숙여졌다. 그런 두 사람을 못 본 척 돌아보는 그의 얼굴 가득 또다시 어떤 기대감이 감돌았다. 하지만 어딘가 약간 두려움도 섞인 빛이었다. 그게 딸자식을 가진 부모 마음일 거라고 가만히 헤아리는 박연의 눈에 창공을 나는 비둘기가 띄었다. 이 고장 흔한 꽃은 진달래였고 가장 많이 볼 수 있는 새가 다정한 비둘기였다.

"아까 말씀하신 음률이란 무엇입니까?"

박연의 음악에 대한 관심은 일 년 열두 달 흐름을 멈추지 않는 버들내 같았다.

"음악에 사용되는 음높이의 상대적인 관계를 물리적 · 음악적으로 규정한 것이지."

그의 음성에는 월이산 허리를 감싸고 피어오르는 안개같이 짙은 애정이 서렸다.

"그런데 한 음계가 일정한 음률만으로 규정된다고는 볼 수 없어."

"그러면 어떻게 보나요?"

"음악의 종류나 연주 형태 그리고 연대에 따라서도 여러 가지 음률이 채용되지."

버들내 하늘 저편에 잠시 사라졌던 비둘기들이 다시 나타났다. 햇빛을 받아 반짝이는 날개가 눈부셨다. 우리 고장에는 언제부터 비둘기가 저리도 많이 살기 시작했을까. 그런 생각을 하는 박연 머리 위에 그의 말이 또 떨어져 내렸다.

"우리 전통음악에서는 십이율十二律이라 하여 삼분손익법三

分損益法*에 의해 구해진 음률이 통용되지."

박연의 눈이 비둘기 날개처럼 빛났다.

"십이율이 무엇입니까?"

"아악雅樂의 12음계를 말하지."

박연이 금방 또 물었다.

"아악이란 무엇입니까?"

그가 허허 웃고 나서 답했다.

"궁중에서 연주되는 전통음악이야."

박연은 한층 눈을 반짝이며 물었다.

"제가 만약 대궐에서 일하게 되면 그 음악을 들을 수 있을까요?"

"물론이지."

"임금님 밑에서 음악에 대한 연구를 하여 우리나라 음악을 빛내고 싶어요."

"꿈은 이뤄지는 법이니 네 꿈이 그러하다면 언젠가는 이루어질 것이다."

"정말 그렇게 될까요?"

"아, 참. 아악에 대해 조금 더 말해 주마. 좁은 뜻으로는 문묘제례악*만을 가리키지만 넓은 의미로는 궁중 밖의 민속악에 대하여 궁중 안의 의식에 쓰는 당악·향악·아악을 통틀

---

* 삼분손익법(三分損益法) : 국악이나 중국 음악에서, 일정한 율관(律管)의 길이를 삼등분하여 그 3분의 1을 제거하거나 보태어 다음 음률을 구하는 음률 산정법.
* 문묘제례악 : 중국계의 아악(雅樂)으로, 공자 묘에서 제사 지내는 모든 음악적 행위.

어 일컫는 말로 쓰이기도 한단다."

"문묘제례악은 무엇이고 당악·향악은 또 무엇입니까?"

마침내 그가 손을 휘휘 내저었다.

"이제 그만 하자꾸나. 원, 이러다가 여기서 날 새겠다. 학문이란 너무 조급해서는 안 되느니라. 그저 돌탑 쌓듯 하나씩 지식을 쌓아 가는 것이니……."

"죄송합니다."

초림이 손으로 입을 가리고 웃었다. 그 모습이 마치 조그만 꽃송이가 막 피어나는 듯했다.

"아니야. 어쨌든 이 아악은 원래 정아正雅한 음악이란 뜻에서 나왔다는 것 정도만 우선 알아두게. 그보다 말일세. 우리나라는 옛날부터 율관을 구리로 주조하느냐 대나무를 잘라 만드느냐 논란이 있어 왔어. 음악에 걸출한 누군가가 어서 나와 해결해 주어야 할 터인데……."

그의 한숨 소리가 박연의 마음을 깎아 내는 듯했다. 그런 힘든 문제를 누가 무슨 수로 풀 수 있을 것인가. 박연은 안타까웠다. 하지만 그때 그 일이 훗날 자신이 자연 재료인 기장알에 맞추어 인공물인 동관을 만드는 절충을 택할 수 있게 한 계기가 되리란 것을 꿈에라도 짐작할 수 있었을까.

멀리 월이산 쪽으로부터 구름장 하나가 맑은 바람을 타고 이쪽으로 흘러오고 있었다. 그를 통해 음악을 조금씩 알게 된 박연의 마음은 그 구름처럼 가벼웠고 꿈은 구름보다 높이 걸렸다. 그때 문득 이런 소리가 들렸다.

"이건 내 예감인데, 어쩐지 연이 도령은 이 나라 아악 발전에 크나큰 공을 남길 위대한 악인이 될 것 같구나!"

그로부터 며칠 후였다. 그날 따라 돌아가신 아버지 생각이 간절했다. 서적을 펼쳐도 자꾸 글이 눈을 벗어났다. 마음이 울적할 때면 늘 그러하듯 피리 하나 달랑 들고 옥계폭포로 향했다. 언제 봐도 비단 자락을 드리운 듯 곱고 신비스러운 폭포였다. 주위 풍광이 뛰어난 데다 울창한 숲이 있어 한여름에도 서늘했다. 오색 물보라를 일으키며 내리꽂히는 물줄기는 속세가 아닌 선계를 방불케 했다. 박연은 언제 꺼냈는지도 모르게 피리를 불기 시작했고 피리소리 속에 자신을 던져 넣었다.

"삘리리— 삐리 삘리리—."

폭포 앞 바위틈에는 사람들이 찾아와 치성을 올리거나 소원을 빌 때 켜 놓았던 양초가 군데군데 박혀 있는 것이 보였다. 타다 만 그 하얀 양초의 검은 심지가 피리소리를 듣고 너울거리는 것 같았다. 이제 얼마 안 있어 산토끼와 너구리가 나타나고 멧새가 머물 것이다.

그런데 얼마나 그렇게 피리 삼매경三昧境에 빠져 있었을까. 어떤 인기척에 문득 고개를 돌려본 박연은 가슴속에 옥계폭포보다 큰 물줄기가 우르릉 콸콸 쏟아지는 느낌에 빠져 버렸다. 처음에 그는 볼 때마다 피리를 불어 달라고 떼쓰는 그 미치광이 사내가 뒤따라왔겠거니 여겼다. 사내는 귀신같이 박연을 찾아내곤 했기 때문이었다. 그런데 거기 서 있는 그림자는 천만뜻밖에도 초림이 아닌가! 이날은 붉은 저고리와 보랏빛 치마 차림이었다. 발그레한 얼굴에 약간 숨이 차는지 가볍게 쌕쌕거렸다. 박연은 뚝 숨이 멎는 것만 같았다.

"또 여기 와 계셨군요?"

초림의 낭랑한 음성이 폭포수 소리 속에 가뭇없이 녹아들고 있었다.

"어찌 이곳까지……?"

박연은 너무나 반가웠지만 그런 말이 나왔다. 초림이 수줍은 듯 그러나 똑똑히 전달되게 말했다.

"연이 도련님의 피리소리가 소녀를 그만 예까지 이끌었는가 봅니다."

"초림 아가씨!"

박연은 희열과 부끄러움에 싸였다. 두 사람은 폭포가 똑바로 바라보이는 깨끗하고 평평한 너럭바위에 나란히 앉았다. 홀연 폭포가 소리를 멈춰 버린 듯 사위는 고요하게만 느껴졌다. 도령과 낭자는 한참 동안 말이 없었다. 저쪽 대패질을 한 듯한 절벽으로부터 속된 티를 전혀 묻히지 않은 산뜻한 새소리가 들려왔다. 그 소리에 문득 정신이 난 듯 박연이 입을 열었다.

"아버님께서는……?"

초림도 어색한 공기를 허물 기회를 얻은 듯 얼른 대답했다.

"피리를 만들 재료를 구하시기 위해 대숲으로 가셨어요."

그리고 한참 망설이는 눈치더니 고운 수실로 한 땀씩 뜨개질하듯 말을 이었다.

"연이 도런님께 멋진 피리를 선물하고 싶으시다고 말씀하셨어요."

"예에? 제게 피리를요?"

박연으로서는 너무나 뜻밖의 소리가 아닐 수 없었다. 아버지가 돌아가신 후 박연은 그를 볼 적마다 아버지 생각을 했고 심지어 아버지 모습이 그의 몸 위로 겹쳐 보이기까지 했다. 그런데 그가 그렇게 자기를 생각하고 있을 줄은 몰랐다.

초림은 무슨 굉장한 비밀을 발설한 사람처럼 보였다. 지난 번보다 더 귓불이 빨갛게 물들었다. 단풍을 갖다 붙인 듯했다. 눈을 내리깔고 댕기 끝을 자근자근 깨물었다. 그러더니 갑자기 이렇게 말했다.

"피리소리를 듣고 싶어요!"

"피리소리를?"

박연은 그녀의 말을 곱씹었다. 그러나 서먹한 감정을 몰아내기 위해 그 방법밖에 없다는 듯 얼른 피리를 불기 시작했다. 피리에 열중하는 박연의 모습을 가만히 바라보는 초림의 눈빛이 그윽했다. 세상은 오직 피리소리만이 살아 흐르고 있었다. 이윽고 한 소절이 끝났을 때 초림이 흥분의 빛을 감추지 못하며 말했다.

"역시 연이 도런님 피리 솜씨는 참으로 놀라워요. 얼마 안 가 제 아버지를 뛰어넘으실 거예요."

박연은 피리 든 손을 얼른 내저으며 말했다.

"아, 아니오. 난, 림이 아가씨 아버님 발 밑에도 가지 못할 거요."

초림은 폭포수가 일으키는 물보라처럼 새하얀 이를 드러내며 웃었다.

"이건 제 생각이 아니에요. 제 아버지께서 하시는 말씀인 걸요."

박연은 그녀도 한 번 불어 보라며 피리를 내밀었다. 그러자 초림은 펄쩍 뛰는 시늉을 했다.

"아, 큰일날 말씀이에요. 전, 숨어서만 불도록 아버지께서 엄명을 내리셨어요. 기녀가 그렇게 하지 여염집 아녀자는 절대 남들 앞에서 피리를 부는 짓은 해선 안 된다고요. 저도 그렇게 생각하고 있어요."

"아, 제가 잘 모르고……."

박연은 아쉬웠지만 더 재촉할 수 없었다. 그래 자신이 또 불기 시작했다. 초림 앞에서 부는 그 피리소리 속에는 그녀를 향한 애틋한 감정이 절절히 실려 있었다. 둘만의 오붓한 시간을 방해하고 싶지 않아서일까. 평소 박연 혼자 불 때는 늘 가까이 와서 듣고 춤추던 산토끼며 너구리며 새들도 멀리 숨어서만 지켜보는지 보이지 않았다. 한 곡조 한 곡조가 끝날 때마다 초림은 감탄의 소리를 잊지 않았다.

"역시 제 아버지 예언이 맞으실 것 같아요. 우륵이나 왕산악 같은 분들과 어깨를 나란히 하실 거예요. 특히 도련님은 학문과 기예를 겸비하셨으니 더욱 명망이 빛나실 거라 믿어요."

두 사람의 서로를 향한 뜨거운 감정의 물살은 밀물과 썰물이

섞이듯 교감을 이루어 갔다. 박연은 피리와 그녀를 통해 아버지 생각을 잠시라도 떨칠 수 있었다. 피리를 잡은 손가락 끝에서 초림의 깊고 은은한 숨결까지도 감지하였다.

아버지에게서 피리 부는 기술을 전수傳受한 초림은 악기에 대해서도 조예가 깊어 박연을 감동케 했다. 그때까지만 해도 박연은 현악기란 그저 줄을 울려서 소리 내는 악기이고 관악기는 불어서 소리 내는 악기라는 정도만 알고 있었다. 그런데 초림의 말을 들으니 그것이 아니었다.

"줄로 소리를 내는 방법에는 여러 가지가 있어요. 그에 따라 현악기도 다양해요. 손가락으로 뜯어 소리 내는 악기, 술대(나무 막대기)로 줄을 치고 떠서 소리 내는 악기, 활대로 줄을 문질러 소리 내는 악기, 채로 줄을 두드려 소리 내는 악기 등등 여러 가지랍니다, 도련님."

박연은 꿈꾸는 얼굴로 말했다.

"내 언젠가는 그 모든 악기들을 이 두 손으로 다루어 볼 생각이오."

"반드시 그런 날이 올 것입니다."

고개를 들어 갈색 솔개가 빙빙 선회하고 있는 짙푸른 하늘을 올려다보며 생각에 잠기던 박연이 물었다.

"그럼 관악기 종류도 굉장하겠군요?"

초림은 하얀 목덜미가 드러나도록 고개를 크게 끄덕였다.

"그렇지요. 가로로 부는 악기, 세로로 부는 악기, 혀를 꽂아서 부는 악기, 김을 불어넣어 혀를 진동시켜 소리를 내는 악기, 김을 불어넣어 부는 악기 따위가 있답니다. 저도 그 모두를 보지는 못했지만 아버지께서 직접 보는 것 이상으로 상세히 말씀해 주셨어요. 우리 민족의 악기는 알면 알수록 더욱 놀라지 않을 수 없어요."

"초림 아가씨가 참으로 부럽소. 그토록 자상하고 박식한 아버님이 계시니……."

초림의 초롱초롱한 두 눈에 금방 눈물이 맺혔다. 이른 새벽 칡덩굴에 내린 이슬방울 같았다.

"아, 가여운 연이 도련님! 어쩌시다가 아버님을 그렇게 일찍 보내시고……."

"초림 아가씨, 내 아가씨 아버님을 내 친아버지처럼 모시며 살고 싶소. 그래도 괜찮겠소?"

박연의 눈빛은 너무도 간절하여 보는 사람의 애간장을 녹아내리게 했다. 초림은 얼굴이 새빨개지면서도 또랑또랑한 음성으로 말했다.

"그러세요. 제 아버지도 연이 도련님을 얼마나 좋아하시는데요."

"고, 고맙소."

"자꾸 그런 말씀 마시고 피리나 한 번 더 불어 주세요."

"그, 그러리다."

그리하여 세상은 오직 그들 두 사람만 있고 피리소리만이 주위를 흐르는 것이었다. 이윽고 피리 불기를 그친 박연이 초림에게도 한 번 불어 보라고 권했지만 그녀는 또 다소곳이 거절했다. 박연은 섭섭했지만 그런 초림이 한결 아름답게 느껴졌다. 보물상자 속에 든 보물을 꺼내 보지 못할 때 더욱 보고 싶고 귀하게 여겨지는 것과 유사한 감정이었다.

"언젠가는 초림 아가씨 피리소리를 들을 수 있는 때가 오리라 믿소."

"……."

"그날이 언제일지는 오직 하늘만이 아실 것이지만……."

"저는 연이 도련님의 피리 부시는 모습을 지켜보는 것이 더욱 행복하고 즐거워요."

그러는 초림의 마음씨가 하도 고와 박연은 자신도 모르게 불쑥 고백하고 말았다.

"저기 옥계폭포와 버들내 그리고 월이산이 있는 한 초림 아가씨를 향한 이 심정은 변치 않을 것이오. 아니오. 저 자연이 모두 사라지더라도 내 마음은……."

"도련님!"

"초림 아가씨도 그렇다고 말씀해 주시오."

"도련님……."

"우리 이 피리를 걸고 함께 맹세를……."

그러나 초림은 계속 도련님 소리만 낼 뿐이었다.

"하느님은 하늘나라에서 우리들 모습을 내려다보시며 비둘기보다 더 다정하다고 생각하실 것이오."

"우리의 이 만남이 아름다운 빛깔로 물들어 가는 감잎처럼 고운 추억이 되리라 믿어요."

"아니오. 감잎에 비유하는 건 싫소. 감잎은 언젠가는 떨어지고 말 것이 아니오. 감나무 말고 우리 고장에 흔한 게 또 있지 않소."

"……?"

"진달래 말이오. 포도도 유명하고……."

"아, 진달래! 포도!"

"초림 아가씨 붉은 입술은 진달래 꽃잎보다 아름답고 검은 눈동자는 포도알보다 크고 둥글어요. 마음결 또한 그렇게 넓고 곱다는 것을 모르는 사람은 아무도 없을 것이오."

그러나 박연은 몰랐다. 아니 신도 몰랐을 것이다. 초림 아버지가 그렇게 일찍 훌쩍 모두의 곁을 떠나갈 줄은. 하도 졸지에 당한 일인지라 병명마저 제대로 알려지지 않았다. 시름시름 며칠 앓더니 그만 영영 눈을 뜨지 못한 것이다.

"저 꽃같이 예쁜 딸이 눈에 밟혀 어떻게 저승길 밟았을꼬."

어머니 입에서는 풍구 돌릴 때 나는 바람 소리 같은 한숨이 흘러나왔다. 지아비 생각이 더 솟는 듯했다. 하지만 박연은 누구에게 하소연할 수도 마음 놓고 통곡할 수도 없었다. 세상 피리란 피리는 모조리 없어져 버린 듯했다. 세상 아버지란 아버지는 죄다 죽어 버린 것 같았다. 옥계폭포는 미친 듯 울부짖었고 황학산은 사태가 나서 토사가 한꺼번에 무너져 내렸고 포성봉은 고개를 쳐들어 하늘을 원망했다.

'아, 내게 선물하시겠다던 그 피리는 얼마나 만들어졌을까? 한 번도 본 적이 없는 만파식적과 미완성으로 그쳤을 그 피리가 끝도 없이 눈에 삼삼했다. 어떨 땐 그 두 개의 피리가 합주를 하고 있는 환영에 시달리기도 했다.

그런데 이 또 무슨 비극의 연속인가. 미친 여자 칼 물고 널뛰기하듯 그렇게 제멋대로 해대도 그게 숙명이려니 속절없이 당해야 하는 게 인간이런가. 박연으로선 도저히 믿을 수 없는 일이 다시 닥쳤다. 슬픔에 가슴이 터지고 미치광이 사내처럼 돌고 환장할 노릇이었다.

그의 장례가 끝나자 곧 초림마저 어머니 손에 이끌려 마을을 떠나가 버렸던 것이다. 초림이 야속했고 이해할 수 없었다. 아무리 충격이 컸다 해도 그간의 정분을 봐서 떠난다는 한마디쯤은 남길 수 있었다. 그래야 했다. 그러나 그러지 않았다. 죽은 아버지처럼 그렇게 홀연히 사라져 버린 것이다.

그들 모녀가 야반도주하듯 자취를 감춘 후 박연은 한동안 완전히 다른 사람이 돼 버렸다. 그리고 오랜 고통과 궁리 끝에 이끌어 낸 결론은 자신과의 인연을 빨리 끊어 버리게 하려는 초림의 모질고 독한 깊은 뜻이 감춰져 있었던 게 아닌가 하는 것이었다. 박연이 하루라도 빨리 모든 것을 잊고 학문과 악기에만 전념하도록. 그렇지만 박연은 오랫동안 책을 펴지 못했다. 그 대신 피리를 부는 시간은 부쩍 늘어났다. 박연은 피리소리를 통해 새로이 그들을 만나기 시작했다. 죽음마저도 갈라놓지 못할 영원한 만남이었다.

방황하는 기린아

한 인간의 세상살이야 어떻든 세월은 영동 고을 아이들이 가지고 노는 굴렁쇠처럼 잘도 굴러갔다. 박연 나이 어언 21세가 되는 해였다. 그해 박연은 차마 망극한 일을 또 겪어야 했다. 그렇게 아버지 몫까지 지극 정성으로 보살펴 주던 어머니가 숨을 거두고 말았던 것이다.

박연은 제정신이 아니었다. 혼절하기도 하고 얼빠진 사람처럼 혼자 무어라 중얼중얼 대기도 했다. 그러나 상복 입은 박연의 품안에는 어머니가 준 대피리가 몸의 일부분처럼 들어 있었다. 누런 베옷을 입고 행전을 치고 통곡하는 상주를 보고 모두들 눈물을 뿌렸다. 밤샘을 하는 상여꾼들이 빈 상여를 메고 운상을 예행 연습하며 상여가를 불렀다. 친척 어른 한 분이 피를 토하듯 말했다.

"생전에 그렇게 드나드시던 대문 밖이 바로 북망길이었구나!"

발인하는 날이 왔다. 상여 소리는 너무나 애절하고 가슴 미어지는 소리였다. 세상은 그 소리에 코를 처박고 흐느끼는 것 같았다. 뜨락 화단의 난초는 유난히 슬퍼하는 듯 가만히 있다가도 홀연 부르르 잎새를 떨었다.

선소리꾼이 하직 소리를 했다. 낯빛이 숯덩이같이 새카맣고 등이 곱사등이처럼 굽어 보이는 그 사내는 고인이 유족들에게 남기는 작별 인사와 당부의 말을 사설로 엮어 노래하기 시작했다.

"불쌍하고 불쌍한 내 자식들아! 이제 이 어미는 너희들 아버지 곁으로 간다. 부디 형제간 우애 있게 지내고 집안 어른들 잘 모시고 나라에 충성하여라. 내 자식들아, 너무 서러워 마라. 무엇보다 몸 건강하고 평생을 학문에 전념해야 할 것이다. 잘 있어라. 나는 간다."

하직이 끝나고 운상이 시작되었다. 선소리꾼이 소리를 메기고 상두꾼들이 후렴으로 그 소리를 받았다. 이윽고 장지를 향해 출발했고 운상 소리는 계속되었다. 그것은 사설의 문학성과 선율의 음악성이 두드러지는 장례 소리의 핵심이었다.

상두꾼들은 박자에 맞추어 나아갔다. 대개 중모리나 중중모리같이 느린 장단이었지만 가파른 산이 나타나거나 개울물을 건널 때는 자진모리의 빠른 장단으로 바뀌기도 했다. 박연의 귀에 그 운상 소리는 망자인 어머니를 붙잡는 것 같으면서도 발걸음을 재촉하는 것처럼 들렸다. 박연의 피리소리에 장단

맞춰 노래하던 새들도 이날은 하늘 찌르는 벼랑에 아프게 부리를 쪼아 대고 있는지 어느 곳에서도 소리 내지 않았다.

박연은 시묘살이를 시작했다. 부모님 묘지 옆에 움막을 지었다. 삼 년 동안 그곳에서 지내기로 했다. 인가에서 한참 동떨어진 한적한 곳, 오가는 이도 없이 무덤의 봉분만 어머니 젖가슴처럼 봉긋 솟은 산속인지라 내내 혼자 지내야 했다. 하루 종일 들리는 것은 오직 텅 빈 바람 소리와 애잔한 새소리뿐이었다.

박연은 아침저녁으로 메를 차려 놓고 쓰러지듯 무덤에 절을 하고는 핏빛 솟구치는 곡을 했다. 낮에는 무덤가에 난 잡풀을 하나도 남김없이 뽑았다. 비를 맞아 흙이 쓸려 내려가지나 않을까 떼를 살폈다. 밤에도 잠을 이루지 못했다. 혹시 산짐승들이 묘지를 파헤치지나 않을까 염려되어 산토끼나 청설모처럼 귀를 곤두세웠다.

그러던 어느 날 해거름이었다. 시름없이 앉아 있던 박연은 '악!' 하고 비명을 질렀다. 시묘살이하는 움막 앞에 엄청 큰 호랑이 한 마리가 나타난 게 아닌가. 혼겁하여 주저앉은 채 몸을 뒤로 빼며 달아날 궁리를 하던 박연은 이내 생각을 고쳐먹었다. 부모님만 남겨 두고 내 한 몸 구하겠다고 도망칠 순 없었다. 죽어도 이 자리에서 죽으리라 작정했다. 그러자 디딜방아같이 뛰던 가슴이 조금 가라앉았다.

박연은 그 호랑이가 자기를 잡아먹으면 배가 차서 무덤 속 부모님 시신을 꺼내 먹지는 않으리라는 판단을 내렸다. 그래서 차라리 내 스스로 호랑이 밥이 되자고 천천히 눈을 감았다. 감은 눈 저편에 아버지와 어머니, 초림의 모습이 보였다. 이제 초림이 있는 이승에서 부모님 계시는 저승으로 가는구나.

박연은 품에서 대피리를 꺼냈다. 마지막으로 어머니가 남긴 대피리를 불어 보고 싶었다. 피리를 부는데 눈물이 비같이 쏟아졌다. 그동안 쌓였던 온갖 한과 설움을 담은 피리소리는 끝없이 산중을 퍼져 나갔다. 피리를 불면서 죽어 가리라. 호랑이 뱃속에까지 이 피리를 가지고 들어갈 것이다. 호랑아, 피리와 나를 함께 집어삼켜라.

그런데 이상한 일이었다. 그렇게 한참 동안 눈을 감은 채 피리를 불고 있어도 호랑이가 덤비는 기척이 없었다. 그래 슬그머니 입에서 피리를 떼며 눈을 떠보니 뜻밖에도 호랑이는 무덤 앞에 한가롭게 앉아 꼬리만 두어 번 흔들고 있는 게 아닌가. 사람을 해칠 생각은 없는 듯했다. 그렇게 호랑이는 밤이슬을 흠뻑 맞으며 무덤가에 앉아 있기만 했다.

세상에 이런 일도 일어나는가. 이건 전설 속에서나 있을 법한 이야기였다. 박연은 자신이 전설에 나오는 인물이란 생각을 했다. 후세 사람들 입에는 호랑이와 박연에 얽힌 전설로 남아 전해지리라.

가슴을 졸이던 밤이 지나고 이윽고 부상扶桑*이 희붐한 광선의 싹을 틔웠다. 그러자 호랑이는 슬그머니 몸을 일으켜 박연

---

* 부상(扶桑) : 동쪽 바다의 해가 뜨는 곳에 있다고 하는 신령스러운 나무, 또는 그것이 있다는 곳.

을 향해 '어흥!' 한 번 소리를 하고는 어디론가 사라져 버리는 게 아닌가. 박연은 가슴을 쓸면서도 그 호랑이의 행동을 하도 알 수 없어 낮 동안 내내 그 생각만 했다.

산중의 밤은 걸음이 빠르다. 서쪽 등성이로 해가 넘어가기 무섭게 사위가 어둑어둑해지기 시작했다. 또 부모님 없는 하루가 저물었다. 그런데 또 경악할 일이 벌어졌다. 그 호랑이가 다시 나타나더니 무덤 앞에 가 앉는 것이다. 그러나 박연의 두려움은 어제보다 한결 덜했다. 뿐만이 아니었다. 바로 가까이 들리던 소름 끼치는 늑대며 승냥이 울음소리가 그쳤다. 호랑이를 피해 멀리 달아나 버린 것이다.

이제 박연은 호랑이가 옆에 있어 주는 게 성벽처럼 든든했다. 정다운 친구와 밤을 새우는 것같이 느껴졌다. 날이 갈수록 호랑이와 정이 들었다. 저녁때가 되어도 오지 않으면 목을 빼었다. 호랑이가 시묘를 같이해 준다고 믿었다. 자기도 모르게 이 세상 사람이 아니라 전설 속 인물이 되어 사라지더라도 괜찮다고 생각했다. 아니 지금 이 모든 것은 전설이었다.

그런 날들이 얼마나 흘렀을까. 하루는 호랑이가 늦도록 모습을 보이지 않았다. 갈기 세운 바람이 불다가 금방 잔잔해지고 빗발이 흩날리다 해가 삐죽 나오는 변덕스런 날이었다. 캄캄한 하늘에 초롱초롱 별들이 호랑이 눈동자처럼 박혀 빛나고 있는데도 나타날 낌새가 없었다.

'웬일일까? 혹시 감기가 걸리거나 몸살이 난 건 아닐까? 여러 날 밤을 그렇게 찬이슬을 맞고 뜬눈으로 지샜으니 제아무

리 맹수의 왕이라 해도 견뎌 낼 수는 없었을 거야.'

박연은 중이 탑돌이를 하듯 무덤을 계속 돌면서 초조함을 떨치지 못했다. 그러면서 금방이라도 호랑이가 그 우람한 덩치를 드러낼 것만 같아 목을 있는 대로 빼고 주변을 두리번거렸다. 하지만 검은 숲은 어둠의 늪 속으로 잠겨들고 멀리서 부엉이 소리만 들릴 뿐이었다. 민속에서는 한밤중에 우는 부엉이 소리가 죽음을 상징한다고도 했다. 부엉이가 동네를 향해 울면 그 동네의 한 집이 상을 당한다는 말이 떠올라 소름이 끼쳤다.

'혹시 짝이 생긴 걸까? 아님 어디 머나먼 곳으로 훌쩍 떠나갔을까? 아무리 미물이래도 그동안 그렇게 정이 들었는데 간다는 표시 하나 없다니……. 지난날 초림이 그리하더니, 아, 사람이나 짐승이나 무정하긴 마찬가지런가.'

기다림에 지친 박연은 할 수 없이 움막 안으로 들어갔다. 하지만 거칠고 조악한 잠자리에 맥없이 뼈가 앙상한 등을 눕혀도 눈은 더욱 말똥말똥해지기만 했다. 깊어 갈수록 괴괴한 산속의 밤은 이 세상이 아닌 듯했다. 호랑이 눈동자 같은 별은 시나브로 기운이 쇠잔해졌다. 박연은 깜빡 잠이 들었다. 그러자 비몽사몽간에 그토록 기다리던 호랑이가 나타났다. 박연은 무척 기뻐 호랑이 목을 껴안으며 소리쳤다.

"어딜 갔다 이제 왔느냐? 내가 널 얼마나 기다렸다고……."

그런데 호랑이는 뜻밖에도 평소의 늠름한 모습과는 달리 아주 겁먹은 눈빛으로 애절하고 다급하게 소리쳤다.

"상주님! 상주님! 제발 저의 목숨을 구해 주십시오. 저는 지금 당재에서 그만 함정에 빠지고 말았습니다. 당장 이곳을 빠져나가지 못하면 죽고 말 운명입니다. 상주님, 저를 도와주십시오!"

박연은 소스라쳐 눈을 떴다. 전신에 식은땀이 물 흐르듯 했다. 꿈이라고 지나치기엔 너무나 생생했다. 호랑이의 처참한 몰골과 슬픈 눈동자가 자꾸만 어른거려 숨조차 제대로 쉴 수 없었다. 박연은 침착해지려고 애쓰며 선친과 선비先妣를 떠올렸다.

'넌, 우리 가문의 대들보니라. 어찌 그리도 못난 꼴을 보인단 말이냐?'

무덤 쪽에서 그렇게 꾸짖는 소리가 들려왔다. 박연은 비로소 번쩍 정신이 났다.

'그래! 호랑이가 위험에 처한 게 분명해. 내가 이러고 있을 때가 아니야.'

박연은 당장 묘소를 벗어나 당재 쪽을 향해 내닫기 시작했다. 언덕길에 미끄러지고 냇물을 첨벙첨벙 건너고 산비탈을 숨가쁘게 뛰어올랐다.

이윽고 박연이 당재에 도착했을 때 거기에는 놀라운 광경이 펼쳐져 있었다. 온 마을 사람들이 나와 웅성거리고 있는 것이다. 박연은 경악했다. 사람들이 빙 둘러서 있는 사이로 보이는 것은 분명히 호랑이였다. 박연은 인파를 비집고 들어가 바닥에 쓰러져 있는 커다란 물체를 내려다보았다.

"함정에 빠져 있는 걸 이제 막 끌어올렸네."

누군가가 말했다. 틀림없었다. 그 호랑이였다. 밤마다 나타나 온갖 맹수들로부터 무덤과 자신을 보호해 주던. 그러나 이미 늦었다는 것을 한눈에 알았다. 호랑이는 다리를 쭉 뻗고 두눈은 모두 감겨 있었다. 누가 봐도 숨이 끊어진 뒤였다.

"아, 미안하다! 내가 한 발 늦었어. 조금만 더 빨리 왔더라도 너를 구해 줄 수 있었거늘……."

박연은 진창에 철버덕 넘어지듯 그 자리에 주저앉아 호랑이를 부둥켜안고 서럽게 울기 시작했다. 부모를 잃은 것만큼이나 큰 슬픔이었다. 하지만 지난날 아버지와 어머니 시신을 안고 그토록 몸부림쳐도 소용이 없었듯 한 번 죽은 호랑이는 다시 살아나지 못했다.

상복 입은 젊은이가 죽은 호랑이를 붙든 채 몸부림치며 우는 광경이 보는 사람들 눈에는 아주 괴상할 수밖에 없었을 것이다. 귀밑머리가 희끗희끗하고 선비 분위기를 풍기는 장년 남자가 박연의 어깨를 흔들며 물었다.

"도대체 무슨 일이오?"

그제야 박연은 고개를 들었다. 얼굴이 온통 눈물범벅이었다.

"사연이 깊은 모양인데 어디 한 번 들어 봅시다."

농투성이로 보이는 이가 굵직한 목소리로 말했다. 박연은 옥계폭포처럼 멈출 줄 모르는 눈물 줄기를 옷소매로 닦으며 일어섰다. 그러고는 울먹이는 목소리로 그 호랑이와 자신 사이에 있었던 이야기를 들려주었다.

"허어, 그런 일이 있었구려!"

"미물도 당신의 효성에 감복한 듯싶소."

"보통 호랑이가 아니었네 그려."

"이건 우리가 직접 목격한 전설일세, 전설이야."

모두들 신기하다는 듯 한마디씩 했다. 지아비를 잃은 듯 머리에 흰 실을 매단 한 여인은 돌아서서 남몰래 눈물을 훔쳤다. 투박한 손으로 코를 팽 푸는 사내도 보였다. 끌끌 혀를 차는 노파의 입속에는 이빨이 하나도 없었다. 박연은 그들을 둘러보며 말했다.

"부탁이 있습니다. 이 호랑이를 저에게 주십시오. 양지 바른 곳에 잘 묻어 주고 싶습니다."

그러자 마을 사람들은 하나같이 고개를 끄덕였다.

"그렇게 해야지."

"아암! 이런 의로운 호랑이인데 가죽을 벗길 수가 있나."

"여러분, 우리 그렇게 합시다."

"아, 아까운 호랑이가 죽었네 그려."

사람들은 호랑이를 박연 부모의 묘소까지 옮겼다. 그리고 힘을 합쳐 무덤 아래에 정성껏 묻어 준 뒤 산을 내려갔다. 박연은 혼자 남아 호랑이 무덤을 쓰다듬으며 오랫동안 울었다.

'호랑아, 이 세상 모든 한일랑 깨끗이 잊고 부디 편히 잠들어라. 우리 부모님 묘소에 제사 지낼 때마다 반드시 네 무덤에도 제사를 지내 주마.'

박연의 마음속 말을 알아들은 걸까. 가까이 서 있는 허리 구부정한 늙은 소나무 가지 사이를 스친 푸른 바람이 이쪽으로 불어왔다. 구름도 더 이상 다른 곳으로 흘러가지 않고 풍경화 속 구름처럼 박연 머리 위에 머물고 있었다.

박연은 대피리를 꺼내 불기 시작했다. 그러자 또다시 산토끼며 너구리며 청설모며 새들이 무덤가로 모여들었다. 비록 호랑이는 떠났지만 박연에게는 새로운 벗들이 생긴 것이다. 그랬다. 박연에게 피리가 있는 한 절대 외롭지 않았다.

피리소리 따라 세월은 때로는 옥계폭포처럼 세차게 때로는 버들내같이 고요히 흘러갔다. 시묘가 끝났다. 박연은 다시 학문에 진력했다. 생각해 보면 사랑과 정을 주고받았던 이들이 너무나 많이 일찍 떠나갔다. 아버지, 어머니, 이웃집 아저씨, 초림 그리고 호랑이…….

서책을 넘길 때 일어나는 바람만이 그들을 향한 그리움과 애틋함을 날려 보낼 수 있었다. 너무나 고통스러우면 피리를 불었지만 더욱 한이 쌓이기도 했다. 글자가 제대로 눈에 들어오지 않으면 밖으로 뛰쳐나오고 말았다. 그러고는 광인같이 이곳저곳을 마구 방황했다. 그럴 때면 늘 그 미치광이 사내가 까닭도 모른 채 따라오며 뭐가 신나는지 꽥꽥 소리를 지르거나 때 긴 손가락을 치켜들어 하늘 밑구멍을 찌르는 시늉을 하기도 했다. 앞서거니 뒤서거니 내닫는 두 사람 옷자락이 바람에 함부로 휘날렸다. 자연은 휙휙 스쳐 가기도 하고 팽그르르 돌기도 했다.

영동은 소백산맥이 북에서 남으로 뻗었고 금강이 가선리에서 동류東流하다가 양강면에서 북쪽으로 흐르므로 절경이 많았다. 그러나 박연 눈에는 그 아름다운 풍광마저 덧없고 슬프기만 했다. 산을 봐도 물을 봐도 그리운 이들의 모습만 실안개처럼 피어오를 뿐이었다. 옆에서 같이 날뛰는 사내같이 정말로 미쳐 버렸으면 했다.

공부도 안 되고 피리도 서럽기만 하여 머리칼을 쥐어뜯다가 집을 뛰쳐나와 멀리 '양산 8경' 까지 두루 쏘다녔다. 영국사 · 강선대 · 비봉산 · 봉황대 · 함벽정 · 여의정 · 자풍당 · 용암을 헤매고 헤매었다.

고려 공민왕 때 '홍건적의 난' 을 피해 국태민안을 기원했다는 영국사 앞뜰에 있는 신라시대 3층석탑에 박연이 머리를 찧으면 미치광이 사내는 더 세차게 찧다가 그만 피가 솟는 머리통이 너무 아픈 듯 상을 크게 찡그리면서도 입이 찢어져라 웃었다. 영국사 문을 나서서 동남쪽으로 달리니 이상한 은행나무가 있었다. 줄기가 두 갈래로 갈라졌는데 서쪽 가지는 땅에 닿아서 뿌리를 내렸다. 사내는 거기에 대고 오줌 줄기를 내갈기며 킬킬거렸다.

묘향산의 명소 강선대로 달렸다. 그곳은 험준한 벼랑인데 정상은 몇 사람이 앉을 정도의 바위 등판으로 돼 있고 소나무가 자랐다. 인근 관가 사람들인 듯한 이들이 울창한 전나무 숲이 보이는 저 밑을 내려다보며 떠들었다.

"옛날 선녀들이 내려와 이 묘향산 절경을 즐겼다고 하더이다."

"저기 금강굴로 가 봅시다."

비봉산에서는 죽을 고비를 넘겼다. 미치광이 사내가 높은 곳에서 마치 새가 나는 듯한 자세를 취해 아래로 몸을 날리는 것을 보고 박연도 똑같이 따라 하다가 그만 골짜기에 처박힐 뻔했던 것이다. 하지만 그 일로 박연은 사내가 한층 더 아주 가깝게 느껴졌다. 그가 자칫 큰 화를 당할 판에 놓이자 사내가 보여 준 행동은 정말 미친 사람인가 하는 의문이 들 정도였다. 사내는 굉장히 놀라며 굴러 내린 박연에게로 달려와 어디 크게 다친 데는 없는지 퍽 걱정스런 눈빛을 지어 보였던 것이다. 그때의 사내 얼굴은 선량하기 그지없었고 해탈한 사람처럼 보였다.

저곡리의 갯벌 옆산의 높이 솟은 봉황대에는 시인 묵객들이 많았다. 그들은 어디서 미친놈이 둘씩이나 왔나 보다 하는 눈으로 행색이 형편없는 두 사람을 바라보았다. 하지만 박연은 화가 나기는커녕 오히려 마음이 편했다. 미쳤으니 무슨 짓을 해도 상관없겠거니 싶었다. 그런데 거기 정자에 앉은 시인 묵객들이 서로 나누는 말이 박연의 귀를 이상한 힘으로 휘어잡았다.

"자고로 봉황은 말이오, 성인聖人의 탄생에 맞추어 세상에 나타나는 새로 알려져 있지요."

"수컷은 봉이오 암컷은 황이라고 하는데, 사이 좋게 오동나무에 살면서 감천甘泉을 마시고 대나무 열매를 먹는다고 하더이다."

순간, 박연은 지금 가슴에 품고 있는 대피리에 생각이 미쳤다. 단 하나 남은 어머니의 유물. 대나무 열매를 먹는다는 그 새가 보고 싶었다. 그러나 박연은 이내 고개를 마구 내저었다. 이제 누구든 무엇이든 더 이상 보고 싶다는 생각을 하지 말자. 다 부질없는 세상사인 것을. 그런데 그때 수염이 허연 풍채 좋은 늙은 선비가 이런 말을 했다.

　"오색 깃털을 지니고, 울음소리는 오음의 묘음을 내며, 뭇 새의 왕으로서 귀하게 여기는 환상적인 영조靈鳥라는 그 새를, 이 몸 죽기 전에 꼭 보고 죽었으면 여한이 없으련만……."

　"허허, 이승에 없는 새를 어찌 만나리요. 죽어 저승에서라면 또 모르겠거니와……."

　"저승이 있는지 없는지 그것도 모르는 우리가 저승의 새를 운운하다니, 정말 저기 날고 있는 새가 웃겠소이다."

　그들은 이러니저러니 대거리를 하느라 정신이 없었다. 하지만 박연은 봉황이 낸다는 5음의 묘음이 어떤 울음소리일까 하는 생각만 감돌았다. 내가 이 대피리를 불어 그런 소리를 낼 수 있을까. 그러면 저승 사람들에게도 들릴 수 있을 것을. 아아, 어머니. 박연은 또다시 머리칼을 쥐어뜯었다.

　함벽정 주변 연못에는 명나라에서 처음 가져와 심었다는 백련이 피었다. 백련 위로 그 꽃처럼 새하얀 초림의 얼굴이 나타났다. 그녀는 아주 실망한 듯 슬픈 듯 이렇게 말하였다.

　'연이 도련님! 대체 무슨 꼴이에요? 도련님이 이런 형편없는 사람인 줄 몰랐어요. 제발 정신 차리세요, 예에?

박연은 끝내 못 속으로 첨벙첨벙 들어가기 시작했다. 사내가 끌어내지 않았다면 수중 고혼이 되었을 것이다. 이상했다. 박연이 미쳐 갈수록 사내는 정신을 차리는 묘한 현상이 벌어지고 있었다.

송호리 양강 가에 있는 여의정에 서서 용암을 바라보는 사내 눈빛이 이상하게 번득였다. 양강 물속에 우뚝 솟아 있는 그 기암은 기개가 넘쳐 보였다. 자기도 저렇게 활기 넘치는 날이 있었다는 생각을 하던 박연의 얼굴에 눈물이 흘렀다. 박연보다 너더댓 살은 더 많아 보이는 사내가 떨어져 너풀거리는 소매로 박연의 뺨을 닦아 주었다. 그런 사내를 향해 박연은 가만히 웃어 보였다. 사내도 소리 없이 웃었다. 그는 피리 불어 주기를 부탁할 때 외에는 돌문처럼 꾹 닫은 입을 좀체 열지 않았다.

박연은 자풍당에서 엄청 큰 충격과 함께 한층 실의失意에 빠졌다. '자풍서당' 이라고 양각된 큰 현판이 걸렸는데 그 안에서 어린 학동들 글 읽는 낭랑한 소리가 새나오고 있었던 것이다. 그러나 사내는 공부 따윈 전혀 관심이 없는 듯 전면의 거대한 둥근 기둥과 커다란 자연석 주초가 신기한지 그것만 쓰다듬었다. 박연은 탄식했다.

'아아, 내가 서책을 펼치지 않은 날이 얼마나 되었는가.'

결국 박연은 또다시 주막거리를 찾아들었고 사내와 대작했다. 그러고는 말 그대로 술 먹은 미친개가 되어 미친 짓거리를 하다가 된통 주모의 욕지거리를 받으며 비실비실 쫓겨난 것도 한두 번이 아니었다.

　그날도 고주망태가 되어 사내와는 언제 어디서 헤어진 줄도
모르고 비틀거리며 혼자 돌아오는데 동구에서 앞을 턱 막아
서는 이가 있었다. 영동 향교에서 동문수학하는 한수韓秀였
다. 퍽 활달하면서도 다정다감한 그는 부리부리한 눈을 사납
게 치뜨고는 옥사장이 죄인 몰아치듯 거친 말투로 내뱉었다.
　"양산이 어떤 곳인지 자네 알고 그렇게 다니나?"
　박연은 그렇게 몰아치듯 묻는 벗의 의도를 몰라 충혈된 눈만
멀뚱거렸다. 그즈음 박연은 누가 무슨 소리를 해 와도 노상 그
런 반응을 보였다. 그저 모든 것이 싫고 귀찮았다. 잠시라도
나다니지 않으면 심장이 터질 것만 같았다. 몇 년간의 시묘살
이에도 어머니를 잊기 어려웠고 꽁지 떨어진 매 같은 자기 신
세가 마냥 저주스러웠다. 한수는 총기 넘치던 눈빛이 탁류처
럼 흐려져 버린 박연의 개개풀린 눈을 똑바로 쏘아보며 말을
계속했다.
　"자네 같은 풍류객이야 양산 하면 양산가로 유명한 곳이다,
그 정도 생각밖에 더할까? 천하에 못난 친구 같으니라구! 난,
자네에게 너무 실망했네. 내가 아는 박연은 그런 사람이 아니
었어."
　박연은 취중이지만 절친한 벗의 노기를 덜기 위해서라도 묻
지 않을 수 없었다.
　"양산이 어떤 곳이란 말인가?"

그러자 한수는 예리한 칼끝으로 찌르듯 한마디 한마디를 또박또박 박연의 귓속에 넣어 주었다.

"지난날 신라와 백제가 싸울 때 김흠운 장군이 장렬하게 전사하신 곳이란 걸 자네 같은 천둥벌거숭이가 어찌 알까?"

"천둥벌거숭이……?"

"왜? 듣기 좀 그런가? 하지만 자네에겐 그것도 분에 넘치는 호칭일세."

"한… 수……."

"그게 비가 오고 천둥 치는 여름날에 무서움을 모르는 빨간 고추잠자리를 일컬어 부르는 말이란 것을 향교에서 처음 배우던 그날, 자네와 난 잠자리 떼를 쫓다가 지쳐 풀밭에 같이 쓰러져 얼굴을 마주 보며 그리도 티없이 웃었건만……."

"아……."

박연은 한겨울에 옥계폭포 고드름을 따서 등에 집어넣은 느낌이었다. 어릴 적 철없이 뛰어가다가 감나무 삭정이 끝에 눈을 찔린 그때처럼 앞이 캄캄했다.

천둥벌거숭이. 아무것도 모르고 그냥 덤벙거리며 쏘다니는 천둥벌거숭이.

박연은 아무 말도 더 하지 못하고 도망치듯 한수 앞을 떠나고 말았다. 한참을 달아나다가 문득 뒤돌아봤을 때 먼 허공 어딘가를 멍하니 올려다보고 서 있는 벗의 모습이 박연의 가슴팍을 아프게 후벼 팠다. 어디서 갑자기 나타난 걸까. 하늘가에 비둘기 두 마리가 원을 그리며 돌고 있는 게 이상하게 박연의 마음을 사로잡았다. 술기운은 이미 천리 밖으로 달아나 버렸다.

황량한 가을날이었다. 스산한 바람마저 불어 사람 심기를 더없이 처량하게 만들었다. 이제 여기저기 마구 돌아다니는 것도 지쳤다. 여러 날 식음을 전폐한 채 구들장만 지고 누워 있던 박연은 피리를 들고 버들내로 나갔다. 지난날 초림 부녀와 함께 정답게 이야기를 나누던 그 바위를 찾아 앉았다. 또다시 그리운 얼굴들이 차례로 수면에 어렸다. 바람에 일렁이는 물결은 꼭 그들이 살아 흔들어 보이는 손짓 같았다.

박연은 가슴에 맷돌을 얹은 것같이 답답해 얼른 피리를 불기 시작했다. 마음 깊이 첩첩이 쌓인 한과 맺힌 설움이 조금씩 풀려 나오기 시작했다. 얼마나 지났을까. 문득 무슨 소리가 있어 돌아보니 타지에서 온 듯한 낯선 나그네가 서 있었다.

"아, 방해가 되었다면 용서하시오. 실은 이 마을에 사는 사람을 찾아왔소만……."

행색은 비록 수수하지만 어딘가 예술가다운 면모가 엿보이는 삼십대 후반의 사내였다. 머리숱이 많고 눈빛이 또렷했다.

"누구를 찾으시는지……?"

박연은 피리를 거두며 물었다. 사내는 막 낮닭 울음소리가 게으르게 들리는 마을 쪽으로 눈을 돌리며,

"김순재金淳齋라고……."

"아, 그 어른을……?"

박연은 숨이 턱 막히는 기분이었다. 하마터면 피리를 그대로 떨굴 뻔했다. 그를 찾아온 사람이라니. 박연 입에서는 한숨 같은 소리가 흘러나올 수밖에 없었다.

"그분은 여러 해 전에 이승을 하직하셨지요."

"예?"

나그네 표정이 금방 경악과 실망으로 어두워졌다. 홀연 시커먼 구름 그림자에 뒤덮인 얼굴 같았다.

"실은……."

박연은 그의 아내와 딸마저 떠난 사연을 대강 들려주었다.

"허, 그런 일이……?"

사내는 바위에 털썩 주저앉았다.

"난, 멀리서 피리소리를 듣고 그분인 줄 알고 기뻐 달려왔는데……."

"제가 그분께 피리에 대해 배웠더랬습니다."

탈기해 있던 사내는 문득 박연을 자세히 뜯어보았다.

"그럼 그분이 어떤 사람이었다는 것도 알고 계신지요?"

박연은 고개를 저었다.

"아닙니다. 워낙 말수가 적은 분이고, 또 마을 연장자 되시는 분들도 왠지 그분에 관해선 말씀하시길 꺼려 하셔서……."

사내가 잠자코 고개를 끄덕였다.

"이해가 가는 일입니다. 사실 그분만큼 비운을 가진 이도 드물 겁니다. 고려가 무너지면서 그분 가문도 같이 무너졌으니까요."

박연은 뭔가 짚이는 데가 있어 얼른 물었다.

"그럼 혹시 그분이 고려 때 음악과 관계된 일을……?"

사내가 슬픈 얼굴로 대답했다.

"그렇지요. 고려 속악을 취급하는 부서에 몸을 담기도 했고……."

사내는 여자처럼 왜소한 체격이지만 쏘는 듯한 안광이 범상치 않았다. 박연은 어쩐지 그가 오랜 지기처럼 느껴졌다.

"그분을 잊기가 쉽지 않을 것 같습니다."

"시대가 바뀌어도 잊을 수 없는 사람이 있기 마련이지요."

사내는 젖은 눈빛으로 말을 계속했다.

"피리소리를 들으니 시골에 사는 분치고는 대단한 실력입니다. 하지만 세상은 워낙 크고 넓은 곳이라 나서 상상도 못할 고수들이……."

"전, 아직 부족한 게 너무나 많습니다. 그저 피리가 좋아서 불고 다닐 뿐이지요."

사내가 엷은 미소를 띠었지만 여전히 서글픈 말씨였다.

"보아하니 댁은 고려 우왕께서 보위에 계실 때 태어나신 연배로 보이는군요."

박연은 피리를 품에 넣으며 말했다.

"그렇습니다. 그래 그런지 방금 말씀하신 고려 속악이란 것에 아주 마음이 갑니다."

"알고 싶습니까?"

"들려주실 수 있겠습니까?"

"그렇다면 제가 아는 몇 가지를 말씀드리지요. 그분이 없으니 맥도 풀리고, 오래 걸어와 다리가 아파 더는 걷지도 못하겠고, 해서 잠시 앉아 쉬는 사이에……."

사내도 처음 보는 젊은이에게서 거리감을 느끼지 않는 듯했다. 어쩌면 김순재를 만나지 못한 아쉬움이 그를 그렇게 몰아가는 것인지도 몰랐다. 어쨌든 그렇게 해서 박연은 뜻하지 않게도 고려 속악에 얽힌 몇 가지 이야기들을 듣게 되었다. 그리고 가슴속 깊은 곳에서 뭔가 아련한 향수 같은 것이 피어올랐다. 그것은 새로운 왕조에까지 그 맥을 잇고 싶다는 소망을 싣고 있었다. 박연으로 하여금 그런 각오를 하게 만드는 사내는 뛰어난 이야기꾼 자질을 갖추었다.

"김순재 그분이 좋아하시던 노래 중에 장암長巖이라고 있지요. 당신이 벼슬길에 나아가지 않은 건 이 노래의 영향이 컸던 게 아닌가 싶습니다만……."

"장암의 영향이……?"

"그 노래의 사연은, 평장사 두영철이란 사람이 있었는데, 장암으로 귀양 가서 한 노인과 퍽 친하게 지냈답니다. 그러다 두영철이 귀양지에서 풀려나 돌아올 때 무리하게 관직에 집착하지 말 것을 당부했는데, 그때 두영철은 그렇게 하겠다고 대답했지만 다시 관직을 맡아 또 죄를 짓고 귀양을 가게 되었답니다. 그러자 노인이 노래를 지어 기롱譏弄했는데 그게 바로 장암이란 고려 속악이지요."

박연은 저도 모르게 고개를 끄덕였다.

"그분이 장암이란 노래의 영향을 받으신 게 확실한 것 같습니다. 충분히 벼슬길에 나아갈 만한 능력을 갖추신 것처럼 보였거든요."

사내 또한 머리를 주억거린 후 말을 이어 갔다.

"이번에는 시를 지어 그 뜻을 풀이해 주었다는 한송정寒松亭에 대해 얘기해 보지요. 이 노래는 비파 밑바닥에 쓰여져 강남으로 떠갔는데, 거기 사람들이 그 뜻을 몰랐답니다. 한데 광종 때 고려인 장진공이 사신으로 가서 가르쳐 주었는데 이런 내용입니다. '달 밝은 한송정의 밤에, 물결 잔잔한 경포대의 가을이라. 슬피 울며 오고 또 가는 것은, 믿음 있는 한 마리 모래 위 백구로다……' 하는……."

시를 읊조리는 사내 음성은 너무나 애잔하고 절절하여 박연은 절로 눈물이 솟았다. 그의 신분은 예조 악공이나 악생이 아니면 하다 못해 시정 소리꾼이 아닐까 싶었다. 근처 감나무에서 주홍빛 감잎이 하나 떨어져 내렸다. 버들내의 가을이었다. 그때 사내가 이런 이야기를 하여 박연의 마음속에 문득 초림의 아름다운 모습이 되살아나게 하였다.

"한 아리따운 부인이 죄에 걸려 제위보濟危寶에 일꾼으로 있게 되었는데 그만 어떤 남자에게 손을 잡히고 말았답니다. 그래 부인은 이를 씻을 길이 없어 노래를 지어 스스로를 원망했는데, 이것이 〈제위보〉라고 하는 속악입니다."

박연은 사내의 해박함에 갈수록 놀랐다. 그저 평범해 보이는 사내에게 그런 지식과 재능이 숨어 있다니. 박연은 조심스럽게 물었다.

"저, 대단히 송구스럽습니다만 고견을 듣고자 하오니 말씀해 주십시오. 음악을 하는 방법에는 어떤 게 있겠습니까?"

사내 입가에 쓸쓸한 미소가 저녁 물안개처럼 번져 났다.

"나 같은 무지렁이가 무엇을 알겠습니까. 하지만 알고자 하는 댁의 눈빛이 하도 진지하여 그냥 있을 수는 없군요. 많이 부족하나마 제가 알고 있는 바를 말씀드려 보지요."

"고, 고맙습니다."

"5음音과 12율律의 근본을 알고 이를 잘 활용하는 것, 절주완급(節奏緩急 : 음악의 가락과 박자)을 알아서 악보를 만드는 일, 그리고 타고난 재능으로 천부적 손가락의 연주 기능을 갖추는 것, 이렇게 세 가지 정도를 들 수 있겠지요."

순간, 박연 가슴이 널뛰듯 했다. 언젠가 봉황대에서 만난 시인 묵객이 봉황 울음소리는 5음의 묘음을 낸다고 하던 말이 기억났던 것이다. 그때 그런 피리소리를 내고 싶은 욕망을 느꼈던 박연은 눈을 반짝이며 다시 물었다.

"무엇 하나 제대로 갖추지 못한 제가 그래도 만약 감히 음악에 뜻을 두게 된다면, 저는 그중 어디에 해당될 수가 있겠습니까?"

사내는 박연을 찬찬히 응시하고 나서 약간 놀랍다는 얼굴로 이렇게 답했다.

"나는 관상술에는 약하지만 대단한 상相입니다. 댁은 그 어느 쪽이든 모두 가능할 것 같군요. 이 세상에 그런 사람은 절대 흔한 법이 아닌데……."

박연은 사내에게 자신의 집으로 모셔가 대접할 뜻을 비쳤다. 그러나 사내는 완강하게 고개를 저으며 말했다.

"아니, 이만 가리다. 그분도 계시지 않는 곳에 더 머물고 싶은 마음이 아니오."

사내는 먼저 바위에서 일어섰다. 박연도 얼른 몸을 일으켰다. 사내는 매몰차다 싶을 정도로 휙 몸을 돌려 오던 길로 되돌아가기 시작했다. 박연이 이름자라도 물어볼 틈도 주지 않았다. 그리하여 망연히 지켜보고 있는데 사내가 문득 큰소리로 노래를 부르기 시작했다.

"저 남산에 가서 돌을 잘라 오려고 하는데, 정과 남음이 없구나彼南山往伐石釘無餘矣."

박연은 갑자기 날카로운 정에 몸 한 곳을 쪼인 듯 번쩍 정신이 났다. 그건 자신이 어릴 적에 생긴 동요였다. 사람들 사이에서는 아직도 쑥덕거리는 민요였다. 이상하게 그 동요가 불리기 시작한 얼마 후에 남은과 정도전이 극형을 당해 죽었다.

항간에 이런 소문이 파다하게 퍼졌다. '정무여'에서 '정'은 '정도전'의 성씨인 '정'과 음이 같고, '여'는 '남은 것'의 뜻이니 '남은'의 취음取音과 소리가 같다. 그러니 '정과 남은 것이 없다'는 말은 정도전과 남은이 없어진다는 뜻을 나타낸 것이다…….

그런데 그 낯선 사내 입에서 지금 그 민요가 흘러나오고 있는 것이다. 박연은 온몸이 옆에 있는 바위처럼 굳어 버렸다.

점점 멀어져 가는 사내의 뒷모습에서 옛 고려를 보는 듯했다. 김순재, 그 어른이 고려 때 녹을 먹은 이의 후손이라는 말이 새로이 떠올랐고 저 사내 또한 비슷한 집안 자손이려니 여겨 졌다. 그러자 박연은 갑자기 다급해졌다. 두 손을 모아 나팔 을 만들어 사내 등에 대고 소리를 질렀다.

"함자 석 자라도 알려 주고 가십시오!"

사내가 처음으로 등을 돌렸다. 그러고는 잠시 멈춰 선 채 역 시 큰소리로 말했다.

"혹여 이 몸이 생각나거들랑 남한강 상류와 달래강이 함께 만나 휘돌아 흐르는 곳을 찾으시오. 일찍이 신라의 악성 우륵 이 거기 대문산 위에서 가야금을 탔으니 곧 탄금대요, 달래강 나루터에 내려가면 가야금을 가르치다가 쉬던 곳이 있으니 곧 금휴포요, 강 건너 마을에는 그의 거문고 소리가 그곳까지 들렸다 하여 청금대라 불리는 곳이 있나니……."

뒷말은 잘 들리지 않았다. 박연은 목이 메어 외쳤다.

"알겠습니다! 제게 무엇을 깨우쳐 주시려는지……. 저도 꼭 우륵이나 왕산악 같은 악성이 되도록 이 한 몸 뼈를 깎아 내고 피를 쏟는 노력을 아끼지 않겠습니다. 부디 안녕히 잘 가십시 오!"

사내가 한 손을 높이 치켜들고 흔들어 보였다. 노을이 나그 네 몸을 물들였다. 그의 흰옷이 악공들이 입는 붉은 예복처럼 비쳤다. 비둘기 한 마리가 둥지를 찾아가는지 낙조를 비스듬 히 비껴 날아가고 있었다.

사내 모습이 시야에서 완전히 사라지자 박연은 다시 바위에 무너지듯 주저앉았다. 그리고 한참을 넋 놓고 있던 박연은 사위가 점점 어두워지는 것을 보고 일어나 바위를 디디며 내려오기 시작했다.

　바위틈에 숨은 듯 함초롬히 핀 난초가 눈에 들어왔다. 순간, 박연은 흡사 벼락을 맞은 사람처럼 보였다. 온몸이 움찔 하는 게 저무는 날빛 속에서도 똑똑히 띄었다.

　'아, 저 난초의 모습! 내 비록 고향을 떠나 살더라도 저 난초 자태만은 평생을 두고 잊지 못할 것이다.'

　냇가 옆 바위 서리에 피어난 난초. 집안에 무더기로 자라는 난초. 어쩌면 그때부터 박연은 자신의 호를 '난계蘭溪'라고 지을 생각을 하고 있었는지도 모른다. 난초도 그런 박연의 마음을 알아차린 걸까. 홀연 파르르 파르르 떨리는 잎새가 그윽한 향기를 유독 박연 쪽으로 뿜어내고 있었다.

　박연은 터벅터벅 걸어 집을 향했다. 멀리 보이는 송설당松雪堂은 어버이가 안 계신 탓인지 안채와 사랑채 쪽이 모두 썰렁해 보였다. 지난날 부친이 생존했을 때는 열두어 평 남짓한 안채와 일곱 평 정도 되는 사랑채가 사람 사는 집답게 온기가 느껴지고 늘 식객들로 붐볐었다.

　박연은 대문을 들어서서도 마치 남의 저택에 들어선 것처럼 새삼스런 눈으로 집안을 둘러보았다. 정면 3칸이고 측면은 전후퇴前後退가 있는 겹집이었다. 전면퇴에는 우물마루를 설치하고 한켠에는 부엌과 곡식 창고를 부설한 고미반자에 우진각의 기와지붕을 올렸다.

고미반자는 지네 모양으로 산방散枋을 중앙에 건네고 그 양쪽에 지네발이라는 각목을 끼운 후 지네발 사이에 잔 나뭇가지를 걸쳐 그 위에 흙을 깔게 되어 있다. 그리고 우진각지붕은 건물 사면에 지붕면이 있고 귀마루(내림마루)가 용마루에서 만나는 '一'자형 평면의 지붕 형태로서 격식을 중요하게 생각하지 않는 민가, 특히 초가에 많이 사용된 지붕인데, 박연은 마당에 서서 그 지붕을 올려다보기 좋아했다. 팔작지붕이 주周나라 중원 지방의 한식漢式이라고 한다면, 우진각지붕은 북방성의 요식遼式 구조라고 할 수 있었다.

박연의 눈길은 계속 이곳저곳을 향했다. 부속채는 1동으로 외양간, 광과 방 1칸인 초가지붕이었다. 박연 가슴이 저릿해졌다. 조만간 집을 떠날 생각이었다. 그동안 아무 이룬 것도 없이 세월만 허송해 버렸다. 나이도 이십대 중반이 넘었다. 돌아가신 부모님을 생각해서라도 어서 벼슬길에 나아가야 했다.

부인이 나와 출타했던 지아비를 맞이했다. 여산 송씨礪山宋氏로서 판서를 지낸 송빈의 따님이었다. 박연은 그녀의 가늘고 긴 허리를 보며 말했다.

"부인! 내 곧 한성으로 올라가 생원을 뽑는 과거를 보아야겠소. 내 나이 어언 스물을 넘어 서른을 바라보고 있소. 너무 늦은 나이지 않소?"

부인이 다소곳이 머리를 숙이며 말했다.

"서방님께서는 돌아가신 부모님 생각에 그런 줄 하늘이 알고 땅이 아옵니다. 이제라도 그런 생각을 하게 되었으니 참으로 다행이옵니다."

사실 지금까지 송 씨는 차마 내색은 못했지만 남편이 딱하고 걱정스러웠다. 그러나 워낙 효성이 지극한지라 아직도 상喪의 아픔을 씻지 못하는 지아비에게 벼슬길에 나아가라고 감히 권하지는 못하고 타 버린 가마솥처럼 애만 태워 온 터였다. 그 밤에 송 씨는 남몰래 정화수 한 그릇을 떠다 놓고 열심히 손바닥을 비볐다.

귀인을 만나다

　박연은 한양으로 떠나게 되었다. 그리하여 태종 5년인 1405년, 남들보다는 늦은 나이인 27세였지만 당당히 생원 급제하였다. 한양도 한양이지만 특히 웅장한 대궐은 참으로 사람을 놀라게 했다. 박연은 종묘 정전正殿을 훔쳐보며 가슴을 쓸어내렸다. 길게 도열한 붉은색 나무기둥과 끝이 가물가물한 주랑柱廊, 그 위에 일직선으로 뻗은 끝없이 긴 맞배지붕의 처마…….

　박연은 민가인 고향집과 비교해 가며 그 건물을 살펴보았다. 정전은 정면 19칸, 측면 4칸, 맞배지붕, 일출목一出目 이익공二翼工 집으로 태조가 등극한 4년 후인 1395년에 준공되었다고 했다. 정전 좌우에 접속시켜 지은 동ㆍ서 익실翼室은 각각 정면 3칸, 측면 3칸이며 초익공初翼工 양식으로 되어 있었고, 신문神門은 정전의 정문으로 정면 3칸, 측면 2칸, 초익공 5

량가구五樑架構로 되었는데, 이 문 좌우에 잇대어 종묘의 안 담장이 둘러져 있었다. 박연은 초익공 5량가구로 된 동문과 서문 사이를 왔다 갔다 하기도 했다.

그러던 어느 날 박연은 한평생 살아가면서 가장 도움을 많이 받게 될 귀인 하나를 거기서 우연히 만났다. 바로 고불古佛 맹사성孟思誠이었다. 신창이 본관으로 온양 출생이며 양촌 권근의 문인인 그는 우왕 12년에 문과에 급제하여 예문춘추관검열·전의시승·기거랑 등을 역임하였고, 조선시대에 이르러 수원판관·내사사인·예조정랑·간의 등을 지내고 후에 좌의정까지 오르게 되는 청백리淸白吏였다.

맹사성은 갓 출사出仕한 신출내기 박연이 그곳에 관심이 높은 것을 알자 으스대는 대신 대견하다는 얼굴로 친절히 대해 주었다.

"박연이라고 했던가? 영동 땅에서 왔다고?"

"그러하옵니다, 고불 대감."

"내 자네를 오늘 처음 만나지만 어쩐지 정이 많이 가는구먼. 특히 얼굴 생김이 예술가로서 대성할 듯하이."

맹사성은 황감해하는 박연에게 상세히 설명해 주기 시작했다.

"여기는 바로 이 나라의 심장 같은 곳이네. 영원히 멈추어서는 아니 될······. 궁전 왼편에 있는 종묘와 오른편 사직단의 사직을 합칭한 종사宗社란 말은 우리 조선에서는 국가와 같은 의미로 보아 마땅하이. 자네, 그 까닭을 말해 볼 수 있겠나?"

박연은 잠시 생각한 후 대답했다.

"제 짧은 소견으로는, 우리 유교 사회에서는 종묘와 사직이 곧 국가의 기틀이 되기 때문이 아닐까 합니다만……."

맹사성의 갸름한 얼굴이 지금 머리 위에서 비치는 해처럼 밝아졌다.

"역시 이 고불이 사람을 바로 본 것 같구먼. 자네는 장차 이 나라의 대단한 초석이 될 것이야. 여기 종묘 정전에 마음을 쏟는 걸 보니……."

"아, 저 같은 촌뜨기가 어떻게……?"

맹사성이 손을 내저으며 붉은 입술을 열어 말했다.

"그냥 듣게나. 그래서 나라를 세워 왕궁을 영위하려면 반드시 이렇게 종묘와 사직단을 세워 때에 맞춰 제사를 지내야 하는 거라네."

고려 시대와 조선 초기인 지금까지는 7대조까지 봉안하는 칠묘제로 한다는 것이었고 종묘는 원래 좁은 의미로는 정전을 가리킨다고도 했다.

"여기 태조의 묘가 있다고 해서 태묘太廟라고 일컫는 것 정도야 알 테고……."

그렇게 말하면서 맹사성은 정전 오른쪽 뒤편으로 눈을 돌렸다. 거기는 조묘祖廟라고 일컫는 영녕전永寧殿이 있었다. 맹사성의 눈은 정전 위로 펼쳐진 푸른 하늘 기운이 고스란히 스며든 듯 맑은 정기가 넘쳐 보였다.

"역대 왕과 왕비는 사후에 신주를 일단 이곳 종묘 정전에 봉

안했다가 일정한 기간이 지나면 저 영녕전으로 옮겨 모시게
되지. 그것을 뭐라고 하는지 아는가?"

박연은 답을 못했다.

"조천朝天이라고 한다네."

"조천……."

"허나, 그 공덕이 높아 치적이 크신 왕은 조공숭덕의 이념에
따라 7대가 지나도 여기 정전에 그대로 모시게 될 것이야."

맹사성은 바쁜 몸일 테지만 젊은 박연에게 많은 것을 깨우쳐
주고자 하는 빛이 역력했다. 영웅은 영웅을 알아본다고 하던
가. 비록 처음 만나는 자리지만 맹사성은 열심히 수授했고 박
연은 정성으로 수受했다.

"일찍이 선왕에게 제사를 지내기 위하여 마련한 이 종묘는,
토지와 곡식의 신에게 제사를 지내는 저쪽 사직단과 함께, 이
나라에서 가장 중요한 제향의식이 치러지는 신성한 무대라고
봐야 할 것이야."

"종묘의 제향에는 어떤 것이 있습니까?"

"춘하추동 사계절과 납일에 지내는 정시제가 있고, 나라에
길흉사가 있을 때 지내는 고유제 그리고 햇곡식 햇과일이 나
오면 약식으로 고유告由하는 천신제 등의 임시제가 있다네."

"제관도 대단하겠군요?"

"그렇다네. 정전 163명, 영녕전 137명, 공신당 2명, 도합 302
명으로 편성되지."

"봉행 절차도 복잡하겠군요?"

"물론이지. 대제 전날에 전향축축례·제찬진설·분향분축의 행사를 하고, 대제 당일에는 사시巳時에 영녕전의 제향을 먼저 올리고, 오시午時에 정전의 제향을 봉행하게 되네."

어느새 서편 하늘가로 꽤 기운 해가 두 사람 그림자를 거인처럼 길게 드리우고 새들도 깃을 찾을 채비를 하는 듯 분주히 날갯짓을 하였다. 하지만 강설講說은 끝날 줄 몰랐다.

"제례는 신과례·초헌례·아헌례·종헌례·음복례·망료 순으로 진행되며……."

"무척 길군요?"

"여기 길게 뻗은 종묘 건물을 보게나. 이렇게 공간적으로 길게 뻗은 만큼이나 종묘제례도 시간적으로 길게 끌게 되는 것이야."

그런데 그야말로 박연의 크고 긴 두 귀가 나발처럼 활짝 열릴 소리가 나온 것은 다음 순간이었다.

"이렇게 국가 대제인 종묘제례에 어찌 음악이 없을 수 있으리요."

박연은 자신도 모르게 그곳 맞배지붕이 와르르 내려앉을 만큼 엄청나게 큰 목소리로 물었다.

"으, 음악이라고 하, 하시었습니까?"

그 바람에 맹사성 눈도 화등잔만 해졌다.

"자네, 왜 그러는감?"

"아, 아닙니다. 그보다도 그렇게 중차대한 종묘제례에 왜 음악이 있어야 하는지 그 까닭을 말씀해 주십시오."

맹사성은 약간 어리둥절한 표정이었지만 상대가 하도 진지하게 묻는지라 정색하고 답변해 주기 시작했다.

"예로부터 예악은 유교 정치에서 백성을 교화시키는 중요한 수단으로 간주되어 왔네. 그러하기에 국가 의식에는 반드시 음악이 따라야 하는 법일세."

"……."

"그러니 종묘제례악은 바로 그처럼 종묘에서 제사 지낼 때 공연되는 기악과 노래와 무용의 총칭이라고 봄이 마땅할 것이야."

박연의 젊은 가슴은 뛰었다. 한없이 뛰놀았다. 드넓은 초원을 질주하는 야생마 같은 힘과 야망이 온몸을 떨리게 했다. 천둥 번개가 머리에서 발끝까지 관통하는 느낌이었다.

종묘제례악…….

그때 문득 긴 한숨 소리와 함께 맹사성이 이런 말을 했다.

"헌데, 지금 이 조정에는 훌륭한 종묘제례악이 아직 없다네. 종묘제례악이 뛰어나야 대대로 종묘사직이 번창할 것이거늘……."

"……!?"

"참으로 아쉽고 안타깝고 슬픈 노릇이야. 내 일찍이 이 나라 새로운 종묘제례악을 꿈꾸었거늘, 워낙 재주가 무딘 병기처럼 둔하고 그 일이 너무나 어렵고 힘든 터라, 늘 탄식과 죄책감으로 지내고 있다네."

"고불 대감……."

"자네, 박연이라 했던가? 내 이날 이때까지 살아오면서 이토록 한 사람과 오랜 시간 이야기를 나눈 적이 없었네. 하지만 아직도 자네와 더 대화를 나누고 싶으이. 저 떨어지는 해가 원망스럽구먼. 자네 그 이유를 알겠나? 내 오늘 비록 이 자리에서 자네를 처음 대하나 어쩐지 큰 기대가 느껴지고 있음이야."

"고, 고맙사옵니다. 하지만 시생侍生이 어찌 감히……."

"아닐세. 내가 하는 말이 허튼 소리만은 아니야. 이건 대단한 인연일세."

"예에?"

"우리가 처음 만난 이 장소가 어딘가? 바로 한 나라를 지켜나가기 위해 반드시 필요한 종묘와 사직단이 세워진 곳이 아니냐 그 말일세. 이건 예사 인연이 아닌 게야. 아암, 그렇고 말고. 박연 자네 앞으로 날 종종 찾아 주게나."

해는 완전히 서산을 넘었다. 그러나 두 사람의 가슴속에는 새로운 해 하나가 환하게 떠오르고 있었다. 박연은 철석같이 다짐했다. 자신의 음악에 대한 소질과 관심을 모두 쏟아 기필코 훌륭한 종묘제례악을 이루어 낼 것을. 그랬다. 훗날 영원히 빛날 이 나라 종묘제례악은 그렇게 태동의 싹을 틔우기 시작했다.

그날의 만남이 마음에 굉장한 반향을 불러일으킨 때문일까. 한양에 머물면서도, 아니 객지라 더욱 그런지, 박연의 머릿속은 온통 음악으로만 가득 찼다. 하루는 피리를 만지작거리다가 혼자 중얼거렸다.

'내 피리 실력이 어느 정도인지 한 번 시험해 볼 것이야.'

그 길로 박연이 찾아간 곳은 전악서였다. 거기는 나라 안에서 유명하다는 악인들이 모여 연향 음악을 담당하고 향악·당악을 관장하며 성률의 교열을 맡는 음악기관이었다. 박연은 어깨에 잔뜩 힘을 주고 고개를 빳빳이 치켜든 채 자신감에 넘치는 소리로 말했다.

"영동 땅에 사는 박연이라고 합니다. 피리나 한 곡 불어 보고 싶어서 이렇게 찾아왔습니다."

그러자 악공들은 서로 얼굴을 마주보며 한바탕 웃음부터 터뜨렸다. 비웃는 빛이 역력한 분위기였다. 박연은 부아가 치밀었다. 원래 악공은 공천公賤 출신에서 충원하였으며 악공을 원하면 양인 신분도 받아들인 것으로 알고 있었다. 게다가 지금까지 '영동 땅에 사는 박연' 하면, 누구나 '아, 그 피리의 명수로 알려져 있는 사람이 당신이군요?' 하며 존경의 눈빛을 보내오지 않았던가. 그런데 그런 나를 몰라보고 이렇게 놀리려 들다니. 박연이 얼굴이 벌개져서 씩씩거리자 턱이 뾰족한 한 악공이 피리를 갖다 주며 역시 빈정거리듯 말했다.

"영동 땅에 산다 하시었소? 그렇다면 어디 한양 땅에서 한 곡조 불어 보시구려."

그 악공 말이 떨어지기 무섭게 전악서는 또 한 번 웃음소리가 진동했다. 기둥이 흔들리고 서까래가 내려앉을 듯했다. 박연은 그들을 노려보며 자신이 고향에서 제일 자신 있게 불었던 곡조를 떠올렸다.

'좋다! 나를 촌놈이라고 놀려 먹는 한양 것들, 당장 콧대를 납작하게 만들어 주리라. 너희가 내 피리소리만 들으면 즉시 무릎 꿇고 사죄할 것이다.'

그런 각오와 함께 박연은 온 정성을 기울여 피리를 불기 시작했다. 한데 이 무슨 일인가. 박연이 얼마 불지도 않아 전악서는 야단 난리가 벌어졌다. 악공들은 저마다 발을 굴러 대면서 배꼽을 움켜쥐었고 어떤 이는 웃음을 참느라 애쓰는 통에 그만 목구멍이 막히는지 캑캑 숨넘어가는 소리까지 내었다. 박연은 입에서 피리를 떼내며 성난 목소리로 물었다.

"아니, 모두들 왜 이러십니까?"

그래도 모두들 웃느라 대답을 못했다. 이윽고 그중 얼굴이 둥그스름하고 눈매가 선해 보이는 나이 지긋한 악공이 타이르듯 입을 열었다.

"이것 보시오. 박연이라고 하시었소? 내 말 잘 들으시오. 피리도 음악이오."

박연은 여전히 기분 나쁜 어조로 되물었다.

"피리도 음악?"

사실 이제까지 살아오면서 지금 이 순간만큼 심한 모멸감을 느낀 적은 없었다. 나이 든 그 악공이 고개를 끄덕였다.

"그러하오. 그리고 무릇 음악은 일정한 가락이 있고, 그 가락 속에는 신비스런 맛이 곁들여져야 하는 법이오."

"……"

박연은 장마 지난 후 마당가에 나온 두꺼비처럼 눈만 멀뚱멀뚱했다. 그때쯤 전악서 모든 악공들은 언제 웃었냐는 듯싶게 엄숙한 표정들로 바뀌었다. 음악 이야기가 나오자 갑자기 그렇게 경건한 분위기로 변해 버린 것이다. 그런 속에 선량한 눈빛을 가진 악공의 음성이 은은하게 울려 나왔다.

"그런데 그대가 방금 우리들 앞에서 불어 보인 피리소리는, 그대가 듣기에 좀 거북하겠지만, 그건 산토끼 발 맞추는 시골 골짝에서 제 혼자 멋대로 불어 젖히는 형편없이 속된 소리란 말이오."

"속된 소리……"

박연은 얼굴에 확 화톳불을 뒤집어쓴 느낌이었다. 그렇다면 내가 피리를 불 때 나타나 춤추던 산토끼가 그런……? 그러나 가까스로 용기를 내어 그 악공에게 피리를 내밀며 말했다.

"그렇다면 방금 제가 불었던 곡을 한 번 불어 보시지요."

악공이 조용히 말했다.

"내 그리하리다."

악공은 이내 박연이 불었던 곡을 불기 시작했다. 그런데 잠시 그 소리에 귀를 기울이던 박연은 그만 쥐구멍부터 찾아야 했다. 그랬다. 과연 달랐다. 그것은 자신이 내는 소리와는 달라도 너무나 달랐다.

그 가락 속에는 오묘하고 신비스런 기운이 엄청나게 담겨 있었다. 일찍이 그토록 훌륭한 피리소리는 상상해 본 적도 없었다. 사람이 부는 게 아니라 신선이 부는 피리였다. 자신의 몸과 마음이 한 마리 학이 되었다가 하늘가 구름이 되어 둥둥 떠돌기도 했다. 마침내 박연은 악공들 앞에 털썩 무릎을 꿇으며 울먹이듯 말했다.

"제가 얕은 물에 찰싹거리던 피라미였습니다. 저의 오만 방자한 언동을 크게 꾸짖어 주십시오. 어르신들에게 버릇없이 군 죄 무슨 벌이라도 달게 받을 각오가 돼 있습니다."

그러자 긴 침묵이 흐르고 악공들은 서로 얼굴을 마주보며 고개를 끄덕였다. 박연 가까이 있던 악공들이 박연의 등을 토닥이며 말했다.

"아니오. 그 기상이 참으로 대단하외다."

"그래요. 박연이라 하시었소? 젊은이라면 그 정도 패기는 있어야……."

"절대 포기하지는 마시오. 보아하니 피리에 대한 열성과 자부가 대단하신 것 같으니……."

"옳은 말씀이오. 기본은 탄탄한 것 같소."

박연은 한층 기어드는 목소리로 말했다.

"저도 그동안 율려신서律呂新書*를 읽었고 나름대로는 음악 공부도 해 왔다고 자부했습니다. 그러나 차마 음악에는 미치지 못했나 봅니다."

"허어, 이제 그만해도 되었소이다. 그러니 일어나시오."

얼굴이 각지고 귀가 쫑긋한 악공이 박연의 겨드랑이에 팔을 끼우고 일으켜 세웠다. 박연은 좌중을 향해 머리를 깊이 조아

---

* 율려신서(律呂新書) : 남송의 채원정이 저술한 음악서적.

리며 말했다.

"오늘의 이 경험을 바탕 삼아 앞으로 절대 경거망동하는 짓은 하지 않겠습니다. 그리고 정말 본격적으로 공부해 보겠습니다."

처음에 피리를 갖다 준 악공이 뾰족한 턱을 들어 말했다.

"언제 기회가 닿으면 궁궐에 연주회가 있을 때 꼭 한 번 관람해 보시오. 많은 도움이 될 게요."

"예, 반드시 그렇게 하겠습니다."

전악서를 나온 박연은 세상에 새로 태어난 기분이었다. 악공이 불던 그 멋진 피리소리가 내내 머리를 떠나지 않았다. 지난날 시묘살이 때 만난 호랑이를 그렇게 느꼈듯 그 악공들도 전설 속 인물들이 아니었나 싶었다.

'그렇게 훌륭하게 불 수 있다니! 그의 손에 들린 순간 피리는 신선의 악기로 화해 버렸단 말인가? 아아, 나는 언제 그렇게 될 수 있을까.'

처소로 돌아온 박연은 하인에게 어디 피리 잘 부는 이가 있는지 알아보라고 했다. 이틀 후 을쇠가 와서 아뢰었다.

"이원梨園에 피리 잘 부는 광대가 있다 하옵니다."

그 말이 채 떨어지기도 전에 박연은 씽 바람 소리 나게 자리를 박차고 일어섰다.

"지금 당장 그곳으로 날 안내하렷다!"

소리하는 예인을 광대 또는 소리광대라고 하여 소리를 잘하면 대광大廣, 못하면 소광小廣이라고 하였다. 광대는 소리하는 사람과 재비, 즉 고수鼓手와 삼현 육각三絃六角*하는 사람 그리고 땅재주하는 사람, 이렇게 세 층으로 구분했는데, 박연이 알기로 먼저 소리를 배우다가 실패하면 재비가 되고, 또 재비도 못되면 땅재주를 배웠다. 땅재주 넘는 재인이 광대 중에서 제일 지체가 낮고 소리하는 광대가 그중 높았다.

그런데 명을 받은 을쇠는 난처한 얼굴로 더듬거렸다.

"소인이 무식하여 잘은 모르겠으나, 저, 그자는……."

박연의 단아한 입에서 호통이 터져 나왔다.

"허어? 웬 잔말을 그다지도 늘어놓는단 말이냐? 피리만 잘 불면 됐지, 나랏님이라면 어떻고 광대면 어떻고 기생이면 또 대수겠느냐? 어떤 신분일지라도 아무 상관없느니라. 그러니 어서 썩 앞장서지 못할까?"

"예, 예. 소인 분부대로……."

을쇠가 놀라 늙은이처럼 등을 구부리고 앞장섰다. 그 광대의 거처는 꽤 먼 거리에 있었다. 하지만 박연은 전혀 개의치 않는 눈치였다.

"어찌 나에게 배우려고 합니까?"

눈 아래쪽이 거무스름한 광대는 의아해했다. 박연은 특유의 겸허한 자세로 말했다.

"무릇 사람이 알고 배우고자 함에 있어 스승을 찾고자 하면……."

---

*삼현 육각(三絃六角) : 삼현과 육각. 거문고 · 가야금 · 향비파와 북 · 장구 · 해금 · 피리와 한 쌍의 태평소로 된 기악 편성.

"하지만……."

"긴히 부탁드리는 바이니 물리치지 말아 주십시오."

"학자이시고 정치를 하려는 신분을 생각하시어 한 번 더 헤아려 보신 연후에……."

"부끄러운 솜씨나마 피리를 한 번 불어 보겠습니다. 그러니 그 소리를 듣고 교정해 주셨으면 합니다."

박연은 광대가 더 무어라 하기 전에 품에서 피리를 꺼내 불기 시작했다. 광대도 박연의 고집 앞에 포기한 듯했다. 두 눈을 지그시 감고 듣던 광대는 박연이 피리 불기를 그친 후에도 아무 말이 없었다. 박연은 초조해졌다.

"어떻습니까? 솔직히 말씀해 주십시오."

"……."

"거듭 부탁드립니다. 행여 속일 생각일랑 마시고 숨김없이 들려주십시오."

박연의 수차례 재촉에 광대는 어렵사리 두터운 입술을 뗐다.

"그렇다면 사실대로 얘기하겠습니다. 나으리의 피리에 대해 찢겨진 입 모양 그대로 말씀드릴 것 같으면, 우선 소리와 가락이 상스럽기 그지없습니다."

박연은 피가 배어 나올 정도로 입술을 깨물며 광대의 말 한마디도 놓치지 않으려는 듯 귀담아듣다가 가만히 입안으로 되뇌었다.

"소리와 가락이 상스럽기 그지없다……."

그러고 나서 하늘을 우러러 탄식했다.

"아, 내 일찍이 영동에서 피리를 불면 산토끼며 너구리며 청설모며 온갖 산새들이 몰려와 들었거늘 정녕 나는 얕은 물에 철버덩대던 피라미였던가?"

광대는 내친걸음이라는 듯 말을 계속했다.

"또한 절주에도 맞지 않을뿐더러⋯⋯. 미안합니다."

"절주에도 맞지 않는다구요?"

"원래 이 사람이 거짓 고하기를 못하는 성미라 놔서⋯⋯."

"또 없습니까? 모두 다 듣고 싶습니다."

광대는 여전히 싸늘한 말투로,

"저의 좁은 소견으로는, 나으리는 예전 버릇이 이미 차돌같이 굳어져⋯⋯."

"그래서요?"

"그래서 고치기가 어렵겠군요."

그때 옆에서 얼굴이 붉으락푸르락 들고 있던 을쇠가 더는 참지 못하고 큰소리로 끼어들었다.

"그 무슨 망언이오? 우리 나으리께⋯⋯."

광대의 상체가 움찔했다. 박연이 얼른 을쇠를 제지했다.

"저리 썩 뒤로 물러서지 못할까? 저분 말씀은 하나도 틀린 게 없어. 나도 그걸 인정하기에 그냥 듣고만 있는 것이야."

그런 다음 박연은 다시 광대에게 말했다.

"비록 그러하더라도 가르침을 받고자 하니 부디 내치지 말고 배움을 주십시오."

"아, 저로서는……."

광대는 이러지도 저러지도 못하고 허둥대기만 했다. 박연이 광대 손을 잡으며 간곡하게 부탁했다.

"이 몸 진실로 청합니다. 그러니 제발 내게 피리를 가르쳐 주십시오. 오늘은 너무 늦었으니 내일부터 당장 시작해 주셨으면 합니다."

광대는 대문 앞까지 나와 배웅하면서도 긴가민가하는 표정이었다. 아무리 배우려고 한다지만 과거에 급제까지 한 양반이 그렇게 겸손하고 스스럼없이 나오는 것은 본 적이 없는 광대였다. 박연을 보내고 나서 광대는 혼자 멍하니 생각에 잠겼다.

"정말 그 광대에게 배우시렵니까?"

그곳을 나와 처소로 향할 때 을쇠가 물었다.

박연이 나무라듯 말했다.

"내 아까도 말했거니와 배움에 있어 부끄러움이 없어야 할 것이야. 알지 못하는 것이 수치가 아니라 알지 못하면서도 학습하려 들지 않는 오만과 나태가 문제라 했거늘……."

다음 날부터 박연은 이원의 광대를 찾아가 피리를 배우기 시작했다. 그 열의가 어찌나 극진한지 광대는 휘휘 혀를 내두르고 말았다. 입술이 부르틀 정도로 열심인 박연의 모습은 보는 이들로 하여금 감탄과 존경심마저 자아내게 하였다.

박연은 오직 피리 하나를 불기 위해 이 세상에 나온 사람 같았다. 아니 실제 태어나는 순간부터 그는 피리를 불었다. 난초 잎새 위를 흐르던 피리 선율 같은 고고한 울음이었다. 기필코 행하면 귀신도 어쩌지 못한다던가. 수일이 흐른 후 광대가 놀란 얼굴로 말했다.

"참으로 놀라지 않을 수 없습니다. 이건 기적입니다. 절대 고쳐지지 못할 것이라 믿었던 옛 피리 부시던 습관이 이렇게 달라질 수 있다니……."

"부끄럽습니다."

"괜한 말씀이 아닙니다. 규범이 이미 이루어졌으니 장차 대성할 수 있겠습니다."

"아니, 그렇지 않습니다. 아직도 한참 멀었습니다."

박연은 더욱 열심히 피리에 매달렸다. 피리만이 자신을 지탱해 주는 생명줄인 것처럼. 가르치는 광대가 지쳐 제발 조금 쉬었다가 하자고 할 정도였다. 그러면 박연은 희고 단정한 이마의 땀방울을 소매로 닦으며 멋쩍게 웃었다.

"미안합니다."

그리고 또 며칠이 지난 어느 날이었다. 전신을 떨며 피리소리를 듣던 광대가 갑자기 박연 앞에 무릎을 꿇고 고하기를,

"이제는 제가 따라갈 수 없게 되었습니다."

박연은 급히 광대를 일으켜 세우며 말했다.

"무슨 말씀입니까? 아직도 한참 멀었는데……."

광대는 머리칼이 함부로 흩어질 만큼 고개를 세차게 흔들었다.

"사실이 그러합니다. 저로선 이제 더 이상 가르쳐 드릴 게 없습니다. 그러니 명일부터는 오지 마십시오."

"아, 난 아직도 한참 멀었거늘……."

창 너머로 개나리 울타리 옆에 붙어 자라는 석류나무 가지에 앉았던 참새들이 일제히 날개를 펴고 허공으로 점점이 흩어졌다. 자유의 몸짓 그 자체였다.

향학열에 불타는 박연은 더 배우고 싶었지만 광대가 그렇게 만류하니 더 고집을 피울 재간이 없었다. 하지만 마음 한구석에는 아직도 배움에 대한 갈증이 남아 아쉽고 심란하기 이를 데 없었다.

박연은 을쇠를 앞세우고 주막거리로 나섰다. 을쇠는 오른손 등으로 왼뺨의 점을 문지르며 신바람이 났다. 머리에 붉은 천을 맨 주모가 탁주와 도토리묵, 파전 등을 내놓았다. 박연은 배움의 목마름을 채우듯 술잔을 연거푸 기울였다. 그런데 서너 잔이나 들이켰을까, 문득 등 뒤에서 들리는 소리가 있었다.

"허, 박연 아니시오?"

박연은 놀라 돌아보다가 아, 하는 소리가 터져 나왔다. 그곳에는 뜻밖에도 지난날 전악서에서 만났던 그 나이 든 악공이 만면에 활짝 웃음을 띠고 서 있었다. 그런데 박연의 눈을 더욱 휘둥그레 뜨게 한 것은 악공의 동행이었다. 상대방도 박연을 보자 무척 반가우면서도 믿어지지 않는 눈치였다.

"어? 구면들이시던가?"

악공이 눈가에 진 잔주름을 모으며 두 사람을 번갈아 바라보았다.

"김순재 그분을 만나러 간 영동 고을에서……."

사내는 왠지 말끝을 삼켜 버렸다. 악공 낯빛도 사발에 담긴 막걸리처럼 흐려졌다.

"이보게, 현창. 그 사람 이야기는 그만하세. 어쨌든 그런 일이 있었군 그래."

박연은 김순재와 그들 사이에 어떤 말 못할 깊은 사연이 있다는 것을 눈치 챘지만 캐물을 수는 없었다. 그 대신 그들을 자기 혼자 앉았던 술자리로 모셨다. 세 사람이 둥글게 둘러앉았을 때 악공이 박연에게 물었다.

"지난번 전악서를 찾아왔을 때 들으니 율려신서를 읽었다고 했는데 그것에 관해 어느 정도 아시오?"

박연은 퍼뜩 대답을 못했다. 솔직히 아는 바가 거의 없었다. 말 그대로 읽었을 뿐이었다. 악공이 진지한 얼굴로 말했다.

"왠지 댁과는 살아가면서 남다른 인연이 있을 것 같소. 오늘 이렇게 우연히 만난 것도 그렇고……. 그래서 그것에 대해 미리 들려주려고 하오."

박연은 공손히 악공의 잔에 술을 따른 후 머리를 조아렸다.

"진실로 귀하신 가르침을 받겠습니다."

막 술잔을 내려놓던 현창도 말했다.

"저도 새겨듣고자 합니다. 오랜만에 성보 선배님 강의를 접하게 되었습니다."

성보라는 악공이 소탈하게 웃었다.

"같이 공부하는 자리라고 생각하고 내 말하리다. 마침 이 주막집 분위기가 이런 이야기 나누기 딱 십상이오. 저기 마당에 자라는 대추나무는 대추가 참 달 것 같소이다. 자고로 양반은 대추알 세 개면 하루 요기로 족하다 했거늘 우리는 무엇을 더 욕심내며 살겠소. 더욱이 음악이 있거늘. 허허허."

성보 악공의 강론은 오가는 술잔 속에 이어졌다.

"예로부터 왕이 흥기하면 꼭 그 왕의 음악이 있다고 하오. 그리하여 대장大章과 대소大韶란 음악을 듣게 되면 요·순 임금의 정치를 알 수 있으며, 대호大濩와 대무大武라고 하는 음악을 들으면 은殷·주周의 정치를 알 수 있다 하지 않소."

현창은 낮술에 약한지 벌써 낯빛이 불그레해지면서 말했다.

"그렇습니다. 옛적부터 어진 왕은 공을 이루고 안정된 정치를 베푼 뒤에 성악을 지어 각각 그 덕을 형상화하였지요."

성보는 술을 들이켜도 전혀 변하지 않는 얼굴로 끄덕였다.

"그러하오. 그렇게 하는 데 있어 한결같이 율려에 근본하였던 바……."

박연은 마른침을 꿀꺽 삼켰다. 율려……. 성보는 술잔을 들어 입술을 적신 후 말을 이어나갔다.

"율려는 동그라미와 네모를 그릴 때 쓰는 그림쇠와 곱자에, 음악은 네모와 동그라미에 비유할 수 있거늘, 항차 음악을 지으면서 율려에 근본하지 않는 건 동그라미와 네모를 그리면서 그림쇠와 곱자를 쓰지 않음과 같으니, 어찌 동그라미와 네모를 제대로 그릴 수 있겠는가 그런 말이오."

박연은 또다시 전악서에서 멋모르고 행동했던 일이 떠올라 얼굴이 화끈 달아올랐고 악공의 말 한마디 한마디가 예리한 비수처럼 가슴에 꽂혀 들었다.

"저 한漢나라 이후로 이 율려를 말하는 이들이 걸핏하면 서로 우열을 다투었소. 그래 서척黍尺을 주장할 땐 꼭 벽선璧羨에서 구하고, 지름과 둘레를 논할 때는 반드시 손익損益에서 구하였던 바……."

박연은 성보가 숨을 돌리느라 잠시 말을 멈춘 사이에 얼른 물었다.

"벽선이라 하심은……?"

현창이 술잔을 들어올리려다 말고 도로 내려놓으며 대신 대답했다.

"길이 1척, 옆넓이 8촌이 되는 구슬 이름이지요."

"예에……."

박연은 두 거인과 마주 앉아 있는 기분이었다. 자신의 몸뚱어리가 한없이 왜소해지면서 조그만 구슬이 되어 또르르 주안상 밑으로 굴러 내리는 느낌이었다. 바닥을 모르는 성보의 설說은 계속되었다.

"비록 송나라 사마광과 범진처럼 뜻이 같고 도가 일치하는 자들도 십 년을 서로 논쟁하여 일련의 다툼을 이루었으니, 심하도다, 율려의 어려움이여!"

술병이 먼저 바닥을 보였다. 주모를 불러 또 한 병을 가져오게 했다. 박연은 여러 잔을 마셨지만 조금도 술이 취하지 않았다. 아니 오히려 정신은 말똥말똥해지기만 했다. 더욱이 성보의 다음 말은 박연 자신을 향한 어떤 예언과도 같이 느껴져 숨이 멎는 듯했다.

"우리나라에는 기자가 예악을 가지고 온 이래로 반드시 중토中土의 바른 음이 그 당시에 전해졌을 것이나, 세대가 멀고 문헌에 남아 있지를 않으니 누구도 알 재간이 없소. 그리하야 홀로 삼현 삼죽三絃三竹*이 신라에서 발생했고, 그로 인하여 대대로 각각 성악이 있었으되, 안타깝게도 모두 율려에 근본하지 않았으니, 그 음악을 어이 음악이라고 부를 수 있을꼬?"

성보의 말들은 박연 마음 한복판을 과녁 삼은 무수한 화살처럼 날아왔다. 박연은 가슴이 풍랑같이 뛰놀았다. 지금 악공에게서 장차 자신이 기필코 이루어야만 할 어떤 신적인 영감이나 계시를 얻는 것 같았다. 박연은 혼자 다짐했다. 진실로 악樂을 보고 정치를 아는 사람이 들으면 세대 따지는 것을 기다리지 아니하고, 그 음악을 대장*·대소*·대호·대무라 할 수 있게 하리라.

그때 주막집 마당가에 선 대추나무에서 까치 한 쌍이 깍깍 소리를 지르기 시작했다. 술청 손들이 죄다 그쪽을 쳐다보았고 현창이 문득 탄식조로 혼잣말처럼 입을 열었다.

"저 하찮은 미물들도 관심과 사랑의 뜻을 서로 전하기 위해 열심히 노래하고 있거늘, 하물며 우리 인간이 어찌 음악을 가벼이 여기리요. 그러나 예전의 까치 소리와 지금 저 까치 소리

---

* 삼현 삼죽(三絃三竹) : 거문고, 가야금, 향비파, 대금, 중금, 소금.
* 대장·대소 : 대장(大章)과 대소(大韶)라는 음악을 들으면 요임금과 순임금의 정치를 알 수 있다는 의미로 씀.

는 어쩐지 같지를 않으니……."

성보가 서글픈 듯 안타까운 듯 복잡한 눈빛으로 현창을 바라보았다.

"자네 또 고려를 생각하고 있는감? 자고로 단풍은 나무마다 각각 다른 색으로 물들고, 까치 소리와 꿩 소리는 같지 않은 법이며, 물줄기도 꼭 한 곳으로만 흐르지 않는다는 걸 자네는 어찌 생각지 아니하는가?"

"하오나……."

"내 말 더 듣게. 사람마다 각기 생김새가 다르듯 생각도 다르고 포부 또한 같을 수 없으니 너무 자책일랑 마시게."

현창은 왼손바닥으로 이마를 문지르며 박연 쪽을 한 번 보고 나서 말했다.

"김순재 그분이 생각나서 그럽니다. 저승에서도 혼자 어디서 막막한 심정으로 술잔을 기울이고 계실 것만 같은지라……."

성보가 현창의 마음을 돌리려는 듯 다른 이야기를 꺼냈다.

"박연 저 젊은이도 있는 자리니 우리 음악에 대해서만 대화를 나눔세. 조선 태조 원년에 문무백관의 제도를 새로이 정할 때 음악을 다스리는 아악서와 전악서를 계승하면서 악정의 첫걸음을 내디뎠었네."

현창은 잠자코 술잔만 만지작거렸고 성보의 말은 온돌방처럼 열기를 더해 갔다.

"그때 당시 정도전이 납씨가 · 궁수분곡 · 수보록 · 정동방

곡·몽금척 등을 지어 올렸고, 하륜은 근천정·도성형승지곡·수명명·도인송도지곡 같은 노래를 지어 올렸지. 이들은 관현 반주에 올려 여러 궁중 의식에서 연주되고……."

묵묵히 듣고 있던 현창이 물었다.

"하지만 제가 듣기엔, 그 곡들은 가사만 달랐지 고려 때의 음악을 개작한 것에 지나지 않는다고 하던데요?"

성보가 긴 한숨을 내쉰 끝에 말했다.

"그러게 말이네. 하루빨리 음악 정리 사업이 이룩되어야 할 터인데……."

"……."

"그러나 그럴 수 있는 재목이 아직 이 나라에는 없으니 그게 안타까울 뿐이네."

박연은 자신도 모르게 잔을 들어 벌컥벌컥 들이켰다. 오늘 그 두 사람과 자리를 함께한 것은 역시 신의 뜻이라고 생각되었다. 종묘 정전에서 맹사성을 만났던 것처럼.

'그렇다. 내가, 이 박연이 반드시 그 일들을 해낼 것이야.'

박연의 예사롭지 않은 태도에 놀란 현창이 얼른 술병을 들어 박연의 빈 잔을 채워 주었다. 박연은 그것마저 절반 넘게 마셔 버렸다. 그 모습을 물끄러미 보고 있던 성보가 별안간 무릎을 탁 쳤다.

"그래, 박연 저 젊은이, 지금 뭔가 혼자 마음속으로 대단한 각오를 하고 있는 것 같으이. 현창, 자네 눈에는 그렇게 보이지 않나?"

현창도 크게 고개를 끄덕였다.

"그러게 말씀입니다. 어쩐지 큰일을 이루어 낼 듯한 젊은이 같다고, 지난번 영동 고을에서 처음 만났을 때부터 그런 생각을 했습니다."

박연은 술기운이 아닌 다른 기운으로 낯을 붉혔다.

"아, 아닙니다. 소생이 어찌 그런……."

그러나 박연의 얼굴을 빤히 바라볼 뿐 성보도 현창도 가타부타 더는 말이 없었다. 대추나무에 앉았던 까치들은 그새 어디로 날아갔는지 소리가 들리지 않았다.

세 사람은 이제 잠자코 술잔만 비워 내고 있었다. 신이 난 주모만 초록 치맛자락에 쌩하니 바람 소리를 일으키면서 부지런히 주방과 술자리 사이를 오갔다. 하지만 세 사람은 다른 좌석에 앉은 술꾼들이 제법 곱상한 술어미를 조금이라도 더 희롱하지 못해 안달하는 데 반해 조금도 처음의 자세를 흐트러뜨리지 않았다. 그러자 주모가 오히려 옆에 와서 특히 박연을 향해 추파를 던지곤 했다.

피리 부는 기녀

　박연은 음악에 대한 경륜을 쌓아 가는 한편으로 학문에도 진력, 문과에 급제하여 정5품 벼슬인 교리에 임명되었다. 그러나 마음은 음악에 더 머물러 있음은 피해 갈 수 없는 숙명과도 같았다. 박연은 매양 앉거나 누워 있을 때 손을 가슴 사이에 포개어 어떤 형체를 긁거나 두드리는 형상을 하고, 목구멍과 입술을 움직여 율려 소리를 내었다. 각고의 노력을 거듭할수록 음악적 조예가 깊어져 하늘도 혀를 내두를 지경이었다.

　박연은 집현전 교리로 일하면서 전악서를 찾아가 음악 공부를 본격적으로 하였다. 이제 악공들도 박연을 놀리지 않았다. 도리어 박연에게서 한 수 배우려고 접근했다. 박연은 사간원 정언, 사헌부 지평 등의 벼슬도 하게 된다. 하지만 마음은 언제나 음악에 뿌리를 내려 악기의 줄기를 뻗고 노래의 꽃가루를 날렸다.

하루는 벗 한수와 함께 저잣거리에 나섰다가 멀리서 문하시중 심덕부의 행차를 보았다. 한수는 무슨 연유에서인지 벼슬길에 나아가길 포기하고 시골 글방에서 학동들을 가르치고 있었다. 오랜만에 만난 그는 영락없는 훈장의 모습이었다. 박연은 지난날 방황할 때 정신을 차리게 해 준 한수가 늘 고마웠던 터라 반갑게 맞아 한양 구경도 시켜 줄 겸 같이 나선 길이었다.

"심온 대감의 춘부장椿府丈 되시는 어른일세."

박연 말에 한수가 굵직한 통나무 같은 고개를 끄덕이더니,

"부인이 영돈령부사 송천보의 따님인 그 심온 대감 말인가?"

박연은 놀라면서도 농을 던졌다.

"촌닭이 읍내닭 눈알 쪼아 댄다더니만, 자네 시골구석에 있으면서도 모르는 게 없구먼. 그럼 저 어른 손녀가 충녕대군과 가례를 치른다는 사실도 알고 있겠군?"

"내 소문에 들으니 아주 예의범절이 바르고 학식과 덕을 고루 갖춘 규수라더군."

"대군의 배필로 정할 정도니 더 말해 뭣하겠나."

두 사람이 그런 대화를 나누는 사이 행차는 점점 멀어져 갔다. 하지만 그때까지도 그들은 까마득히 몰랐다. 빈이 되고 경숙옹주에 봉해질 청송 심씨의 앞날을. 훗날 소헌왕후가 된 그녀가, 아버지 심온이 사사賜死되는 등 우여곡절을 겪다가 쉰다섯의 나이로 남편 세종보다 먼저 세상을 버리게 되리란 것을.

어쨌든 한양, 특히 대궐은 구중심처라는 말처럼 항간에서 접할 수 없는 신기하고 비밀스런 일이 많아 박연을 경악케 했다. 한수가 영동으로 내려가고 며칠이 지나서였다. 박연은 궐내에서 거문고를 든 맹인을 만났다. 놀라는 박연에게 가야금을 다루는 악공 배규연이 말해 주었다.

"처음 보는 모양이구려. 이반이라는 소경인데, 성상께옵서도 여간 경탄해 마지않으시는 거문고 실력을 갖추었다오."

박연은 기억해 냈다. 객관에 머물 때 장악원 피리소리를 듣고 갔다가 만난 행인에게서 들은 이야기를. 그때 그는 관현맹인과 여자 기생의 실기 연습을 책임지는 관습도감을 들려주었다. 당시에는 그저 그러려니 했는데 막상 대하고 보니 충격이 엄청났다. 눈이 보이지 않으면서도 그런 솜씨라니.

"몸이 온전함에도 음악 이론이 어렵다느니 악기가 힘드다느니 갖은 핑계를 대던 저 자신이 너무 부끄럽습니다."

박연은 진심으로 깨우친 바 컸다. 얼굴이 여자처럼 얇게 생긴 배규연도 고개를 끄덕였다.

"정말 사람이 죽기살기로 행하면 못해 낼 것이 없겠다는 생각을 이반을 볼 때마다 하게 되지요."

정말 세상은 상상도 못할 대단한 실력자들이 들끓는 곳이었다. 맹사성과 성보를 통해 큰 결심이 섰던 박연은 맹인 이반을 본 후부터 한층 마음을 다잡았다.

그날 이후 박연은 종종 이반을 만났는데 거문고야말로 그의 영원한 눈이라는 생각을 했다. 이반은 자신이 소경이라는 사실조차 모르는 사람 같아 보였다. 비록 약간 야윈 몸매였지만 어깨에 힘이 빠져 있지 않았다. 굳게 다문 두툼한 입술은 자신감에 차 보였으며 걸음걸이는 힘찼다. 그에게는 오직 거문고만 있고 또 거문고만 있으면 모든 것을 가진 것처럼 보였다. 그를 만난 날이면 박연은 더욱 음악에 전념했다.

세월은 버들내처럼 쉼 없이 흘렀다. 어느 날 박연은 태종의 부르심을 받고 알현하였다. 태종은 용상에서 친히 내려와 박연의 손을 잡으며 당부했다.

"과인이 오늘 그대에게 긴히 청할 일이 있어 보자 하였소."

박연은 황감하여 떨리는 가슴으로 하명을 기다렸다. 태종은 간곡한 어조로 말했다.

"세자에게 글을 가르치는 세자시강원 문학이 되어 달라는 것이오."

박연은 몸 둘 곳을 몰랐다.

"예에? 과문한 신이 어떻게 그런 중차대한 소임을……?"

"아니오. 그대는 충분히 그 일을 맡아 줄 역량力量이 있다고 믿소. 그러니 더는 물리치지 말아 주시오."

"전하!"

"그럼 그렇게 해 주시는 것으로 믿겠소."

"예에, 상감마마! 그럼 이 한 몸 가루가 되는 한이 있더라도 신명을 다해……."

"허허, 이제야 짐의 마음이 한결 가벼워졌소."

박연은 가슴이 뛰었다. 세자시강원이 무엇인가. 바로 왕세자 교육을 담당하는 관청이 아니던가. 태조 초에 설치된 세자 관속을 뒤에 개칭한 것인데 왕세자에게 경서와 사적을 강의하며 도의를 가르치는 임무를 맡은 곳이다.

　퇴궐한 박연은 부인 송 씨에게 그 소식을 전했다. 송 씨는 놀라 말했다.

　"그럼 충녕대군 마마를……?"

　"그렇소. 궐내와 항간에 떠도는 풍문에 의할 것 같으면, 장차 왕위를 계승하옵실……."

　"아, 소첩은 그저……."

　송 씨는 말끝을 맺지 못했다.

　"이런 광영이 어디 있겠소마는 내가 과연 그런 능력이나 있을는지……. 형님들의 양보를 받으시어 앞으로 이 나라 종묘사직을 이끌어 가실 지존의 자리에 오르실 분인데……."

　"소첩은 믿사옵니다. 당신께옵서는 충분히 감당하실 수 있을 것으로 말이옵니다."

　"내 들으니 충녕대군 마마는 아주 영특하시고 어지신 성품을 지니신 분이라 하니 그래도 조금은 안심이 되오만……."

　"그러하니 지금 성상께옵서도 셋째 아드님이신 그분을 후계자로 마음에 두고 계신 게 아니겠습니까?"

　그 일은 조선 5백 년 역사에 있어 참으로 기록에 남을 만한 사건이 아닐 수 없었다. 이 나라 제일 가는 성군 세종대왕과 이 나라 제일 가는 악성 박연의 그 만남은 장차 조선 음악에

획기적인 큰 획을 긋는 첫걸음이 되었던 것이다.

충녕대군과 박연은 처음부터 군신과 사제의 깊은 의리로 뭉쳐질 조짐을 보였다. 만나자마자 의기투합했던 것이다. 거문고와 비파뿐만 아니라 그림에도 정통하다고 알려진 충녕이었다. 박연은 충녕과 공부를 하다가 고했다.

"세자 저하! 저는 벼슬보다도 피리를 더 좋아합니다."

그러자 충녕은 기쁜 낯빛이 되어 이렇게 졸랐다.

"피리소리를 한 번 들려주세요."

"저하! 그렇게 하겠사옵니다."

"피리소리는 어지러운 머릿속을 깨끗이 정리해 주는 것 같아요."

"피로해진 몸도 한결 풀어 주옵니다."

그때쯤 박연의 피리 솜씨는 이미 최고 경지에 올라 있었다. 충녕은 스승의 피리소리에 퍽 감격해 마지않았다. 활짝 열어놓은 완자창이며 아자창 밖에는 온갖 화초가 난만한데 작은 새들도 날아와 귀를 쫑긋 세우곤 했다. 바람조차 숨을 죽이고 듣는 것 같았다.

"온 세상이 피리소리에 넋을 앗기고 있는 것 같아요."

충녕은 스승이 퍽 자랑스러운 모양이었다.

"음악에 관한 이야기도 들려주세요."

그런 주문을 해 오기도 했다. 그러면 박연은 궁중의식에서 연주되는 이 나라 곡들은 가사만 다를 뿐 고려 음악을 개작한 것에 불과하다는 것, 우리나라는 대대로 성악이 있었으나 모두 율려에 근본하지 않아 안타깝다는 것 등을 이야기했다. 박연은 믿었다. 조선왕조 건국과 함께 채택된 억불숭유 정책은 이 나라 아악 정비의 이념적 바탕이 되리라는 것을. 충녕은 한참 동안 무언가를 골똘히 생각하다가 불쑥 말했다.

"나중에 기회가 오면 꼭 도와주세요."

"반드시 그렇게 하겠사옵니다. 그리고 참, 이번에 경숙옹주께서 삼한국대부인에 개봉改封되셨다지요? 감축드립니다, 저하."

충녕의 단아한 얼굴이 금방 빨개졌다. 충녕이 얼마나 부인에게 마음을 두고 있는가를 느끼게 했다.

태종 18년 충녕대군이 22세 되는 해, 조선 초기부터 역대 국왕의 즉위식이나 대례 등을 거행하던 근정전勤政殿에서 등극하니 조선조 제4대 임금이다. 부인 또한 지아비가 왕세자에 책봉되자 경빈에 봉해졌다가 이번에 내선內禪을 받아 즉위하자 왕후로 봉해져 공비라 일컬어지게 되었다.

그날 커다란 월대月臺 위에 있는 근정전은 경축 분위기로 후끈 달아올랐다. 하늘에는 조각구름 한 점 없었다. 근정전이라는 이름은 정도전이 붙였는데, 어진 이를 열심히 구하고, 어진 이를 편안히 기용한다는 뜻을 담았다. 뜰에는 화강암 박석을 깔았는데 품계석이 늘어섰다. 동쪽 품계석은 동반東班인 문관이, 서쪽 품계석은 서반西班인 무관이 섰는데 하나같이 경하드리는 표정들이었다.

박연은 더없이 설레는 가슴으로 제자였던 충녕대군이 즉위하는 근정전을 둘러보았다. 상하 두 단으로 된 월대에는 난간을 두르고 동서남북 사방으로 계단을 두었다. 월대 정면 중앙 계단은 근정문에서 근정전으로 난 삼도三道와 연결되었는데 가운데 부분에 커다란 사각형의 넓은 돌, 즉 답도踏道가 있어 두 마리 봉황이 구름 속을 노니는 모습을 새겨넣었다. 답도 좌우 계단에는 문무 관료들이 엄숙하고 경건한 자세로 오르내렸다. 계단 양쪽 기둥에는 유능한 인재를 상징하는 기린과 정의를 표징하는 해태를 비롯한 여러 동물을 조각하였다.

상하 월대에는 난간을 둘렀는데, 곳곳에 있는 난간 기둥 머리에도 청룡·백호·주작·현무의 사신四神을 사방으로 배열하고 열두 방위에 따라 십이지상을 조각했다. 그밖에도 곳곳에 여러 상상의 짐승들을 새기거나 빚었다. 월대에는 왕권을 상징하는 세 발 달린 솥, 즉 정鼎을 설치했고, 화재를 예방한다는 주술적 의미를 갖는 드므도 두었다. 건물은 자연스럽게 처마 선을 처리하고 지붕의 네 모서리를 살짝 치켜올려 여인네 버선같이 곡선미를 살렸다.

박연은 뒤쪽 북악산과 서쪽 인왕산을 바라보았다. 정면 5칸, 측면 5칸에 팔작지붕을 한 2층 건물인 근정전은 그 산들과 어울려 웅장하면서도 우아한 아름다움을 풍겼다. 한편 내부 또한 상하층 구분을 없이 하여 높고 널찍했다. 천장에는 쌍룡이 구름 속에서 여의주를 희롱하는 모양을 그려 놓았다. 정면 중앙 세종이 앉은 용상 뒤에는 해와 달, 다섯 개의 산봉우리, 소나무와 바다가 그려진 화려하고 정교한 일월오악병풍이 왕실의 권위를 한껏 뿜어내었다.

세종은 보위에 오른 며칠 후 스승이었던 박연을 불러 말했다.

"지난날 짐에게 했던 말 기억나시오? 벼슬보다도 음악을 더 좋아한다는 말씀 말이오."

박연은 깊숙이 허리 굽혀 아뢰었다.

"예, 전하! 소신 분명히 그렇게 말씀 올렸사옵니다."

"아직도 그러하시오?"

"예, 전하. 여전히 그 마음 한 치 변함이 없사옵니다."

세종은 온유한 얼굴로 꿈꾸듯 말했다.

"그날, 새들도 화초도 모두가 난계의 피리소리를 듣고 있었소. 난, 그걸 분명히 느꼈소. 그것들이 피리소리에 맞추어 노래하고 춤추는 것을."

"전하! 성은이 망극하옵니다."

"내 곧 그대에게 음악을 관장하는 중요한 자리를 맡기려 하는데 어떻게 생각하시오?"

"황감, 또 황감하옵니다. 소신 이제야말로 어릴 적부터 꿈꾸어 온 음악에 대한 열정의 불꽃을 마음껏 태울 날이 왔나 보옵니다."

"짐의 뜻을 따라 주니 고맙소."

"넘치도록 크신 은총이 하해와 같사옵니다."

그때부터 세종의 음악 정비 작업은 착착 진행되었다. 우선 관습도감 제조提調에 임명한 박연과 경서經書 주부主簿 정양鄭

穰 등에게 예전 음악을 고쳐 바르게 하도록 명했다. 정양은 부드럽고 꼼꼼한 성품으로 박연이 음악의 꿈을 펼치는 데 큰 힘을 보태 주었다.

그가 기록과 문서를 관장하던 경서는 명나라에서의 유가儒家의 고전으로 경사자집經史子集 중의 경부經部의 글을 말하는데 단지 경經이라고도 했다. 주역·서경·시경·예기·춘추의 오경五經이 그 근간을 이룬다. 춘추는 공자의 저술이고 나머지는 모두 공자가 정리하여 편집한 것인데 정양은 그에 대한 조예도 깊었다.

박연은 정양과의 교류를 통해 많은 것을 배우게 되었다. 오경이란 다섯 개의 영원의 서書, 절대의 서란 뜻이며, 오경 속에는 인간생활에 필요한 도리는 모두 포함되어 있다고 인식된다는 것도 알았다. 이런 인식의 확립은 기원전 1세기, 한나라 무제武帝가 제자백가를 물리치고 오경에다 악樂을 더한 육경六經을 표창한 때이며, 이후 2천 년에 걸쳐 오경은 필독의 고전이 되었고 윤리와 정치의 규범으로 삼아 왔다. 명나라 최고의 도서분류인 전한 말 유흠의 칠략七略에서는 논어·효경을 합쳐 육예략을 설정, 별격으로 취급하였다. 송명학에서는 사서四書, 특히 논어를 가까이했으며, 청조경학은 십삼경주소를 학문의 근본으로 삼았다고 했다. 박연은 이 모든 것을 알게 해 주는 정양에게 피리를 불어 답례했다.

옥계폭포가 가로로 열 토막이 나고 비둘기가 까마귀로 변하는 것만큼이나 믿기 어려운 일이 닥친 것은 그즈음이다. 그날

이른 아침 휘몰아치는 비바람에 뜨락의 감나무가 무당 할멈 손에 들린 대나무처럼 마구 흔들리는 소리를 듣고 잠자리에서 눈을 떴을 때였다. 박연은 지금까지 느껴 보지 못한 축축하고 께름칙하고 이상한 감정에 휩싸였다. 그것은 참으로 알 수 없는 하루의 시작이었다.

보통 때 박연은 잠을 깨면 맨 먼저 습관적으로 머리맡에 놓아둔 피리에 눈이 갔다. 그리하여 어떨 땐 바로 피리를 불었고 어떨 땐 가만히 매만졌고 어떨 땐 한참 바라보았다. 그러면 어제까지의 온갖 시름과 갈등이 씻은 듯 가셨다. 그런데 웬일인가. 이날은 피리를 보는 순간 홀연 숨이 턱 막혀 오는 기분이었다.

'아, 참으로 기이한 일이로고! 대체 이것이 무슨 징후일꼬?'

박연은 망연히 생각에 잠겼다. 하지만 아무리 헤아려 봐도 그 까닭을 캐낼 수가 없었다. 악몽에 시달렸다거나 특별히 건강에 문제가 생긴 것도 아니고 집안에 새로운 환란이 일어나지도 않았다. 미친 듯 빗발이 흩날리는 바깥 날씨 탓인가.

"혹여 제가 모르고 있는 심려라도 있으신지요?"

부인 송 씨가 자리끼 그릇을 들면서 조심스럽게 물었다.

"아, 아니오. 부인이 모르는 심려라니 당치도 않소."

박연은 피리 이야기를 꺼내지 않았다. 스스로 짚어 봐도 이해되지 않는 일인데 부인은 더욱 그러할 것이었다.

"부인, 내 아무렇지도 않으니 입궐할 채비나 서둘러 주시오. 오늘은 일찍 조회가 열리게 돼 있소."

박연은 여전히 의아한 눈빛을 하는 부인에게 억지로 밝은 표정을 지어 보이며 집을 나섰다. 빗기운은 갈수록 심해졌다. 행인들은 우장을 걸치고 나왔음에도 흠뻑 젖어 버린 몰골들이었다. 길가 추녀 밑에는 커다란 물구덩이가 길게 움푹움푹 패어 갔다. 가로수는 불어닥치는 비바람에 속절없이 이리저리 쏠리었다. 가마꾼들은 가까스로 나아갔다. 그런데 대궐 가까이 갔을 때 박연은 문득 앞가슴이 허전함을 느꼈다. 입에서 긴 탄식이 흘러나왔다.

'허, 이런 실수가……?'

어이없게도 피리를 집에 그대로 두고 나온 것이다. 여태 한 번도 없었던 일이었다. 피리는 언제나 그의 몸 일부처럼 붙어 있었다. 그렇다고 다시 집으로 돌아가 가지고 올 시간도 없거니와 이런 악천후에 하인을 시키기도 좀 그랬다. 사실 굳이 그것을 품에 넣고 있을 이유도 없었다. 엄밀히 말해 그는 음악 이론가에 가깝지 악기를 다루는 광대는 아닌 것이다.

결국 박연은 그대로 입궐했고 곧 조회가 열렸다. 날씨 탓인지 다소 침체된 분위기였다. 그런데 또 이상하게도 대신들 소리가 거의 들리지 않았다. 그저 머릿속이 지난번 장마에 모든 것이 싹 쓸려가 버린 강기슭처럼 텅 빈 듯했고 명치 부분이 뻐근했다. 어떻게 조회 시간이 지났는지 모른다. 어전을 물러나와 각기 자신의 부서로 향할 때였다. 정양과 남급南汲이 다가오며 물었다.

"난계! 어디 불편하신 데라도……?"

"얼굴빛이 영 안 좋아 보이시는구려."

박연은 까닭 없이 화들짝 놀라며 얼른 두 손과 머리를 한꺼번에 내저었다.

"아, 아닙니다, 아니에요."

키가 장승같이 훌쩍 큰 남급이 고개를 낮추어 박연의 얼굴을 자세히 살피면서,

"보아하니 무슨 일이 있으신 모양입니다. 또 막내아드님 계우季愚가 무슨 사건을 일으키기라도……?"

순간, 박연은 뒷담에 쿵 호박 떨어지듯 까닭 없이 가슴이 내려앉았다. 누가 계우의 이름만 꺼내도 긴장부터 되었다. 맏이 맹우孟愚와 둘째 중우仲愚는 유순하고 학문에도 뜻이 많아 애를 태우는 일이 없었다. 그러나 계우는 달랐다. 적어도 부모 눈으로 볼 때는 염려스러운 게 하나둘이 아니었다. 남달리 벗 사귀기를 좋아하는 계우는 젊은 또래들과 어울려 다니길 즐겨 했다. 벗을 위해선 한겨울에 맨발로도 버들내 얼음판 위를 걸을 성미였다. 가족들이 깜짝깜짝 놀랄 일을 하여 집안을 들쑤셔 놓기 다반사였다.

정말 남급 말처럼 또 계우란 놈이 무슨 사건을 일으키려고 아침부터 이런 마음이었을까. 왜소한 정양도 얼굴을 치켜들고 박연의 지치고 근심 서린 기색을 읽더니,

"아무래도 무리하신 듯합니다. 난계께서 늘 말씀하시듯, 백 년도 못 살 우리 인생이 천년을 살 수 있는 보람된 일이라도 먼저 건강을 생각하셔야지요."

박연은 병가病暇를 내고 집에 가서 쉬라는 두 사람의 권유를
뿌리치고 잡념을 떨치기 위해 더 부지런히 업무를 보기 시작
했다. 그렇지만 종일 눈이 흐리고 심신이 피곤했다. 악공들
몇이 조언을 구하러 왔다가 상한 얼굴을 보고 그냥 돌아가기
도 했다.

이윽고 힘겨운 일과가 끝나고 퇴청할 준비를 하고 있을 때였
다. 몸에 비 냄새를 풍기며 정양과 남급이 또 찾아왔다. 남급
이 특유의 큰 목청으로 하는 말이,

"난계! 우리 두 사람, 오늘 좋은 데로 난계를 모시기로 했으
니 같이 가십시다."

박연은 맥없이 고개를 들고 힘겹게 물었다.

"어디를 말씀이오니까? 아직도 비가 그치지 않은 모양인
데……."

정양이 씩 웃으며 대답했다.

"난계께서 아주 좋아하실 곳이지요."

"대체 거기가 어딘데 그러십니까? 이 몸 오늘은 일찍 들어가
서 쉬고 싶은데……."

남급이 정양과 눈을 부딪히더니,

"실은……. 귀신같이 피리를 잘 부는 기녀가 있답니다. 피리
하면 난계가 아니시오?"

피로감이 덕지덕지 붙은 박연 얼굴에 약간 생기가 살아났
다.

"기생이 말이오니까?"

정양이 남급과 다시 시선을 주고받더니,

"그렇답디다. 어찌나 피리 솜씨가 뛰어난지 한 번 들은 사내는 누구든지 오금을 펴지 못할 뿐만 아니라 숨이 꼴깍 넘어간다는구려."

"장안에 그런 기녀가 있었다니……."

박연의 말이 채 끝나기도 전에 남급이 억센 힘으로 소매를 잡아끌었다.

"그러실 줄 알았지요. 피리 부는 기녀라고 하면 열 일 제쳐 두고 찾아 나서실 것을……."

그러나 두 사람은 모르고 있었다. 박연이 그 이야기에 갑자기 관심을 보이는 이유를. 그들 말을 듣는 순간 그의 마음속에서 불똥 튀듯 일어난 피리에 대한 아침 감정과 피리를 그냥 두고 나왔다는 사실을 새로이 떠올렸다는 것을.

박연은 묘한 기분이었다. 그러잖아도 피리에 대한 일로 마음이 뒤숭숭한 판인데 또 난데없이 피리 부는 기녀라니. 나의 피리를 두고 나왔으니 남의 피리라도 구경하라는 하늘의 짓궂은 장난이신가. 그러자 피리의 명수라는 기녀를 만나고 싶다는 욕망, 오늘만은 피리로부터 벗어나고 싶다는 심정, 그 두 가지 마음이 치열한 다툼을 했다.

"난계! 가시겠소, 아니 가시겠소?"

성미 급한 남급의 다그침에 박연은 퍼뜩 정신이 났다.

"아무래도 오늘은……."

두 번째 감정 쪽으로 기울었다. 그때 정양이 간곡하게 말했다.

"난계, 우리 세 사람 이렇게 같이 만나 시간 내기가 쉽지 않으니 그렇게 하시지요?"

남급도 모처럼의 청함을 거절하는 박연이 서운하고 달갑지 않다는 듯,

"피리를 마다하시다니 이거 영 난계답지 않소이다?"

박연은 차마 더 거절할 수 없었다. 할 수 없이 고개를 끄덕이자 두 사람은 환한 표정으로 마주 보며 웃었다. 박연 얼굴에도 희미하게나마 미소가 번졌다. 자신의 모습이 밝지 못함을 알고 마음을 풀어 주기 위해 애쓰는 그들의 따스한 정이 고맙고 눈물겨웠다.

두 사람이 앞서고 박연은 묵묵히 뒤따랐다. 이제 비는 내렸다 그쳤다 하였다. 호랑이 장가가는 듯 성긴 빗발 사이로 해가 비쳤다. 이윽고 셋이 당도한 곳은 장안에서 가장 이름난 유곽 중심지였다. 눅눅한 공기 때문인지 유곽 곳곳에 기녀의 은근한 눈길과 체취가 느껴졌다. 박연으로서는 오랜만에 찾은 기생집이었다. 늘 음악 생각에 빠져 기녀 따위를 생각할 겨를이 없었다. 정양과 남급은 자주 그런 데를 찾는지 스스럼없어 보였다. 그들은 그중 크고 화려한 기방으로 안내되었다. 곧이어 어린 기녀 둘이 상다리가 휘어지게 차려진 상을 양쪽에서 들고 들어왔다. 남급이 그들에게 말했다.

"우리 오늘은 기방 어미를 만나야 할 일이 있다. 그러니 너희는 그만 물러가고 어머니를 오게 하라."

예쁘장한 기녀들은 다소 뜻밖이란 듯 약간 실망한 듯 가느다

란 허리를 굽혀 보인 후 뒷걸음질로 나갔다. 그들이 거북무늬 창살로 된 방문을 열고 닫는 짧은 순간에 새어 든 빗소리로 촛불 밝힌 방 안이 한결 아늑하게 느껴졌다.

"난계, 기대하시구려. 오늘 어쩌면 호적수를 만나게 될지도 모르니……. 그렇다고 너무 그렇게 긴장된 얼굴일랑 하지 마시고……."

"그래요. 무슨 일로 난계 표정이 그런지는 모르겠으나, 지금부터는 부평초 같은 세상사 모두 잊고, 장안 최고의 피리 미인과 함께 멋들어진 피리 세계 속으로 떠나 봅시다."

두 사람은 여전히 낯빛이 딱딱하게 굳어 있는 박연을 위해 온갖 흰소리를 늘어놓았다. 그런 말을 들으며 박연은 조금씩 호기심이 일기 시작했다.

'도대체 얼마나 피리를 잘 불기에 장안 기녀 최고의 피리 연주자라는 소문이 났단 말인가. 더욱이 자색 또한 선녀같이 아름답다니 정양과 남급이 저렇게 흥분하는 것도 어쩌면 무리는 아닐 것이다.'

이윽고 크고 화려한 방문이 천천히 열렸고 모두의 시선은 약속처럼 그쪽을 향했다. 거기 예의 기녀가 사뿐히 들어서고 있었다. 주황빛 한복이 화사하고 우아했다. 얼굴은 작아 손바닥만 하고 허리는 길었으며 이목구비가 목각으로 빚은 듯 또렷했다. 과연 천하절색이로구나! 하는 소리가 절로 우러날 만했다. 여자같이 섬세하고 조용한 정양은 말할 것도 없고 대장부다운 남급조차 그 순간만은 숨이 막히는지 그저 멍하니 넋을 놓고 바라보았다.

"어인 분들이신데 우리 애들 모두 물리치시고 굳이 이 몸을 오라 하시었는지……?"

박연도 가슴이 쿵 하는 느낌이었다. 그렇게 청아한 음성이라니. 비록 더듬거리기는 했지만 그래도 먼저 입을 연 사람은 남급이었다.

"우, 우리는 예, 예조에 몸담고 있는……."

기녀는 짐짓 놀란 듯한 표정을 지었으나 이내 요염하게 웃었다.

"어머, 그러세요? 호호호. 정말 반갑고 귀하신 분들이시군요? 이 몸이 옆에 앉아도 괜찮으시겠지요?"

남급이 손까지 내밀며 말했다.

"그, 그렇소. 이런 절세가인을 누, 누가 마다하리요."

"그럼……."

기녀는 남급 옆으로 가 앉았다. 홀연 코끝에 꽃 같은 향기가 스며들었고 술병을 드는 손이 배꽃처럼 희었다. 크고 까만 눈은 지금 바깥에 내리는 빗물에 씻은 듯 맑고 촉촉했다. 정양이 처음으로 입을 열었다.

"과연 듣던 그대로요. 우리는 처음에 선녀가 하강한 줄 알았소. 안 그렇소이까, 난계?"

그런데 바로 그 순간이었다. 별안간 기녀 얼굴에 어떤 알 수 없는 빛이 확 스치고 지나간 것은. 하지만 세 사람은 아무도 그것을 발견하지 못했다. 그만큼 그것은 창호지 위에 번졌다가 금방 사라지는 번갯불 같은 반응이었다. 게다가 그저 서로 점잖은 척 흠, 하는 가벼운 기침 소리만 내며 마주 보고 있었으니 어쩌면 당연했다.

그러나 막 남급의 술잔부터 채우려던 기녀의 손이 크게 떨리면서 그만 술을 엎지르고 말았다. 놀라 자기를 바라보는 사내들의 뜨거운 시선을 느낀 기녀의 당황한 음성이 실내를 울렸다.

"아, 이 일을 어쩌나? 이런 실수를……"

남급이 호탕하게 웃었다.

"아니, 조금도 마음 쓸 것 없소이다. 자고로 물이 너무 맑으면 물고기가 놀지 아니하고, 천하절색이라도 얼굴에 점 하나쯤은 있어야 더욱 사랑스런 법이라고 했거늘……"

기녀는 가까스로 마음을 다잡는 듯하더니 활기를 되찾은 목소리로,

"역시 예조에 계시는 분들이라 다르시군요. 예술을 하는 신분이라면 그 배포나 아량이 이 정도는 되셔야지요."

정양이 고개를 크게 끄덕이며 말했다.

"역시 우리가 바로 찾아온 것 같소이다. 여걸이오, 하하하."

그러나 관찰력이 남다른 박연의 눈에는 똑똑히 비쳤다. 억지로 참고는 있지만 아직도 미세한 경련이 일고 있는 기녀의 얼굴과 손길이.

'알 수 없는 일이로다. 세상 사내들을 떡시루 떡 주무르듯 마음대로 후리고 움직인다고 소문난 명기가 이런 작은 실수

하나로 저렇게 안절부절못하고 있다니……?

박연은 처음으로 기녀를 찬찬히 뜯어보기 시작했다. 그때쯤 기녀는 남급과 정양에 이어 다소곳이 고개를 숙인 채 박연 자신의 잔을 채워 주고 있었다. 그래서 기녀의 눈같이 새하얀 이마가 자연스럽게 박연의 두 눈에 들어왔다. 순간, 박연은 멍해지고 말았다. 저 이마……. 저렇게 희고 잘생긴 이마를 지난날 어디선가 본 적이 있다는, 어쩌면 잘못 알고 있는지도 모를, 그런 확실치 않은 기억이 되살아났다. 의아한 표정을 짓고 있는 박연의 귀를 남급의 말이 울렸다.

"허어, 난계! 이제 정신 좀 차리시지요. 이런 미녀를 대하니 혼이 달아나는 거야 당연한 일이겠지만 그래도 술잔은 같이 드셔야지 이거야 원. 평소의 난계 같지 않소이다!"

퍼뜩 보니 정양과 남급이 셋이 같이 부딪히기 위해 술잔을 치켜들고 있었다. 박연은 얼른 잔을 들어 쨍 소리 나게 건배했다. 그러면서 또 분명히 느꼈다. 약간 고개를 옆으로 꺾은 듯하지만 자기를 유심히 건너보고 있는 기녀의 타는 듯한 눈빛을. 박연은 자신도 모르게 벌컥벌컥 들이켰다. 남급이 상체를 흔들어 가며 웃었다.

"난계께서 이 술꾼보다 먼저 술잔을 비워 내시다니 이거 예삿일이 아니오이다."

정양도 평소 그답지 않게 농담을 쏟았다.

"저런 미인을 앞에 앉힌 판이니 이게 어디 그냥 술이 아니지요. 신선주가 아니겠소이까? 그러니 단숨에 넘어갈밖에요.

허허.”

그때 기녀가 문득 박연을 향해 말했다.

“저에게도 한 잔 주시지요.”

그러자 정양과 남급이 놀란 듯 서로 얼굴을 마주 보더니 동시에 입을 열었다.

“난계! 이 일을 어쩌지요? 이 선녀가 난계에게 가장 마음이 있는 것 같소이다.”

“이거 기분이 영 그렇소이다? 아무리 난계께서 훤하게 잘생기셨다고 해도 그렇지, 그럼 우리는 뭐가 되느냐 그런 말이올시다. 에이, 우리끼리 한 잔 합시다.”

박연은 조금 망설이다가 기녀가 내미는 술병을 받았다. 그러고는 역시 기녀가 내미는 술잔에 술을 부어 주었다. 기녀의 크고 검은 눈은 박연의 길고 가느다란 손가락을 보고 있었다. 그리고 박연처럼 한 번에 다 마신 다음 곧바로 빈 잔을 되돌려 주었다. 기녀가 술병을 기울여 붓는 동안 박연의 눈은 역시 기녀의 이마에 머물렀다. 새카맣고 윤기 흐르는 머릿결과 대조되는 고운 이마가 어쩐지 낯익었다.

‘참으로 이상한 일이로다. 저 이마가 왜 이다지도 내 마음을 후려 잡는단 말인가.’

그런 속에 기녀는 정양과 남급에게도 다시 여러 차례 더 술을 따랐고 자신도 사내들이 권하는 술을 사양하지 않고 받아 마셨다. 서서히 술기운이 치밀기 시작한 박연은 기녀의 하얀 이마가 그녀 입술처럼 붉어지는 것을 아연한 심정으로 지켜보았다. 이윽고 남급이 모두를 둘러보며 말했다.

"자, 이제 목은 축일 만큼 축였으니 피리소리를 들을 때가 된 것 같소."

정양이 손을 내저으며 말했다.

"아, 그것도 그렇지만 우리가 아직 이 절세가인의 이름자도 물어보지 않았소이다."

뭔가 골똘히 생각에 잠기고 있던 기녀가 붉어진 음성으로 말했다.

"웃음 팔아 먹고 사는 천한 기생에게 이름 따위가 무슨 소용이 있겠사옵니까? 그냥 진봉이라고 불러 주시지요."

"진봉, 진봉이라. 허허허. 이거 오늘 밤 우리가 진봉에게 진짜 봉이 되지 않으려면 여간 조심하지 않으면 안 될 것 같소이다."

"그래요. 여자 보기를 소 닭 보듯 하시는 난계께서 넋이 나가신 걸 보면……."

진봉이 짝짝 소리 나게 두 번 손뼉을 쳤다. 그러자 기다리고 있었다는 듯 방문이 열리더니 아까 술상을 들여놓았던 기녀 중 하나가 작지만 고급스러워 보이는 까만 상자를 안고 들어왔다. 진봉이 뚜껑을 여니 그 속에는 한눈에 봐도 보통 것과는 다른 멋진 피리가 들어 있었다. 세 사람은 입을 다물고 진봉의 행동을 지켜보았다.

"그럼 미흡한 솜씨나마 제가 한 번……."

말끝을 흐리는 진봉의 눈동자가 박연을 재빠르게 훑고 지나갔다. 그런 후 작고 얇은 입술에 피리를 가져갔다. 정양과 남급이 흠, 하고 낮은 기침 소리를 냈다. 박연은 적잖게 놀랐다. 피리를 입에 대는 그 동작이 벌써 범상치 않았다. 더욱이 손가락이 피리 몸통을 잡고 구멍을 막을 때는 숨이 멎는 느낌이었다.

'아, 예사 고수가 아니야.'

그때 박연은 이미 알았던 것이다. 소문이 절대 헛된 것이 아니라는 것을. 그러나 나머지 두 사람은 진봉의 피리소리를 듣고서야 크게 감탄하는 기색이었다. 박연은 자신도 모르게 천천히 눈을 감았다.

"삘리리, 삘리리."

그 소리는 이 세상 사람이 내는 소리가 아니었다. 인간이 만들어 낼 수 있는 음향이 아니었다. 천상의 소리였다. 박연은 자신의 몸속 깊은 곳에서 옥계폭포 같은 물줄기가 솟구치는 것을 보았다. 월이산 허리를 휘감아 피어오르는 안개를 만났다. 잔잔한 버들내의 물소리를 들었다.

마침내 한 소절이 끝났을 때 박연은 천상에 머물던 몸이 지상으로 내려오는 것을 느꼈다. 정양과 남급은 입을 다물지 못했다. 비록 박연만큼은 아니어도 그들 또한 음악에 관한 한 둘째가라면 서러워할 사람들이었다.

진봉이 모두의 주문을 받고 두 번째 소절을 시작했을 때 박연은 또 눈을 지그시 감았다가 너무나 가슴이 벅차올라 번쩍 떴다. 정양과 남급은 눈을 감은 채 곡조에 맞추어 상체를 조금씩 흔들고 있었다. 그때 살짝 눈을 내리깔고 있던 진봉이 입으로는 계속 피리를 불면서 천천히 눈을 떴다. 그러고는 박연을 그윽이 바라보는 것이었다.

순간, 박연은 온몸이 마비되는 듯했다. 그 눈빛! 그것은 수천 수만 마디의 말보다도 많은 어떤 사연을 뿜어내었다. 그리고 박연은 보았다! 진봉의 고운 두 뺨 위로 굴러 내리는 눈물 방울을……. 박연은 하마터면 비명을 지를 뻔했다. 진봉의 눈물방울, 그것은 바로 옥계폭포에서 금구슬 은구슬같이 튀어 올랐다 떨어지는 물방울 그것이었다.

박연은 경악의 눈으로 진봉의 이마를 보았다. 영동에 유난히 많은 새, 비둘기, 그 비둘기처럼 새하얀 빛. 가슴이 와르르 무너져 내렸다. 지금까지 마신 술이 한꺼번에 확 깨는 기분이었다.

몸은 어느새 고향에 가 있었다. 어린 소년의 모습이었다. 소년은 소녀를 지켜보았다. 소년을 바라보는 소녀의 눈에서 눈물은 멈출 줄 모르고 끝없이 흘러내렸다. 그런 모습으로 소녀는 계속 피리를 불었다. 사람의 애간장을 찢어 버릴 듯 녹여 버릴 듯 애잔하고 때로는 분노의 풍랑처럼 거칠었다.

소년 박연은 발견하였다, 소녀 초림을.

지난 시절 그렇게 피리 한 번 불어 보라고 소원해도 기녀들이나 할 짓이라며 거절하던, 난초같이 청순하고 백자기처럼 고결하던 초림이 지금 박연 앞에서, 아니 사내들 앞에서 피리를 불고 있다…….

박연은 피리소리가 멈추기도 전에 손수 술병을 집어들고 자작하기 시작했다. 연거푸 너더댓 잔을 퍼댔다. 모두가 그것을 알아챈 것은 두 번째 소절이 끝나 눈을 뜬 후였다. 그들의 놀람은 컸다.

"아니, 난계! 이게 무슨 짓이오?"

"아, 이 무슨 낭패를? 난계, 왜 이러시는 거요? 이유나 말씀하시고 술병째 들고 마시든 깨 버리든 하실 일이지……."

그러나 진봉의 목소리는 없었다. 그녀는 그 가녀린 어깨를 마구 들썩이며 그저 흐느끼기만 했다. 정양과 남급은 그런 진봉을, 여인의 마음에 하도 놀라고 당황하여 울고 있겠거니 여기는 눈치였다. 정양은 진봉을 달래고 남급은 박연의 손에서 술병을 빼앗았다. 술자리는 엉망이 돼 버렸다. 진봉의 손에 들렸던 피리는 언제부턴가 방 한쪽 구석에 나뒹굴고 있었다.

그날 박연은 어떻게 집에까지 왔는지 모른다. 두 사람이 양쪽에서 부축하고 진봉이 뒤에서 밀고 한 것까지는 어렴풋이 기억에 담겼는데 그밖에는 하얗게 바래 버린 화폭처럼 아무것도 남아 있지를 않았다.

천년을 사는 길

   초림과 극적인 해후를 한 박연의 마음은 갑자기 툭 하고 줄 끊어진 현악기 같았다. 정말이지 모든 게 꿈인 듯 지독한 악몽을 꾸고 있는 듯했다. 그녀가 그런 모습으로 나타날 줄이야. 초림을 마음의 방에서 몰아내기 위해 오로지 음악에만 매달렸다. 앉아서나 누워서나 매양 손을 가슴 밑에 얹어 악기를 다루는 시늉을 하고 입속으로는 율려 소리를 냈다. 하지만 그녀를 다시 찾아가 손을 맞잡고 엉엉 소리라도 내어 같이 울면서 가슴에 응어리진 것들을 풀고 싶은 생각과, 만나면 더욱 괴로울 뿐이니 차라리 영원히 발길을 끊는 게 더 현명할 것이라는 생각, 그 두 가지 상념이 엉겨붙어 싸웠다.

   그런 실의와 갈등의 날들이 지옥의 연속처럼 스쳐 갔다. 그러나 그는 어디까지나 공직에 매인 신분이었고 경거망동할 수 없는 처지였다. 한 번은 하도 심란하고 고통스러워 잠시 자리를 비웠을 때였다. 기술자들이 석경石磬*을 만들었는데 이상하였다. 그 사실을 안 세종이 박연을 찾았고 그는 놀라 헐레벌떡 입궐했다.

"하도 답답하여 그대를 찾았소. 왜 그런지 아는 사람도 없고……."

박연은 그 석경을 찬찬히 살펴보았다. 기역 자 모양으로 다듬어진 옥돌 열여섯 개가 경가磬架의 아래위에 여덟 개씩 매달렸다. 이윽고 박연이 입을 열었다.

"전하, 원인을 알았사옵니다."

"아, 그러시오? 어서 말해 보시오."

"어떤 율은 한 푼이 높고 어떤 율은 한 푼이 낮기 때문이옵니다."

세종은 난감한 표정을 지었다.

"허, 그러면 어떻게 한다?"

박연은 잠시 생각하더니 고했다.

"높은 율은 찌꺼기가 붙었으므로 긁어 버리고 낮은 율에는 찌꺼기 한 푼을 붙이면 좋을 듯싶사옵니다."

"조금도 지체하지 말고 당장 그렇게 해 보시오. 그러면 괜찮아질까?"

기술자들이 박연의 지시를 좇아 작업에 들어갔다. 놀랍게도 당장 율이 바로잡혔다. 사람들은 모두가 그의 신묘함에 탄복하였다. 하지만 그의 깊고 쓰린 상처는 누구도 알지 못한 채

---

* 석경(石磬) : 아악기의 한 가지. 돌로 만든 경쇠로서 소리가 맑음. 돌경.

속으로만 곪아 갔다.

병오년 정월 초하룻날이었다. 세종은 원유관을 쓰고 강사포를 입고 창덕궁의 정전인 인정전仁政殿에서 여러 신하의 하례를 받았다. 중층 팔작기와지붕 다포식 건물인 인정전 내부는 통층通層으로 18개의 평주平柱로 된 외진주外陣柱와 4개의 고주高柱로 된 내진주가 거인의 다리처럼 세워졌다. 어간御間과 오른쪽 출입문으로 빛살이 흘러들고 있었다.

세종은 용상에 앉아 맹사성·변계량·허조 등을 내려다보았다. 어좌 뒤에는 오봉산일월도 병풍이 높이 쳐졌다. 변계량의 본관은 박연과 같은 밀양이었는데 정도전·권근으로 이어지는 관인문학가의 대표적 인물로 화산별곡·태행태상왕시책문을 지어 조선왕조의 건국을 찬양하였다. 허조는 조선왕조가 개창되자 좌보궐·봉상시승으로서 예제禮制의 제도화에 힘썼는데, 경사經史에 정통하였으며 검소한 생활과 강직한 성품으로 신망을 얻어 세종이 즉위하자 예조판서가 된 사람이었다.

"경들은 들으시오."

"예, 전하!"

"후전진작後殿眞勺은 그 곡조는 좋지만, 가사만은 듣고 싶지 않도다."

맹사성이 남달리 붉은 입술을 열어 아뢰기를,

"전하의 분부는 지극히 당연하옵니다. 지금 악부에서 그 곡조만을 쓰고 그 가사는 쓰지 않사옵니다. 진작은 만조·평조·삭조가 있사온대, 고려 충혜왕이 자못 음탕한 노래를 좋아하여, 총애하는 측근들과 더불어 후전에 앉아서 새로운 가락으로 노래를 지어 스스로 즐기니, 그 시대 사람들이 후전진작이라 일컬었던 것이옵니다. 그 가사뿐만 아니라 곡조도 쓸 수 없는 것이옵니다."

멀찍이 말석에서 그 말을 듣고 있던 박연은 마음속으로 크게 고개를 끄덕였다. 임금과 고불이 모두 훌륭하다고 여겨졌던 것이다. 그러자 스멀스멀 부끄러움이 차올랐다. 이 나라 음악 진흥을 위해 할 일은 태산인데 내세울 만한 게 없다는 자격지심이 아귀같이 덤벼들었다.

하루는 김자려가 박연을 찾아왔다. 어딘가 아름드리 나무처럼 넉넉해 보이는 그는 거문고 명수였다. 그래선지 그에게선 거문고 통의 재료인 밤나무와 오동나무 냄새가 나는 듯했다. 두 사람은 각기 다루는 악기는 달랐지만 마음은 한가지로 통했다. 박연은 주안상을 차려 오게 했다. 그런데 김자려는 술을 마실 생각은 않고 흥분된 얼굴로 떠들었다.

"난계! 이반 말이오."

박연은 평소답지 않은 그를 술상 너머로 건너보았다.

"이반이라니, 아, 맹인 이반을 말씀하는 것이오?"

김자려는 그제야 술잔을 들어 단숨에 비운 다음 술상에 탁 소리 나게 내려놓은 후 말했다.

"성상의 총애가 극진하시더니 금중禁中 출입을 허락하셨다 하오."

막 잔에 손을 가져가던 박연이 그를 바라보았다.

"금중 출입이라면……?"

"대궐 안을 마음대로 오갈 수 있게 되었다, 그런 말이지요."

"오호! 그럴 수가? 과연 성상께서는 성군, 성군이시도다!"

참으로 뜻밖의 소식이었다. 이반이 아무리 세상이 알아주는 거문고 명수라 해도 맹인이 아니던가. 그런 사람에게 궁중 출입을 윤허하시다니. 김자려가 박연의 손을 덥석 잡았다.

"난계! 우리가 진실로 어지신 임금을 모신 것 같소. 그 말을 전해 듣고 하도 가슴이 벅차 내 단걸음에 이리로 달려왔소이다."

"잘 하시었소. 허허허. 오늘 술맛 나겠구려."

박연은 술상을 마주하면 초림을 의식 밖으로 내몰기 위해 지금처럼 곧잘 과장된 행동을 했다. 술자리가 무르익으면서 악전 김락과 악공 정옥에 대한 이야기도 나왔다. 특히 김대정과 이마지를 말할 때 김자려는 열을 올렸다.

"세상 사람들이 평하기를, 대정은 간엄하고 마지는 오묘하여 각기 그 묘를 득했다고 하며……."

박연도 차츰 얼굴에 열기가 솟았다.

"마지가 그중 독보獨步로 일반 사림 간에 우대를 받고 성총까지 입어 악전이 되거늘……."

그런데 그 말이 채 끝나기도 전에 김자려가,

"악기 중 명수로는 상임춘이 가히 만록총중 일점홍*으로 일

---

* 만록총중 일점홍 : 옛적 월나라에 일점홍이라는 명기가 있었는데 푸르죽죽한 얼굴에다가 볼에 돈짝만 한 붉은 점이 있었다는 데서 유래한 말이다.

반의 사랑을 받고 있지요."

"호오, 상임춘이라……."

박연의 눈빛이 야릇하게 번득였다.

"나도 그녀에 대해선 일찍이 들은 바가 있지만 아직 정식으로 대면해 볼 기회는 얻지를 못하였소."

김자려도 낯빛이 불그레해지기 시작했다.

"이왕 여인들 이야기가 나왔으니 하는 말인데, 절세 명수로 마지 등이 선배로 사사한 김소사라는 여인도 있잖습니까?"

박연이 큰 귀를 쓰다듬으며 말했다.

"그렇구려. 김소사가 또 있구려. 허, 이 나라에는 참으로 뛰어난 음악인들이 흘러넘치는구려. 비록 명나라의 땅덩이가 넓고 인구가 많다 하나 작금의 우리나라보다는 악성들이 절대적으로 부족할 것이오. 마지에 대정에 상임춘에 김소사라……."

"내 일찍이 접한 풍문에 의하면, 김소사 그는 원래 어떤 공후가의 부인으로 죄를 얻어 지방으로 적거謫居하여 그의 묘법을 외향外鄕에 많이 전파하였다 합니다."

"이런 나라에 태어난 우리가 참으로 복받은 백성이 아니고 무엇이겠소?"

"그렇소이다, 난계!"

두 사람은 잔을 들어 맞부딪쳤다. 그 소리는 박연을 비롯한 이 나라 훌륭한 악공들이 만든 악기 소리처럼 청아하게 들렸다.

그러나 김자려는 전혀 몰랐다. 박연의 마음 깊은 곳에 술래처럼 꼭꼭 숨어 있는 여인은 상임춘이나 김소사가 아니라는 사실을. 그리고 박연 자신도 예상치 못했다. 초림 그녀가 자신에게 먼저 사람을 보내올 줄은.

그날 박연이 막 대궐을 나서고 있을 때였다. 한눈에도 기방 출신으로 보이는 젊은 여인 하나가 다가오더니 절을 했다. 다홍치마 초록 저고리가 잘 어울리는 그녀는 의아해하는 박연에게 기방 어미가 보낸 것이라며 서찰 하나를 건넸다. 그 자리에서 겉봉을 뜯고 내용물을 꺼내 읽는 박연의 손이 수전증 환자처럼 크게 떨렸다.

여인네, 특히 기녀의 필치라고는 믿어지지 않을 만큼 빼어난 글 솜씨였다. 더욱이 그 사연이 실로 애절하게 사람의 마음을 휘어잡아 현기증을 느끼게 했다. 조만간 꼭 한 번 찾아와 달라는 간곡한 부탁의 말과 함께 은연중 지난 시절에 대한 아름다운 추억과 슬픈 상처의 흔적이 짙게 녹아들어 있었다.

그러나 박연은 선뜻 초림을 찾아가지 못했다. 다시 만나면 정말 괴롭고 힘들어 견디지 못할 것 같았다. 차라리 이대로 헤어지는 게 천만 번 나을 것이다. 서로의 상처를 덧내는 어리석은 짓 따위는 선비로서나 예인으로서 하지 말아야 한다고 이를 악다물었다. 초림이 무슨 연유로 다시 만날 것을 청해 왔는지는 모르나 그녀가 잘못 처신하고 있다고 여겨졌다.

그날부터 박연은 일이 제대로 손에 잡히지 않았다. 하루에도 열두 번 생각이 엇갈렸다. 당장 초림에게로 달려가고픈 욕망에 전율했다. 그녀를 부둥켜안고 통곡이라도 하면 한결 마음이 가벼울 것 같았다.

'둘이 나란히 피리를 불면 모든 아픔과 한이 사라지리라. 아니다. 내가 무슨 철딱서니없는 발상을? 그녀와 내가 같이 피리를 불 생각을 하다니. 그건 그녀를 고문하는 짓이다. 아니야. 그녀를 감고 있는 고통의 사슬을 벗겨 주는 일일 게야. 어쨌든 만나 볼 일이다. 아니 아니, 절대로 다시 만나서는 아니 된다.'

궁리 끝에 답장을 쓸 작정을 했다. 을쇠를 시켜 아무도 모르게 보내면 될 것이다. 그런데 무어라고 할까. 우리 만나서는 안 된다고 해야지. 아, 그건 안 돼. 그러면 그녀는 얼마나 자존심이 상할 것인가. 차라리 거짓말을 하자. 지금은 너무 바빠 갈 수 없으니 나중에 꼭 찾아가겠다고. 그렇게 하루이틀 미루면서 서서히 인연을 끊으면 될 것이다.

그런데 박연은 끝내 편지를 완성하지 못했다. 애꿎은 파지만 나고 벼루와 먹만 닳고 붓끝만 모지라졌다. 그러면 박연은 입술이 부르트고 피가 배어날 정도로 미친 듯이 피리를 불어댔다. 그 소리는 지금까지보다 훨씬 절절하여 듣는 이들로 하여금 눈물을 뿌리게 하고 가슴을 터지게 했다. 자세한 내막을 알지 못하는 세상 사람들은 박연의 피리 솜씨를 감탄할 뿐이지 연주자의 고통과 한은 짚어 볼 생각을 하지 않았다. 세상은 오직 박연 자신과 피리, 그 둘만이 있었다. 그 사이에 끼어들 것은 아무것도 없었다. 아니 하나가 있었다. 초림의 슬픈 그림자였다.

　해가 바뀌고 예조 산하에 악기도감이 설치되었을 때 박연은
무척 기뻤다. 세종은 육조六曹의 하나로 예악·제사·연향·
조빙朝聘·학교·과거 등에 관한 일을 맡아보는 예조에 어떤
선왕보다 각별한 관심을 보였는데 세자 시절 박연에게서 배
운 영향이 컸다. 왕으로서 나중에 정간보井間譜*를 만들 정도
였으니 더 말할 필요가 없었다.

　세종에게서 갈수록 많은 업무를 받아 밤낮없이 일에 매달리
는 탓에 박연은 조금씩 초림을 잊었다. 도저히 견디기 힘들 때
면 피리를 꺼내 불기도 했는데 그러면 초림의 피리소리도 함
께 섞여 나오는 듯했다. 피리소리를 통해 초림과 영혼의 교감
을 나누는 것이다.

　그러던 어느 날이었다. 침소에서 일어나 대청마루에 섰을
때 뜨락의 난초 향기가 유난히 짙게 코를 찔렀다. 가슴이 겨울
문풍지처럼 파르르 떨렸다. 이런 날이면 꼭 뭔가 새로운 일이
생기곤 했다. 예조의 누군가가 그리도 기다리던 득남을 하거
나 입궐하던 대신이 가마나 말에서 떨어져 다친다거나 하다
못해 촌부의 소가 발정을 일으키기도 했다.

　대궐로 향하는 넓은 길 위에 비치는 아침 햇살이 아주 투명
했다. 사람 마음도 그렇게 맑아지는 듯했다. 그런데 멀리 대

---

*정간보(井間譜) : 서양의 5선 악보만큼이나 널리 사용되는 국악보로, 우물 정(井) 자 모
양으로 간(間)은 질러 놓고 거기에 율명(律名)을 적어 놓은 악보.

궐 문이 보이는 곳까지 당도했을 때였다. 어디에서 나타났는지 문득 앞을 가로막는 누군가가 있었다. 얼굴이 가려지도록 챙이 넓은 모자를 머리에 푹 눌러썼는데 몸집이 작고 어깨가 좁은 것으로 보아 남장한 여자임에 분명했다.

"누구냐? 이 행차가 누구 행찬 줄 알고 앞을 막아서는가?"

거구의 가마꾼이 소리쳤다. 그러자 그의 몸이 움찔 하는 게 박연의 눈에 똑똑히 비쳤다.

"누군지 썩 신분을 밝혀라. 무슨 용무가 있는 것이냐?"

독 안에서 울리는 듯 우렁우렁한 가마꾼 고함에 그는 희고 긴 손가락으로 챙을 살짝 들어올려 박연이 알아볼 수 있도록 얼굴을 약간 드러내 보였다. 순간, 박연은 자칫 가마에서 굴러내릴 뻔했다. 홀연 아침 해가 종이에 잘못 떨군 둥근 먹물처럼 까맣게 변했다.

진봉……, 아니 초림이었다.

박연은 가마꾼들에게 급히 명했다.

"날 내려라."

가마에서 내려선 박연은 무작정 초림의 손을 잡아 이끌었다. 입궐하는 다른 이들 눈에 띄면 안 되었다. 박연은 어리둥절한 표정을 짓는 가마꾼들에게 저쪽에 가서 기다리라고 해 놓고 초림과 함께 그 자리를 벗어나기 시작했다. 가마꾼들은 그가 여인이라는 것을 미처 눈치 채지 못한 듯했다.

잠시 후 두 사람은 소나무를 비롯한 잡목 몇 그루가 듬성듬성 자라는 황토밭 언덕 위에 나란히 서 있었다. 인적이 드문

곳이었다. 저편 들녘에 새날의 성성한 대기가 푸르렀다. 누구도 얼른 말을 꺼내지 못했다. 너무나 가슴이 벅차 숨쉬기도 어려울 판이었다. 더욱이 박연으로서는 상상도 할 수 없었던 일이었다. 입궐하는 길목에 서서 기다리고 있었다니.

"참으로 뜻밖이오. 이게 정녕 초림 아가씨가 맞소?"

그러다가 박연은 자신이 초림을 아가씨라고 불렀다는 것을 깨닫고 만감이 엇갈렸다. 이제 중년인 그녀를 그렇게 부르다니. 하지만 박연의 마음에 초림은 소녀의 모습으로만 살아 있었다. 아마 앞으로도 영원히 그럴 것이다.

"많이… 놀라… 셨… 지…… 요?"

초림은 수줍은 듯 기어드는 목소리로 말했다. 사내들 앞에서 술을 따르고 피리를 불던 기방에서의 그녀와는 완전히 다른 사람 같았다. 찬찬히 대하고 보니 지난날 고향 영동에서 만나던 그녀도 아니었다. 세월의 손이 스치고 간 얼굴과 몸은 돌이킬 수 없는 과거나 변해 버린 지금의 운명처럼 낯설게만 비쳤다.

"미안하오. 서찰을 받고 많이 망설였지만 선뜻 용기가 나지 않았소."

박연의 진심 어린 사과에 초림은 소녀 때처럼 가늘고 긴 목을 가로저으며,

"아니에요. 짐작하고 있었지요. 오시지 않으시리라는 것을."

"그런데 왜 그런……?"

"서찰이라도 보내지 않으면 이 몸은 그냥 심장이 터져 버릴 것만 같은지라……."

초림은 말끝을 맺지 못했다. 박연은 그런 그녀에게서 느꼈다. 기녀의 신분이 되어 마음에 그리던 이를 만나 어떤 말을 어떻게 해야 할지 마음의 갈피를 잡지 못하는 가여운 여인네 심사를…….

"이렇게 투명한 햇빛은 난생 처음이오."

주위를 둘러보며 꺼내는 박연의 뜬금없는 소리에 초림은 긴 속눈썹 속에 감춰진 새카만 눈을 크게 떠 보였다.

"이 몸은 지금 초림 아가씨 마음도 저 햇빛같이 투명하게 비춰 볼 수 있을 것 같아서 하는 말이오."

그러자 초림은 이제 알았다는 듯 고개를 끄덕이며,

"무슨 말씀을 하시려는지 알겠어요. 하지만 저는 박연 도련님의 마음을 투명하게 비추어 보기가 왠지 두려워요. 그런 제 심정은, 심정을, 도련님은 아실……."

초림도 도련님이란 호칭을 썼다. 그러나 이상하게 조금도 어색하게 들리지 않았다. 초림 또한 그러할 것이리라. 하지만……. 이제 모두가 부질없는 짓이거늘.

"기억하시지요? 버들내 가 바위 위 그리고 옥계폭포 아래에서 연이 도련님이 제게 피리를 불어 보라고 하셨을 때 제가 드렸던 말씀을……."

박연은 금방이라도 터져 나올 것 같은 울음을 가까스로 참았다. 초림도 그게 가장 힘들고 부끄러울 것이다. 하지만 지금 와서 왜 굳이 그런 아픈 말을……. 무엇 때문에 상처를 덧내는 소리를……. 그러다 감정이 격해진 박연은 자신도 모르게 불쑥 큰소리로 내뱉고 말았다.

"여기서 이 몸이 청하면 이제는 따라 주실 수 있겠소?"

말해 놓고 박연은 아차! 했다. 그러나 이미 엎질러진 물이었다.

"아, 도련… 님……."

기어이 초림은 눈물을 보였다. 박연의 눈도 물기에 젖기 시작했다.

"미, 미안하오. 이 몸은 다만……."

그러나 그 말이 채 떨어지기도 전이었다. 초림이 몸을 돌려 언덕 아래로 달려 내려가기 시작한 것은. 박연이 놀라 불러도 그녀는 뒤도 돌아보지 않고 내달리기만 했다. 박연은 그 자리에 털썩 주저앉고 말았다. 근처에는 둥지를 틀 만한 큰 나무도 있었지만 어느 가지에도 새 한 마리 날아와 앉지 않았다. 텅 빈 아침, 햇살만 미치도록 훤했다.

얼마나 시간이 흘렀을까. 박연이 문득 정신을 차리고 보니 언제부턴가 피리를 불고 있었다. 피리를 분다는 사실도, 피리 소리도 듣지 못한 채. 하늘가로 들판으로 가뭇없이 스러져 가는 피리소리처럼 초림의 모습은 그렇게 사라지고 없었다. 환장할 만큼 투명한 빛살을 쏟는 해는 초림의 투명하고 커다란 눈동자였다. 바라보면 눈이 부셔 제대로 뜨지 못하게 하는.

그해는 그렇게 지나가고 이듬해 박연은 악서 편찬을 건의했다. 세종은 박연의 음악에 대한 열정과 자질을 높이 기리며 지원을 아끼지 않았다. 박연은 초림을 마음에서 몰아내기 위해 미친 듯 음악에 몰두했다. 만파식적만 생각하고 초림의 피리는 생각지 않기로 했다. 그러던 중 왕은 이제 이조판서가 된 허조에게 하명했다.

　"우리나라는 본디 향악에 익숙한데, 종묘의 제사에 당악을 먼저 연주하고 삼헌三獻*할 때에 이르러서야 겨우 향악을 연주하니, 조상들이 평시에 들으시던 음악을 쓰는 것이 어떨지, 그것을 맹사성과 의논하시오."

　허조로부터 왕명을 전해 들은 맹사성은 곧 박연과 만나서 말했다.

　"전하께옵서는 참으로 주체성을 지니신 분이시오. 난계, 우리 전하의 뜻을 받들어 노력해 봅시다."

　하지만 박연의 낯빛은 막중대사에 대한 부담 탓인지 밝지 못했다. 그 기색을 알아챈 맹사성이 다시 말했다.

　"난계가 그런 표정을 지으면 다른 사람들이 난계를 오해할 수도 있소. 난계는 명나라 음악에 심취되어 우리 향악을 멀리하려는 사람이라고 말이오."

　"그래도 고불 대감께서 이 마음을 헤아려 주시니 견딜 수 있습니다."

---

*삼헌(三獻) : 기제사, 상중(喪中) 제례, 시향(時享) 때에 술잔을 세 번 올리는 일. 곧, 초헌·아헌·종헌.

맹사성은 크게 웃으며 말했다.

"난계! 우리 오랜만에 좋은 곳에 가서 풍류나 즐겨 봄이 어떻겠소?"

그러더니 한다는 소리가,

"진봉이라고 피리를 훌륭하게 잘 부는 기녀가 있다던데 한 번 보시었소? 아직 가 보지 못했다면 오늘 나와 동행함이 어떻겠소? 나도 소문만 들었지 그 피리소리를 들어 보지 못한 터라……."

"……."

맹사성 입에서 초림 이야기가 나오는 순간 박연은 숨이 멎는 듯했다. 억지로 가슴 밑바닥에 꾹꾹 눌러두고 살아가는 그 이름, 초림……. 맹사성은 아무 말이 없이 듣기만 하는 상대가 호기심을 보인다고 착각했는지,

"갔다 온 사람 말을 들으니 피리소리와 어우러진 자리가 그야말로 멋진 풍류를 이루더라고 자랑이 대단하더구면."

박연은 정색을 하며 말했다.

"저는 사람들이 풍류에 대해 오해하고 있는 것 같아 좀 답답할 때가 있습니다."

"무슨 소리요?"

"고불 대감도 아시다시피 이 풍류라는 건 정악, 곧 바른 음악의 뜻으로 궁중이나 일부 양반 사회에서 연주되는 음악이 아닙니까?"

"그렇소. 정악을 크게 풍류와 정가로 나누기도 하고……. 헌

데 무엇이 문제요?"

"사람들은 이 풍류를 그저 먹고 놀고 즐기는 뜻으로만 받아들이니 드리는 말씀입니다."

"허, 듣고 보니 그런 점도 있구려. 역시 난계는 당해 낼 수 없다니까."

풍류에는 줄풍류와 대풍류가 있다. 현악기가 중심이 되고 관악기가 곁들여진 편성의 줄풍류는 방중악이니 세악이니 하는 이름으로도 불렸다. 대풍류는 대나무로 만든 관악기가 중심이 되고 몇 개의 현악기가 곁들여진 편성인데 어쨌든 이 풍류는 정가와 더불어 정악의 두 갈래였다. 그 엄연한 음악이 그냥 단순히 놀이의 뜻으로만 쓰이는 데 대해 박연은 참을 수가 없었던 것이다.

"문신의 신분으로 악기를 제작하고 음악을 정리하는 박연은 예사 인물이 아니지."

박연이 봉상판관 겸 악학별좌에 임명되어 향악·당악·아악의 율조 등을 조사하고, 악기 그림과 악보를 실어 한 권의 악서를 편찬하자고 상소했을 때 사람들은 그런 말을 했다. 그리고 많은 이들이 박연을 찾아 음악에 대해 듣고자 문전성시門前成市를 이루었다. 부인 송 씨는 한마디 불평도 없이 그 많은 식객들을 따뜻하게 대접했다. 사랑채에서는 박연의 낭랑한 목소리가 그칠 새 없었다.

"일찍이 공자는 인간의 참다운 자기해방, 가장 순수한 초월의 세계에 사람을 인도하는 것이 음악이라고 굳게 믿었지요.

그래 '흥어시興於詩, 입어례立於禮, 성어악成於樂'이라는 말을 남기기도 했고요. 그런가 하면, 착한 마음에서 좋은 음악이 나오고, 나쁜 음악은 사람의 감정을 어지럽히는 것으로 보았다고 합니다."

차림새는 비록 초라하나 눈에 총명한 기운이 번득이는 객이 말했다.

"예禮는 민심을 절도 있게 하고, 악樂은 민성民聲을 화和하게 만드는 것이라 여겼다고 들었습니다."

박연은 그에게 음식을 권하며 얘기했다.

"그렇지요. 유교의 예악사상은 실제 생활에서 제례와 아악으로 표현되는 겁니다. 따라서 악·가·무의 절주에 의해 진행되는 유교식 제사는 그 이념인 예악사상의 실례이고, 그 전형을 문묘제례에서 발견할 수 있습니다. 그래서 나는 앞으로 이 아악 부흥에 평생을 내던질 생각입니다."

"아, 기대가 크옵니다."

정원 감나무 위를 날아다니는 비둘기 날개가 햇빛을 받아 은빛으로 반짝였다. 그리고 박연의 눈빛은 그보다 더 빛나 보였다. 오랜만에 활기 넘치는 모습이었다. 그런 그는 상상도 못 했다. 초림이 그렇게 될 줄은.

박연은 왕명을 받아 편경編磬을 만들기 시작했다. 하지만 박연의 지휘를 받아 편경을 제작하는 기술자들은 곧잘 불평을 늘어놓았다.

"이런 무더위에 뜨거운 불가마 앞에 앉아 있어야 하다니, 이건 정말 너무하는 거라구."

"암, 그렇구 말구. 이래서 어떻게 일이 되겠어?"

"정말 힘들어 못 살겠네. 이렇게 더운 날은 좀 쉬도록 해 주지 않고……."

그것은 엄살이 아니라 사실이었다. 가만히 두 손 맺고 앉아 있어도 살점이 익어 들어가는 것 같은 살인적인 혹서酷暑가 연일 지속되었다. 그런 때 세상을 녹일 듯 벌겋게 달아오른 불가마 앞에서 작업하는 그 고통이란. 갈수록 나오는 말들이 보리 까끄라기같이 거칠어졌다.

"어이쿠! 차라리 불지옥에 떨어지는 게 낫겠다."

"그러게. 전생에 불하고 무슨 철천지원수가 졌기에 이런 불고통을 다 당하누."

"에라이! 나랏님이고 뭐고……."

그러나 박연은 귀머거리라도 된 듯 묵묵히 일만 했다. 쉰을 바라보는 나이에 쉴 새 없이 경돌을 갈고 있는 그의 온몸은 방금 물속에서 나온 사람처럼 젖어들었다. 경돌은 경쇠를 만드는 데 쓰이는 안산암安山岩의 한 가지로 검은빛이 나고 단단하여 정으로 치면 맑은 소리가 나는 돌이었다. 불 앞에서 그런 돌을 다루고 있는 판이니 입고 있는 옷을 벗어 짜내면 바닥에 물이 흥건히 괼 것 같았다. 기술자들은 쑥덕거렸다.

"내 평생에 저리도 지독한 양반은 처음일세."

"누가 아니래? 예전에 불을 먹는 귀신이 있었다더니 그 환생인가."

"맞아. 불을 먹는다는 말이 딱 옳으이."

박연이 비로소 입을 연 것은 어느 정도 일이 진척을 보이고 나서였다.

"알았네. 자, 그리들 더우면 좀 쉬었다가들 하게나."

그런데 아무 반응이 없었다.

"화들이 단단히 났나 보지? 그래도 내 얼굴 봐서 다 풀고 이제 휴식들 하시게."

그래도 대거리하는 사람 하나 없었다. 이상하다 싶어 뻐근해진 고개를 들었다. 그 순간,

"허허허."

박연의 바싹 마른 입에서는 그만 웃음소리가 흘러나왔다.

"이런? 내가 더위를 먹었는감? 이렇게 아무것도 모르고……."

악기도감 안에는 사람은커녕 개미 그림자 하나 얼씬거리지 않고 오직 그 자신만 있었던 것이다. 그는 또 혼자 중얼거렸다.

"더위란 놈, 내 그냥 두지 않을 터. 기술자들을 모조리 몰아내 버리다니. 어쩌겠나, 나라도 계속하는 수밖에."

박연은 온 얼굴에서 굴러 내려 옷섶으로 떨어지는 땀방울을 무시한 채 하던 일을 계속했다. 그러나 한 번 나가 버린 기술자들은 그곳에 정나미가 뚝 떨어졌는지 좀체 돌아올 낌새가 없었다. 점심시간이 지나도록 한 사람도 나타나지 않는 것

이다.

　박연은 점심도 거른 채 일에 열중했다. 배가 고픈 것도 불길이 뜨거운 것도 더 이상 방해물이 되지 못했다. 그의 머릿속에는 오직 하나, 편경만 그려졌다. 단단한 경석으로 만든 열여섯 개의 꺾어진 모양의 돌을 자기 마음에 매달았다. 그러고는 마음의 각퇴(뿔망치)로 경의 긴 쪽 끝을 쳤다. 그러자 아름답게 울려 퍼지는 그 환상의 소리!

　어느새 날은 저물기 시작했다. 검정콩을 빻은 가루를 뿌린 듯한 어둠이 사물을 덮을 무렵에야 기술자들이 하나둘씩 들어오기 시작했다. 그러나 그들은 박연을 보는 순간 흠칫 놀라고 말았다.

　'아, 너무 혹독한 열 기운을 오래 쐬어 혹시 어떻게 돼 버린 게 아닐까?'

　그랬다. 그렇게 생각할 수밖에 없는 상황이 벌어져 있었다.
　박연의 그 얼굴!

　그건 평소 그들이 보던 박연의 얼굴이 아니었다. 아니 사람 얼굴이 아니었다. 너무나 벌겋게 달아올라 있는 그 얼굴은 '불의 가면' 그것이었다. 금방이라도 활활 타오를 것만 같은 불씨 그 자체였다. 모두는 흡사 불귀신을 보는 표정들이었다.

　바로 그때였다. 그 불덩이가 번쩍 치켜들린 것은. 모두들 기겁을 하며 뒤로 물러섰다. 그러나 남들이 자기를 어떻게 보고 있는지 전혀 알지 못하는 박연은 고개를 들면서 이렇게 말했다.

“잘들 쉬었는감?”

기술자들은 여태까지의 공포심과는 또 다른 감정에 어찌할
바를 몰랐다. 박연은 조금도 나무라는 기색이 아니었던 것이
다. 사실 그들은 밖으로 나가 시원한 나무 그늘 밑이나 담장
아래 혹은 앉거나 혹은 누워 쉬면서도 아주 마음이 편치 못했
다. 당장 달려나온 박연의 불호령이 머리 위에 불가마처럼 떨
어져 내릴 것만 같았다.

그러나 그때 당장은 무슨 엄벌을 받는 한이 있더라도 저 불
지옥에나 있을 법한 불가마 앞으로 가서 편경을 만드는 일을
계속하고 싶지가 않았다. 그래서 치도곤을 맞는 한이 있더라
도 들어가지 않기로 했던 것이다. 기술자들은 저마다 머리를
조아렸다.

“저희들 큰 잘못을 엄히 다스려 주십시오.”

“저 불가마 속에 들어가라고 명하시면 그대로 하겠습니다.”

“삼족을 멸하신다고 해도 열 입이 없습니다.”

그러나 듣고 있던 박연은 너털웃음을 터트리며 이렇게 말할
뿐이었다.

“아닐세, 상관없네. 우리가 이제부터라도 정성을 쏟아 일한
다면, 역사 이래로 볼 수 없었던 훌륭한 악기가 완성될 걸세.”

“……”

“그리고 수천 년이 넘게 대물림할 수 있을 게야.”

뒷날에 이런 풍문風聞이 궐 안과 항간에 나돌았다.

‘불가마 속에서 날아오르는 불새를 보았어. 그 불새가 내는

날갯짓 소리는 세상 어떤 악기도 흉내 낼 수 없는 아름다운 소리였어.'

어쩌면 악기도감 기술자들은 그날 불가마 속에서 날아오른 게 불새가 아니라 바로 박연이었다고 얘기하고 싶었을지 모른다. 어쨌든 그날 박연은 이런 말을 계속했다.

"수천 년 넘게 대물림될 수 있는 훌륭한 악기를 만드는 것, 이것이 바로 단 백년도 살지 못하는 우리네 인생이 천년을 살 수 있는 방법이라네."

박연을 둘러싼 기술자들의 마른침 넘기는 소리가 불가마에 부딪혀 한없이 잦아들었다. 박연은 기술자들의 어깨를 두드리며 격려했다.

"여보게들! 비록 우리는 죽고 없을지라도 우리가 만든 악기는 먼 후세에까지 남겨질 수 있도록 내일부터는 다시 부지런히 일하도록 하세."

그러자 장인들은 내일부터가 아니라 당장 그 순간부터 작업에 매달리기 시작했다. 박연이 쉬엄쉬엄 하라고 해도 누구 한 사람 들은 척도 하지 않고 무섭게 일했다. 그들은 마치 누가 더 땀으로 목욕을 잘하는가를 내기라도 하듯 흠뻑 젖어들 갔다. 불가마 속 불길마저 놀라 움츠러드는 것 같았다.

그들은 천년을 사는 방법을 깨쳐 가고 있었던 것이다.

충신인가 역신인가

　이즈음 박연은 맹사성을 만나면 왠지 큰 빚을 지고 있다는 강박감을 지울 수 없었다. 종묘 정전에서 함께 대화를 나눴던 종묘제례악 때문이었다. 박연은 의례상정소儀禮詳定所*와 의논한 내용을 임금에게 고했다.

　"종묘의 음악은 앞서는 당상堂上과 당하堂下에서 모두 무역궁無射宮만을 사용하니, 양은 있어도 음은 없었사옵니다. 옛날 제도에 의거하면 아래에서는 무역無射을 연주하고 위에서는 협종夾鐘을 노래하였습니다. 협종과 무역은 묘卯와 술戌로써 음양이 합한 것으로 혼령에게 제향하는 음악인 것이옵니다."

　세종은 한참 생각한 후에 말했다.

　"당상과 당하에서 양률과 음려가 제대로 운용되지 못한다는 종묘제례악의 문제점을 지적한 말이렷다? 잘 연구해 보도록

---

* 의례상정소(儀禮詳定所) : 태종이 설치하여 많은 예제(禮制)를 상정한 기관.

하시오."

박연은 어전을 물러나 뜰을 걷다가 마침 임금을 배알하러 오는 변계량과 이수, 윤회 등을 만났다.

"난계, 요즘 난계께서 이 나라 음악을 위해 참으로 많은 노고를 아끼지 아니하시고 혁혁한 공을 세우고 계신다 들었소이다."

몸이 호리호리한 변계량이 말을 붙여 왔다. 그는 1369년 태생으로 거기 있는 사람들 중 제일 연장자였다. 『태조실록 편찬』과 『고려사』 개수改修에 참여하기도 했던 그를 향해 박연은 낯을 붉히며 말했다.

"과찬이십니다. 대감이야말로 지난날 태조와 태종 그리고 현 전하에 이르기까지 나라의 서류 중 열에 아홉은 작성하시는 문필의 달인이 아니십니까."

이수가 박연의 손을 잡아 왔다. 후에 봉산 이씨鳳山李氏의 시조가 된 그는,

"나는 난계와는 어쩐지 십년지기 같아요. 왜 그렇지요?"

그는 박연보다 네 살이 많았다. 박연은 웃으며 대답했다.

"아마도 대감과 제가 황송하게도 한때는 똑같이 성상의 스승이었다는 신분이었기에 그러하겠지요."

잠자코 듣고만 있던 윤회가 큰소리로 웃었다. 생김새처럼 말투도 시원시원했다.

"하하, 그런 인연이 또 있었군요."

박연은 자기보다 두 살 아래인 그에게 말했다.

"요즘도 폭음을 하시는지요? 몸 생각도 하셔야……."

"제가 천하의 술꾼이란 사실을 난계께서도 아십니까? 우리 언제 술자리 한 번 마련하십시다. 난계의 피리소리를 들으며 한잔하고 싶소이다. 하하하."

"그럽시다. 허허허."

하지만 그때까지만 해도 박연은 까마득히 몰랐다. 시대의 천재라고 불리던 윤회가 자기보다 이십 년도 더 일찍 죽음의 골짝으로 내려설 줄은. 그리고 더욱 몰랐다. 변계량과 이수는 그보다 여섯 해나 앞서 나란히 세상을 뜨게 되리라는 것을. 박연처럼 효성이 지극했던 이수는 모친상으로 사직하였다가 예문관 대제학으로 재등용되고 병조판서가 되었으나 술에 취해 말에서 떨어져 죽었는데 세종의 묘정에 배향되고 문정文靖이라는 시호를 받았다.

그들과 사별한 훗날, 박연은 십장생을 아로새겨 놓은 문갑을 보며 생각했다. 나는 물도 솔도 거북도 아니건만 너무 오래 살고 있다고.

그런데 이날은 이상하게 만나는 사람이 많았다. 변계량 등과 헤어져 걷고 있다가 이번에는 맹인 이반과 마주쳤다.

그는 박연의 음성을 알아듣고 조용히 미소부터 지었다.

"눈이 보이지 않는 것보다 마음이 보이지 않는 게 더 두려운 일이지요."

악기에 대한 몇 마디 대화 끝에 이반이 한 말이었다.

"거문고의 눈을 통해 보시는 세상은 어떻습니까?"

박연의 물음에 이반이 되물었다.

"피리소리를 통해 보시는 세상은 어떻습니까?"

그렇게 물어들 놓고 두 사람은 크게 웃었다. 이반이 금중 출입하게 됐다는 김자려의 말이 다시 생각났다. 그러자 박연은 마음이 조급해지기 시작했다. 아까운 시간만 자꾸 흘러 보내고 있다고. 이반은 맹인이지만 저렇게 인정받고 있거늘. 박연은 오후에 다시 왕을 알현했다.

"신이 연전에 전하의 명을 받들어 편경 열두 개와 거기에 맞는 열두 율관을 새로 만든 바가 있었사옵니다. 그 결과 정확한 음률로 아악을 연주할 수 있게 되어 만 백성들이 기뻐하고 있사옵니다."

"그 모두가 뼈를 깎는 그대의 노력이 보인 결실이 아니고 무엇이겠소."

"망극하옵니다. 하오나 신이 헤아려 보건대 아직도 미흡한 점이 많은즉, 장차 이것을 수정하여 아악을 우리 음악으로 완성하고, 아악 악보도 편찬해 보고자 하오니 윤허하여 주시옵소서!"

세종의 용안 가득 흡족한 미소가 흘렀다. 세종은 곤룡포 소매가 흔들릴 만큼 크게 손을 앞으로 내밀었다.

"오, 중추원 부사! 또 대단한 발상을 하셨구려. 당장 시행토록 하시오. 이런 일은 빠르면 빠를수록 좋은 법이오."

"성은이 하해와 같사옵니다."

당장 기존의 아악에 대한 자료 수집과 수정 작업에 들어갔다. 우선 연구진들과 함께 공자를 비롯한 유학 대가의 신위를 모시고 제사 지낼 때 연주하는 문묘제례악에 관한 연구에 들어가 열띤 의견들을 나누었다.

"문묘제례악으로 사용되는 응안지악凝安之樂은 주나라에 그 연원을 두고 있어요. 송 휘종이 아악을 새로이 정비하여 대성 아악이라 하고, 이를 고려 예종 6월에 우리나라에 처음 보내주었다는 기록이 남아 있습니다."

"그렇지요. 헌데 문제는 아직까지 이 나라는 아악이 제대로 연주되지 못하고 있다는 사실이올시다."

"아, 그래서 우리가 성상의 명을 받들어 옛 주나라 제도에 가깝게 바로 잡고, 나아가 궁중 제례와 조회의 의식 음악을 새로 만들려고 하는 게 아니오."

"그게 원체 쉬운 일이 아니라서 엄두가 안 나잖소."

모두의 시선이 묵묵히 듣기만 하는 박연에게 쏟아졌다.

"선두 지휘하셔야 할 중추원 부사께서는 어인 일로 아무 말씀이 없으십니까?"

그제야 박연이 천천히 입을 떼기 시작했다. 어릴 적부터 사려 깊고 말수가 드물었는데 나이 쉰이 되어도 그 천성은 변하지 않는 듯했다.

"본디 아악의 음계는 궁 · 상 · 각 · 변치 · 치 · 우 · 변궁의 7음 음계로 되어 있지요. 헌데 변궁과 변치는 변음으로 별로 중요하지 않고, 나머지 다섯 음이 주요하기에 주음主音이 될 수 있을 것이외다. 이들을 각각 궁조 · 상조 · 각조 · 치조 · 우조라고 불러…….”

“대체 어떻게 만드실 계획인지요? 저희들은 도통 엄두가 나
질 않아…….”

박연은 밤잠을 설쳐 가며 고안했던 것을 털어놓았다.

“내 졸안은 원나라 임우의 대성악보에 나오는 제사 음악 중
영신 황종궁을 본보기로 삼아, 음의 음정 관계를 따져, 이것을
12반음으로 이조移調하여 12곡을 얻고…….”

“12곡으로 하겠다는 뜻이오니까?”

“아니, 그것만으로는 부족하오.”

“그럼……?”

“글쎄올시다. 욕심 같아선 송신 황종궁과 송신 협종궁, 송신
임종궁을 보태 모두 15곡으로 했으면 하오만…….”

모두들 절레절레 머리를 흔들었다.

“대단하신 뜻이긴 하오마는 과연 그게 잘 될는지…….”

“물론 쉽지는 않을 것이오. 허나, 이 나라는 꼭 훌륭한 문묘
제례악이 있어야 할 것이외다. 이 한 몸 그 일을 위해 신명을
바치려 하오. 그러니 그대들도 성심껏 나를 도와주기 바라겠
소.”

“여부가 있겠습니까. 중추원 부사의 뜻이 이미 그렇게 철석
같이 굳어 있거늘 저희는 오직 믿고 따르겠습니다.”

“고맙소. 이제야 우리도 독창적이고 고유한 문묘제례악을
기대할 수 있으리라 믿으오. 그 어느 곳에 내놓아도 절대 손색
이 없을 것을 만들어 봅시다.”

그리하여 박연의 주도하에 불꽃 튀는 작업은 시작되었다. 박연은 한양에 온 지 얼마 지나지 않은 시절 종묘 정전에서 맹사성과 만났던 일이 내내 머릿속을 떠나지 않았다. 그날 맹사성은 긴 한숨 소리와 함께 말했었다.

'헌데, 지금 이 조정에는 훌륭한 종묘제례악이 아직 없다네. 종묘제례악이 뛰어나야 대대로 종묘사직이 번창할 것이거늘……'

박연은 힘들 때마다 그 소리를 되살리며 절굿공이로 곡식을 찧듯 단단히 마음을 다졌다. 잠을 자다가 심한 가위에 눌려 신음 소리를 내면 부인 송 씨가 놀라 깬 적이 한두 번이 아니었다. 언젠가는 초림의 이름을 부르기도 했는데 송 씨는 여자의 직감으로 뭔가 이상한 낌새를 알아챈 모양이었다.

"영감, 초림이 누구지요?"

박연은 부인의 물음에 대강 얼버무렸지만 부끄럽고 한심해서 자식들 대하기도 민망했다. 그런 날이면 한층 연구에 매달렸다. 세종은 친히 현장에 납시어 연구진들을 격려하고 때로 하문도 했다.

"문묘제례악에 사용될 아악기는 어떡할 셈이오?"

박연은 깊이 읍을 한 후 고했다.

"예, 전하. 8음八音의 8종으로 분류될 것이옵니다."

"팔음이라……"

"재료에 따라 쇠·돌·실·대·바가지·흙·가죽·나무 등으로 분류한 것이옵고……"

"내 힘껏 도울 것이니 경비는 너무 신경 쓰지 않아도 될 것이오."

"성은이 망극하옵니다."

"그건 그렇고, 내 긴히 물어보고 싶은 말이 있소."

"하문하시옵소서."

"우리 고유의 음악을 장려하기 위한 첫 단계가 무엇이라고 생각하오?"

박연은 내심 크게 놀랐다. 세종의 성군다운 면모를 진작에 느끼고는 있었지만 음악에 있어서도 악생이나 악공을 능가할 만한 혜안慧眼에 그저 감탄의 마음이 우러날 뿐이었다.

"신의 좁은 소견으로는 우리 음률의 기본음, 즉 황종음을 정하는 게 급선무일 줄로 사료되옵니다."

세종은 천장이 크게 울리도록 웃으며 기뻐했다.

"과연! 과연! 난계의 음악에 대한 조예는 귀신도 놀랄 수밖에 없을 것이오. 그것도 당장 시행토록 하시오!"

"예, 전하! 분부 당장 받들겠사옵니다."

이렇게 하여 나온 것이 바로 율관의 길이를 재는 황종척尺이었다. 당시에는 음을 조율할 때 기본율인 황종률의 관악기, 곧 황종률관을 기준으로 삼았다. 때문에 황종률관의 길이를 결정하는 것이 매우 중요한 일이라는 사실을 박연은 알았던 것이다.

그러나 쉽지 않은 작업이었다. 기장이 문제였다. 좋은 기장을 구하기 위해 동분서주했다. 그리하여 농사꾼 못지않게 기

장에 대한 지식을 얻게 되었고 먹을 갈아 그것을 적어 놓기도
했다.

부인 송 씨는 농투성이같이 행동하는 지아비가 어이없는 듯
멍하니 바라보았다. 그러나 숱한 노력에도 불구하고 쓸 만한
기장을 구하지 못했다. 박연은 갈수록 힘이 빠졌다. 그렇게 한
참 고민하고 있던 차에 황해도 해주 출신인 노 악공이 말했다.

"저의 본향에서 생산되는 기장이 좋을 듯합니다."

박연은 어린아이처럼 기뻐하며 보채듯 명했다.

"그런가? 어서 가져와 보게나."

노 악공은 곧 그것을 가져왔다. 박연이 그 기장을 보니 과연
좋았다. 보통 양반들은 수수와 기장을 잘 구별하지 못한다. 기
장은 잎이 어긋나 있다. 꽃은 여름에 꽃줄기 끝과 때로는 윗부
분의 잎겨드랑이에서 원추 꽃차례로 피는데, 옆으로 처지며 대
개 완전히 나오지 않는다. 담황색 둥근 열매는 떡·술·빵·
과자 등의 원료 및 가축 사료로 쓰인다. 어지간한 농군보다 더
기장을 잘 아는 박연인지라 신이 나서 제작진을 지휘하였다.

"크기가 중간치인 것들만 고르게. 1백 알을 나란히 쌓아 그
길이를 황종척 1척으로 정할 것이네. 아직은 부족하여 연구해
야 할 것이 많지만, 우선 하나씩 이뤄 나가다 보면 언젠가는
성에 찰 날이 오겠지."

평소 박연이 신망하는 젊은 서 악공이 말했다.

"그 황종척은 우리 국악의 기본음을 명나라 음악과 일치시
킬 수 있는 척도가 되겠군요."

"그러하이. 황종률관의 길이를 결정하는 자가 될 걸세."

뒷날 만들어진 주척·영조척·예기척·포백척들은 모두 이 황종척을 기준으로 한 것이었다. 사람들은 만나면 박연의 업적을 입에 올렸다. 그러나 박연은 비록 자신이 창조한 것일지라도 모두 지원을 아끼지 않은 성상의 덕으로 돌렸다.

특히 악공 때문에 약간 문제가 생겼을 때 세종이 보인 관심과 방안은 높이 우러를 만하였다. 그날 세종은 좌의정 황희·우의정 맹사성·찬성 허조·호조판서 안순 등을 불러 의논하였다.

조회에 복무하는 악공은 경기도 내에 갑오년 이후 양민에게 시집가서 출생한 자와 공천公賤·공사비公私婢가 간척干尺*·보충군에 출가하여 낳은 자로 뽑았기 때문에, 식량을 싸 가지고 멀리서 오게 되어 그 일을 감당하기가 어려우니 이것을 어떻게 처리할 것인가 그 묘책을 얻고자 하는 자리였다.

황희가 아뢰었다. 그와 맹사성은 벼슬길의 동반자라 할 수 있을 정도로 오랜 세월 함께 세종을 보필했다. 영의정을 18년간 역임할 정도로 세종의 신임이 두터웠고 백성의 우러름도 높았다.

"마땅히 서울에 거주하는 자로서 갑오년 이후에 양민에게 출가하여 출생한 자와, 무당[巫女]과 판수[盲人]의 자식 가운데에서 선발하여 쓰게 하옵소서."

"그리하라."

---

* 간척(干尺) : 고려와 조선 초기 수공업 등 천한 일에 종사하던 사람.

훗날 관직에서 물러나 백발 성성한 노령에 들어서도 세종이 늘 자문을 구하던 맹사성이 진언했다.

"박연이 뛰어난 자질을 발휘할 수 있게 기회를 주소서."

"그리하도록 하겠소."

세종은 상참을 받고, 윤대를 행하고, 경연에 나아갔다. 상참은 아침마다 대신·중신 및 중요 아문의 참상관 이상의 관인 등이 편전에서 국왕을 배알하던 약식의 조회를 이르는 말이었다. 그리고 윤대란 매월 세 번씩 각 사司의 낭관郎官이 차례로 임금에게 직무에 대하여 보고하던 일이었다. 그 자리에서 세종은 음악에 대하여 이야기하면서,

"박연이 조회의 음악을 바로잡으려 하는데, 바르게 한다는 것은 어려운 일이다. 율려신서도 형식만 갖추어 놓은 것뿐이다. 우리나라 음악이 비록 다 잘되었다고 할 수는 없으나, 반드시 명나라에 부끄러워할 것은 없다. 명나라 음악인들 어찌 바르게 되었다 할 수 있겠는가?"

신하들은 금방 감읍할 듯한 얼굴로 용안을 우러러보았다. 세자시강원 문학 시절 충녕대군이었던 세종에게 음악적 관심과 식견을 심어 준 박연에게도 새로운 눈길을 보냈다. 조선 음악이 다 잘되었다고는 할 수 없지만 반드시 명나라에 부끄러워할 것은 없다. 명나라 음악인들 어찌 바르게 되었다 할 수 있겠는가……. 그 얼마나 떳떳하고 민족의식이 강한 말인가.

그런데 그날 오후 세종의 부름을 받고 어전에 나아간 박연은

또 놀랐다. 김대정과 이마지가 있었던 것이다. 김대정은 키가 훤칠했고 이마지는 어깨가 둥글었다. 그들도 박연을 보자 반가운 얼굴이 되었다. 모두 음악의 묘를 얻었고 성총이 두터운 이들이었다. 세종은 정치니 경제니 국방이니 하는 골치 아픈 것을 떠나 음악만을 화제 삼는 그 시간이 퍽 흡족하고 마음 편한 듯했다.

"앞으로 자주 교분을 나누도록 하시오. 난계는 이 나라 음악 발전을 위해 하늘이 짐에게 내려 보내신 사람이라 생각하고 있소. 그러니 두 사람도 난계를 도와 악기 제작에 협조해 주기 바라오."

박연의 눈에 그들은 진정한 악인樂人으로 비쳤다. 예술 하는 사람의 분위기가 짙게 풍겼다. 그들은 마지가 선배로 사사한 김소사라는 여인은 물론 만록총중 일점홍 악기의 명수 상임춘과도 만나고 있었다.

박연은 아쉬웠다. 자기도 악기 하나만 다루는 몸이라면 여유를 가지고 이 모든 악인들과 세월을 만끽할 수 있을 것이다. 그러나 그는 할 일이 너무나 많았다. 성별이나 나이나 지위를 떠나 그들과 함께라면 그저 좋을 것이지만 꾹꾹 참았다. 그리고 그렇게 된 이면에는 초림의 그림자가 드리워져 있었다.

대호군 박연과 봉상 판관 정양 등은 회례 때의 악공인과 동남童男의 관복을 올렸다. 세종은 사정전思政殿에 거둥하여 문무 두 가지 춤의 변화를 짓는 절차와 속악부 남악의 기예를 구경했다.

"천하의 이치는 생각하면 이를 얻을 수 있고, 생각하지 않으면 이를 잃는다는 뜻에서 사정전이라 하였거늘, 참으로 훌륭한 이름이 아니오?"

세종이 신하들에게 곧잘 하는 말이었다. 이 사정전은 경복궁 근정전 뒤 사정문 안에 있는 편전인데, 동에는 만춘전, 서에는 천추전이 있고, 그 둘레에는 동서남북의 행각行閣이 장방형을 이루며 배치되었는데, 임금이 평상시에 거처하면서 정사를 보살피는 곳으로 겨울을 대비하여 구들을 갖추었다.

세종은 관람을 마친 후 이런 긴 하명을 내렸다.

"남악의 일은 선왕 때에 하륜이 헌의하였으나 아직 시행하지 않았더니, 이제 근천정覲天庭 무고舞鼓의 기예를 보니 그 무도의 모습이 여기女妓의 춤보다 오히려 낫도다."

"예, 전하! 진실로 놀라운 혜안이시옵니다."

"또, 문무文舞와 무무武舞의 두 가지 춤을 대신들이 모두 어느 한 가지만을 폐지할 수 없다고 말하였으나, 짐의 마음으로는 관복의 제도와 나아가고 물러가는 절차가 혹시 그 제도를 바로 알지 못하게 되어 후세의 비웃음을 받는 일이 있게 된다면, 당분간 그 의심되는 것은 제외하여 두었다가 장래의 잘 아는 사람이 바로잡기를 기다리기만 못하다고 생각하노라."

"지당하신 분부시옵니다."

"그러한 까닭에 짐이 다시 의논하여 결정하고자 하였는데, 이제 관복의 제도와 문무 두 가지 춤의 동작하는 모습을 보니다 볼 만하도다."

"그렇사옵니다, 전하!"

"그중에는 나아가고 물러가며 굽히고 꺾는 절차가 비록 옛 제도에 다 맞지 않는 것이 있을지라도, 역대의 제왕들이 서로 이어서 옛 제도를 그대로 습용하지는 않았으니, 짐인들 어찌 고쳐 의논하여 제작하지 않겠는가. 마땅히 날마다 연습을 거듭하여 조회에 쓰게 하라!"

"예, 전하!"

박연은 음악 정리나 악기 제작 등에 푹 빠져 시간 가는 줄 모르면서도 고민과 갈등 또한 적지 않았다. 자칫 잘못했다간 사대주의자라고 손가락질 받아야 하고 그렇잖으면 명나라와 맞서야 할 위험마저 있었으니 속이 바작바작 타들어 갈 뿐이었다. 결국 박연은 왕 앞에 나아가 길고 긴 상소를 올릴 수밖에 없었다.

"전하! 예로부터 성악이 잘 조화되는 것은 참으로 어려운 일이었사옵니다. 옛사람이 성음을 논할 때는 반드시 격경擊磬으로 주를 삼았으며, 율관을 말할 때는 반드시 누서累黍로 삼았사온대, 이제 하늘에서 거서秬黍, 검은 기장을 나게 하여 지극히 조화될 징조를 보이시고, 땅에서는 경석磬石이 생산되어 지극히 조화될 단서가 생겼사옵니다. 하오나 오늘에 있어 마땅히 바로잡아야 할 것은 언젠가 신이 아뢴 바대로 율관이라 생각하옵니다."

"아무렴. 그래서 짐도 기대를 갖고 기다리는 중이오. 계속해 보시오."

"옛일을 상고하면, 주나라에서는 유태有邰의 거서를 얻어 음악이 조화되었사오나, 한나라에서는 임성任城의 거서를 얻었고, 근고近古에 수나라에서는 양두산羊頭山의 기장을 얻었으나 율관에 맞지 않았사옵고, 송나라에서는 경성京城의 거서를 얻었으나 역시 맞지를 않았사옵니다. 이로써 보건대 기장을 포개는 방법이 비록 글에 실려 있으나 알맞은 기장 낱알을 얻는 것이 무엇보다 가장 어려웠던 터라……."

"그러니 어떡해야 하겠소?"

"신이 이제 동적전東籍田에서 길러 낸 기장을 포개어 황종관을 만들어 불어 보았더니, 그 소리가 명나라의 황종보다 일율一律이 더 높았사옵니다."

"일률이 더 높았다? 그 이유가 무엇인지 말해 줄 수 있겠소?"

박연은 똑바로 쳐다보지는 않았지만 세종의 눈빛이 번쩍이고 있음을 피부로 느낄 수 있었다.

"신이 감히 짐작컨대, 땅이 척박하고 해가 가물어 그 자란 것이 조화를 잃어 그런 것 같사옵고……."

"그것뿐이오?"

"아니옵니다. 또 생각하건대, 같은 씨를 뿌려 자란 벼이건만 남방의 쌀은 윤기가 있고 통통하며, 경기의 쌀은 메마르고 가늘며, 동북 지방에서 생산된 쌀은 더욱 가는 것을 보면, 기장의 대소 역시 그런 것이 당연한 일이라 사료되옵니다."

세종의 옥음이 퍽 신중하고 엄숙하게 박연의 머리 위로 떨어져 내렸다.

"대안을 말해 보시오."

"그리 하문하오시니 신, 사실대로 고하겠나이다. 신의 얕은 소견으로는, 남방 여러 고을에서 가꾼 기장들을 모아 세 등급으로 뽑아서 포개어 관을 만들되, 그 가운데 명나라의 소리와 같은 것이 있으면 곧 삼분三分으로 손익하여 열두 율관을 만들어 오성五聲을 조화시키기를 바라는 바이오니, 그렇게 하면 도량형도 이것을 통해 분간할 수 있을 것이옵니다. 게다가……."

그때 문득 세종이 박연의 말을 끊었다.

"가만, 그러면 역대 선왕께옵서 지으신 음률에 있어, 소리의 높고 낮음이 시대마다 차이가 있었던 까닭은 또 무엇이오?"

박연은 오래 생각하지도 않고 곧바로 고했다.

"신이 헤아려 보건대, 그것은 아마도 기장이 한결같지 않았던 까닭이라 보옵니다."

"기장이 한결같지 않았다?"

"그렇사옵니다. 그러한 연고로 오늘날 명나라의 음률이 참된 것이 아니요, 우리나라의 거서가 도리어 참된 것이 아닌 줄을 어찌 알겠사옵니까?"

"……."

박연은 온몸에 소름이 오톨도톨 돋았다. 세종의 무언 속에는 엄청난 말들이 담겨 있었다. 박연은 난생 처음으로 무소불

위無所不爲의 임금도 어쩔 수 없이 감내해야 할 벽이 있음을 깨달았다. 박연은 신하로서 자신의 모든 자존심과 신명을 걸고 임금을 보필해야 한다고 이를 악다물었다.

"전하! 이 미흡하기 그지없는 못난 신이 감히 아뢰옵건대……"

박연은 마른침을 삼킨 후 타는 입술로 말을 이었다.

"음률과 도량형을 고르게 함은 곧 천자의 일이요, 제후국이 멋대로 할 바가 아니라 사료되옵니다. 소신의 지금 이 말씀은 아마도 두고두고 후세 사람들에게 비난의 화살을 맞을 것임을 소신 누구보다 익히 알고 있사옵니다."

"……"

"사대사상에 물들어 주체성을 망각한 망언이라는 것을 말이옵니다. 하오나 소신, 전하께 이런 말씀을 고하지 않을 수 없사오니 천만 번 이 역신을 꾸짖어 주시옵소서!"

용안에 파르르 경련이 일었다. 그러나 고개를 숙인 박연의 눈에는 그게 보일 리 없었다.

"제후국이 멋대로 할 바가 아니다, 그렇게 말했소?"

박연의 몸이 불에 구운 오징어처럼 오그라들었고 음성도 자라 모가지같이 기어들었다.

"전하, 그저 이 몸을 죽여 주시옵소서. 신은 다만……"

세종의 옥음은 여전히 낮고 침착했다.

"짐은 그대를 벌하려는 게 아니오. 짐은 단지 길을 얻고자 함이니 서슴없이 고하시오."

박연은 식은땀이 흘렀다. 하지만 계속해서 아뢰지 않을 수 없었다.

"그리하겠사옵니다, 전하."

"계속하시오."

"만일 오늘의 거서가 끝내 명나라의 황종에 맞지 않는다면……."

"그렇다면?"

"잠정적으로 편의를 써서 다른 기장을 포개어 율관을 만들어 명나라의 황종에 맞도록 한 연후에……."

"연후에는?"

"법에 의거하여 손익하여 성률을 바로잡는 것이 가할까 하옵니다."

"그렇구먼! 그래, 그런 수가 있었어!"

세종은 마침내 용상을 내려와 친히 손을 내밀어 바닥에 엎드려 있는 박연의 몸을 일으켜 세웠다. 박연은 부르르 온몸을 떨었다. 왕의 손길로부터 전해지는 감각은 마치 뜨거운 용암이 몸속으로 흘러드는 것과 같은 엄청난 힘을 담고 있었다.

한데 어인 일일까. 까마귀와 까치의 울음소리가 동시에 들려오고 있었다.

"까악! 까악!"

"깍깍! 깍깍!"

그 순간 세종도 박연도 오직 한 가지 생각만 하고 있었다. 그것은 피리였다. 입술이 부르트고 입안이 헐도록 피리를 불어 대고 싶었다. 그리하여 그 피리소리 속에 모든 것을 띄워 보내고 싶었다. 아니, 이 한 몸 피리소리가 되어 어디론가 한없이 자유롭게 날아오르고 싶었다.

그러나 박연과 생각을 달리하는 사람도 없지는 않았고 은근히 시샘하는 소리도 나왔다. 그 얼마 후 세종이 조회에서 백관들에게 이렇게 말했을 때였다.

"거서로 율관을 만드는 일은 박연이 아니면 할 수 없는 일이오. 명나라에서 만든 황종을 박연이 만든 율관을 가지고 그 소리를 살펴보면 맞고 아니 맞는 것을 누구든지 잘 알 수 있을 것이오."

그러자 신하 하나가 아뢰었다.

"전하! 이는 다만 박연 혼자 알아낸 것이 아니옵고 맹사성의 도움이 있었기에 가능했던 일이옵니다."

이에 대해 세종은 이렇게 말했다.

"악기를 박연에게 맡기면 성음이나 절주를 알아낼 것이다."

그 신하는 그만 입을 다물고 황급히 어전에서 물러나고 말았다.

박연에 대한 세종의 총애寵愛는 갈수록 깊어졌다. 하루는 오래 보이지 않던 박연이 오랜만에 세종을 알현했다. 그리고 새로 만든 경쇠磬* 두 틀을 올리며 아뢰었다.

"이제 경쇠를 만들되 그 모양도 한결같이 명나라의 것을 의

---

* 경쇠(磬-) : 틀에 옥돌을 달아, 뿔 망치로 쳐 소리를 내는 아악기(雅樂器).

지하였사옵니다. 하오나 성음에 있어서 명나라의 경쇠는 유빈㽔賓의 소리가 도리어 임종林鐘보다 높고 이칙夷則은 남려南呂와 같으며 응종應鐘은 무역無射보다 낮아서, 마땅히 높아야 할 것이 도리어 낮고 마땅히 낮아야 할 것이 도리어 높았으니 아마도 한 시대에 만들어진 악기가 아닌 듯하옵니다."

"그래서 어떻게 했는지 말씀해 보시오."

"만일 이에 의거하여 만든다면 조화될 리가 없겠삽기……."

"지당한 말이오."

"그래 삼가 명나라 황종에 대한 설명을 약간 참조하여 황종을 만들었으되 거기서 그치지 아니하고, 그것으로 손익하여 십이율의 관을 만들어 불어서 율에 맞추어 이로써 결정하였사옵니다."

그러자 세종은 새로 만든 경쇠 두 틀, 명나라에서 받은 경쇠 한 틀과 소簫ㆍ관管ㆍ방향方響 등 악기를 취하여 새로 만든 율관으로 맞추어 보더니 아주 밝은 용안으로 이렇게 하문하였다.

"명나라 경쇠는 과연 음률에 맞지 아니하고, 이제 새로 만든 경쇠가 옳게 되어 소리가 맑고 아름답도다. 박연이 율관을 만들어 음성을 구별한 것이 뜻밖에 매우 훌륭하니 짐이 말할 수 없이 기쁘도다. 진실로 박연답도다! 그대 박연이 아니면 어느 누가 감히 이런 것을 만들 수 있으리요. 그 노고를 깊이 치하하노라. 헌데 다만 이칙 하나만이 소리가 맞지 않으니 이는 무슨 까닭이오?"

박연이 곧 살펴보더니 아뢰었다.

"갈 때에 한정으로 표시한 먹이 아직 남아 있어 다 갈리지 않았사옵니다."

세종은 곧바로 그것을 갈게 하였다. 이윽고 먹이 다하자 소리가 저절로 맞게 되었다. 박연은 또 고했다.

"무릇 악률 성음의 제도는, 위로는 하늘을 상고하여 북두칠성 자루가 위치해 있는 신辰과 해와 달이 만나는 것을 헤아려 열두 율관의 법이 생기었고, 아래로는 땅을 살피어 방위의 기氣와 풍토의 성질을 분변하여 여덟 가지 물질로 만든 악기로 음악을 연주하는 제도가 지어졌사옵니다."

세종은 한층 감탄해 마지않았다.

"그대의 음악에 대한 해박함이 실로 놀랍고 또 놀랍도다. 계속하시오."

"황감하옵니다, 전하!"

"더 듣고 싶으니 어서 고하시오."

"그러겠사옵니다. 율법은 음양의 운변과 화협하여 인사人事의 동정을 알맞게 조절하고, 8음의 제도는 방음方音 청탁을 고르게 하여 정성情性의 중화中和를 기르니, 그 이치가 지극히 묘하고 그 쓰임이 지극히 넓어 천지를 돕는 바가 되옵니다. 따라서 성인의 성덕 공화는 반드시 악樂에서 이루어진다고 보옵니다."

"성인의 성덕 공화는 반드시 악에서 이루어진다, 그리하시었소?"

"그러하옵니다, 전하."

"알겠도다. 짐은 반드시 성덕 공화의 성군이 될 것을 다짐하노라."

"망극하옵니다."

"항간의 필부도 일을 할 때 처음과 끝이 있어야 성공할 수 있거늘 하물며 왕이겠는가? 그렇소. 악은 나라의 중요한 일이오. 악을 바르게 하면 이미 처음이 바르니 성공이 없을 수 있겠소."

박연이 막 어전을 물러나려 할 때였다. 신상이 알현을 청하더니 곧이어 황희·맹사성·허조·유사눌 등이 들어와 아뢰었다.

"명나라 조정에서는 여지금대荔枝金帶와 가죽띠의 장식은 녹색을 쓰고 있사오니, 지금 우리 문무·무무·남악의 가죽띠의 칠도 또한 녹색을 사용하는 것이 어떨까 사료되옵니다."

듣고 있던 신상이 박연을 보았고 박연이 고개를 끄덕이자 그는 이렇게 아뢰었다.

"기명器皿을 주칠朱漆하는 것은 상하가 다 사용할 수 없으나, 공인의 장식에야 비록 금제하는 색깔을 사용한들 무엇이 해롭겠습니까. 분홍색을 사용하여 옛날의 제도에 맞게 하는 것이 좋을 듯싶사옵니다."

세종은 한참 생각한 후에 마침내 결정을 내렸다.

"문무를 추는 사람과 악기를 잡는 사람의 가죽띠는 녹색을 사용하고, 남악의 가죽띠는 분홍색을 사용케 하라."

네모난 우물 속에 둥근 달 하나

병오년 가을로부터 이듬해 여름에 이르기까지 악기가 모두 완성되었다. 종묘와 영녕전의 헌가軒架에 편경을 등가登歌하였다. 경쇠가 모두 228개였다. 세종이 이르기를,

"창제라고 하는 것은 예로부터 어려운 것이오. 무릇 임금이 하고자 하는 것을 혹 신하가 저지하기도 하고, 신하가 하고자 하는 것을 혹 임금이 듣지 않기도 하오. 또, 임금과 신하가 모두 하고자 하더라도 시운이 불리한 수도 있는데, 이제 짐의 뜻이 먼저 정해졌고 국가에도 일이 없으니 마땅히 성심을 다해 주기 바라오."

신하들은 하나같이 머리를 조아려 다음 하명을 기다렸다.

"명하노니, 조회에 쓸 경쇠는 남양南陽에서 만들게 하시오."

"예, 전하!"

"조제朝祭에 쓸 종은 한강漢江에서 만들게 하시오."

"분부대로 거행하겠나이다."

"박연으로 하여금 이 모든 일을 감독하게 할 것이오."

"옳으신 처사이신 줄 아옵니다."

"아, 그리고 대호군 남급으로 하여금 일을 돕게 할 것이며……."

"해와 달같이 밝으신 혜안이시옵니다."

"또 조종의 공덕을 서술하여 정대업과 여민락을 짓게 할 것이며……."

어전을 물러 나온 신하들은 하나같이 혀를 내둘렀다. 세종의 음악에 대한 열의와 박식함은 실로 가공할 노릇이었다. 고개를 숙이고 무슨 생각에 잠겨 있던 남급이 박연에게 말했다.

"난계의 피리소리를 언제 들려주시겠소?"

박연이 웃었다.

"누추하지만 언제 우리 집으로 한번 모시리다. 난초가 피어난 정원에서 같이 한잔 나누며 불어 볼까 하오."

남급이 호탕한 웃음을 터트렸다. 어찌나 소리가 크던지 천장이 들썩거릴 판이었다. 박연은 남아다운 그가 좋았다. 일찍이 무과에 급제하여 대호군과 상호군까지 역임하게 되는 그는 남달리 힘이 세고 재주가 있는 무장이었는데 주자鑄字*의 기술과 악기 제작에도 소질을 보이는 특이한 인물이었다. 이천을 도와 주자를 개량했고 양근군의 주전소를 감독했으며 악학별좌로 박연과 함께 조회악기를 제작하고 박연, 정양 등

* 주자(鑄字) : 쇠붙이를 녹여 부어 활자를 만듦, 또는 그렇게 만든 활자.

과 더불어 회례악기도 만들게 된다. 그가 큰소리로 말했다.

"역시 난계는 학자라기보다 음악가라고 봐야 옳지 않겠소?"

우람한 남급이 곁에 있어 한층 체구가 작아 보이는 정양이 눈을 가늘게 떠 두 사람을 보며 말했다.

"아무렴! 난계의 피리는 역시 난초 옆에서 들어야 더한층 묘미가 있지요. 설마하니 이 정양은 싹 빼고 두 분만 어울리지는 않으시겠지요?"

남급이 다시 말했다.

"이왕이면 난계의 집 마당에 조그만 도랑을 파서 냇물이 흐르도록 하면 한결 운치가 넘칠 터인데……."

박연이 손을 내저었다.

"허어, 어찌 남급 영감은 나더러 선계仙界에 들라 하시오? 이 사람은 그저 난 한 촉만 가까이 있어도 세상 부러울 게 없거늘……."

두 사람이 동시에 말했다.

"하긴 난계의 청백리야 세상이 다 아는 사실이지."

그러나 그들 모두 진봉, 아니 초림의 일은 전혀 입 밖에 내지 않았다. 박연은 알 수 없었다. 그들이 다시 초림을 만나 자초지종을 듣고 아무 이야기를 하지 않을 수도 있었다. 아니면 그냥 박연이 그날의 실수를 부끄러워할까 봐 덮어 두려는 것인지도 몰랐다. 그 어느 쪽이든 박연으로서는 고마운 일이었다.

초림의 소식은 다른 이들의 입을 통해 간간이 들었다. 처음보다 더 애절한 피리소리로 변했다 했고, 손님들 앞에서도 피리만 불 뿐 술은 입에도 대지 않는다 했다. 그런가 하면, 정반대의 소리도 들렸다. 피리는 아예 내팽개친 채 밤낮으로 술독에 빠져 있더라 했다. 그 어느 쪽이든 박연으로선 인두로 가슴을 지지듯 쓰라린 일이었다. 그가 그날 기방을 찾지 않았다면 초림은 자기 자리에서 나름대로 살아갈 수 있었을 것이다. 박연은 난생 처음 피리가 원망스러웠다. 그러면서도 또 피리가 없으면 더 못 살 것 같은 요즘이었다.

그때 근정전 밖 껍질이 거북 등짝처럼 갈라 터진 오래된 소나무 위에서 배 부위가 유난히 샛노란 작은 새 한 마리가 지저귀기 시작했다. 주위 사람들이 보니 박연은 어느새 손가락으로 음정을 맞추는 시늉을 하고 있었다. 남급과 정양이 큰소리로 말을 주고받았다.

"역시 난계는 누구도 못 말린다니까!"

"그러게. 성상께서도⋯⋯."

"어? 멸문지화滅門之禍를 당할 말씀을⋯⋯?"

"난, 아무 말도 안 했소. 저 새가 증명해 줄 것이오."

"내 참, 새가 뒤집어 날며 웃을 말씀을⋯⋯."

그러나 박연의 귀에는 오직 새소리만 들리는 듯 이번에는 발까지 흔들어 가며 박자 놀음을 했다. 그런데 이상한 일은 그런 박연의 모습이 조금도 천박스러워 보이지 않는다는 사실이었다.

세상의 빛과 어둠은 공평했다. 밤이 되자 민초들의 작은 촌

락과 마찬가지로 지존이 거처하는 넓은 궁궐에도 어김없이 어둠이 내리고 정적이 찾아왔다. 세종은 서책을 펼쳐 놓고 있었지만 이날 따라 이상하게 마음이 가라앉지 않았다. 그때였다. 어디선가 은은한 음악 소리가 들릴 듯 말 듯 전해지기 시작했다.

"아, 정말 아름다운 음악 소리로다! 유 환관, 이게 어디에서 나는 소리더냐?"

옆에 있던 유 환관이 고했다.

"전악서에서 나는 소리옵니다, 전하."

"전악서라 했느냐. 헌데 어찌 퇴궐도 하지 않고 저렇게 밤중까지 악기를 연주하고 있다는 것이냐?"

유 환관은 머리를 조아리며 아뢰었다.

"며칠 뒤 벌어질 궁궐 잔치를 위해 악공들이 열심히 연습하고 있는 줄 아옵니다. 전하, 혹시 서책을 보시기에 방해라도……?"

"아니다. 음악의 힘이 참으로 위대하다는 것을 다시 실감하기 때문이야."

"그러시옵니까, 전하."

"조금 전까지만 해도 짐이 내내 심란하더니, 이제 저 소리를 듣게 되자 그렇게 마음이 평온하고 맑아질 수가 없구나."

얼굴이 물에 불은 두부처럼 약간 부은 듯 희멀건 유 환관은 안도의 숨을 내쉬고 나서 다시 고했다.

"신 또한 그렇사옵니다. 정말 음악은 좋은 것이라 사료되옵니다."

"그래서 짐은 복을 받은 임금이라는 것이야."

"어인 말씀이시온지……?"

"짐의 곁에 박연과 맹사성 같은 훌륭한 악인과 명정승이 있으니 하는 말이야."

그러고 나서 잠시 들려오는 소리에 귀를 기울이던 세종은 더 참지 못하겠다는 듯 일어날 자세를 하며 말했다.

"여봐라, 유 환관. 짐도 당장 저 음악을 직접 연주해 보고 싶어지는구나."

"……."

"앞장서도록 하라. 내 지금 전악서로 갈 것이니라."

그러잖아도 허연 유 환관의 얼굴이 더욱 새하얗게 변했다.

"전하! 대단히 송구하오나 지금은 밖이 퍽 어둡사옵니다. 날이 밝은 연후에 행차하심이 가한 줄로 아옵니다."

그러나 세종은 기어이 서안 앞에서 몸을 일으키며,

"아니로다. 내 저 악공들을 만나 부탁할 말이 있느니라."

"전하! 밤 공기가 옥체에 해롭사옵니다."

하지만 세종은 이미 걸음을 옮겨 놓고 있었다. 유 환관은 놀라 앞장을 섰다. 전악서가 가까워질수록 음악 소리는 커져 갔다. 지난날 박연이 피리 솜씨를 자랑하려다가 톡톡히 창피를 당했던 그 전악서였다. 유 환관이 왕이 납시고 있음을 큰소리로 알리려 할 때 세종이 막았다.

"방해가 되지 않도록 하라. 유 환관, 지금 안으로 들어가서 악공 한 사람만 살짝 데리고 나오도록 하라."

"역시 마마시옵니다. 그리하겠사옵니다, 전하."

유 환관은 탄복한 얼굴로 깊숙이 허리를 숙여 보인 후 안으로 사라졌다. 세종은 하늘을 올려다보았다. 유난히 별이 초롱초롱하고 달은 항간의 아이들이 가지고 노는 굴렁쇠처럼 둥글었다.

얼마 지나지 않아 유 환관이 악공 한 사람을 데리고 나타났다. 볼이 홀쭉하고 몸도 메마른 그 악공은 때아닌 왕의 행차에 크게 놀라 얼른 땅바닥에 엎드려 머리를 조아렸다. 세종이 말했다.

"밤이슬이 몸에 젖으면 해로울 것이니 그만 일어나도록 하라. 그대는 누구인고?"

"예, 전하. 신은 제천 출신 손주호라고 하옵니다."

"손 악공! 내 이렇게 불쑥 전악서를 찾은 것은, 지금 들리는 저 음악이 하도 좋아 짐 스스로 그 연주법을 배우고자 함이야."

악공이 가느다란 눈을 크게 치떴다.

"예에? 전하께옵서 연주법을⋯⋯?"

유 환관이 여전히 몸을 바로 세우지 못한 채 떨고 있는 악공에게 말했다.

"손 악공! 즉시 전하의 명을 받들도록 하시오."

그런데 뜻밖에도 연약해 보이는 겉모습과는 달리 손 악공은 이렇게 고했다.

"전하! 대단히 송구스러운 말씀이오나, 소신은 잠시도 쉬지 않고 곧 있을 궁중 연회에서 연주할 음악을 연습해야 하나이다. 대신에 신의 악보를 올리겠사오니 전하께옵서 그것을 보시고 익히고 계시오면 행사가 끝난 다음 전하의 분부를 받잡아⋯⋯."

유 환관이 아주 노기 띤 얼굴로 소리쳤다.

"아니, 손 악공! 지금 지엄하신 어명을 거역하고자 하는가?"

악공의 몸이 움찔하는 게 어둠 속에서도 똑똑히 비쳤다. 세종이 말했다.

"아니, 아니야. 짐의 생각이 짧았어. 손 악공 말이 옳아. 퇴궐도 못하고 한창 연습하고 있는 사람의 시간을 빼앗을 수는 없는 일이야. 손 악공, 그럼 악보나 주게."

악공은 품에서 악보를 꺼내 유 환관에게 건넸고 유 환관은 그것을 두 손으로 공손히 왕에게 바쳤다. 처소로 돌아온 세종은 몇 가지 악기를 가져오게 하였다. 그리고 연주를 해 보려고 하다가 이내 허탈한 얼굴로 말했다.

"허, 이렇게 답답할 일이 있나?"

유 환관이 놀라 급히 물었다.

"전하, 왜 그러시옵니까?"

세종이 악보를 내보이며,

"이 악보를 보게나. 너무나 복잡한 설명만 붙어 있어 도저히 알아볼 수가 없어."

유 환관이 악보를 들여다보다가 바보 같은 표정을 지었다.

눈이 어지러운지 비틀거리기까지 했다. 아닌 게 아니라 무슨 난해한 암호문 같았다. 세종의 탄식이 떨어져 내렸다.

"누구든지 악보를 쉽게 보고 연주하게 할 수는 없을꼬?"

유 환관은 몸 둘 곳을 몰라 했다. 악보에서 눈을 거두며 세종이 말했다.

"허허, 혼자 애태웠더니 목이 몹시 마르구나."

"즉시 꿀물을 대령토록 하겠사옵니다."

유 환관이 몸을 돌려세우려고 하는데 세종이 손을 내저었다.

"그만두게, 유 환관. 머리도 식히고 바람도 쐴 겸 내 우물로 직접 가서 마실 것이야."

두 군신은 궁중 뜰에 있는 우물로 갔다. 세상을 비추는 달은 아까보다 훨씬 휘영청 밝았다. 전악서의 음악 소리는 여전히 바람에 실려 아슴푸레하게 들려왔다. 세종은 그 소리에 귀를 기울이고 유 환관은 두레박으로 물을 푸려고 했다. 그때 세종이 우물 가까이 와서 밑을 내려다보기 시작했다.

"옛날이 기억나는군. 어릴 적에는 저 우물 속에 어찌나 들어가고 싶었는지 몰라. 그래 한 번은 나인을 몰래 따돌리고 내려가려다 실패했지만……. 허허. 그때 나 때문에 그 어린 궁녀만 애꿎게 혼쭐나고 말았지."

"그런 일이 있었사옵니까?"

그런데 유 환관의 그 말이 채 떨어지기도 전에 갑자기 세종 입에서 이런 소리가 터져 나와 유 환관을 경악케 했다.

"아, 그렇지! 그래, 바로 저것이로다!"

"저, 전하! 왜 그러시옵니까?"

유 환관은 자칫 두레박줄을 놓칠 뻔했다. 세종은 유 환관이 물을 푸려고 하는 동작을 제지시킨 후 이렇게 하문했다.

"유 환관, 짐의 말을 들어 보라. 지금 이 우물이 무슨 모양이 냐?"

유 환관은 너무나 이해할 수 없는 왕의 모습에 아주 당황하 면서도 얼른 고했다.

"네, 네모난 우물이옵니다만……?"

"그러면 그 속에 비친 저 달은……?"

"둥근 모양이옵니다, 전하."

세종은 금방 박수라도 칠 것 같았다. 유쾌한 웃음소리와 밝 은 음성이 대궐의 적막을 헤뜨렸다.

"바로 그것이로다! 하하하. 이렇게 좋은 방법이 있다는 것을 짐은 왜 미처 깨닫지 못했던고?"

유 환관은 주름 잡힌 얼굴을 들어 여쭈었다.

"전하! 무슨 좋은 생각이 떠오르셨사옵니까?"

"그러하도다! 이제 누구나 보기도 쉽고 연주하기도 편한 악 보가 곧 세상에 나오게 될 것이야."

"전하! 감축, 또 감축 드리옵니다."

세종은 우물 속 달을 보며 좀체 흥분을 가라앉히지 못했다.

"유 환관, 네모난 우물 속에 둥근 달이 하나야."

유 환관은 영문도 모른 채 왕의 말을 되뇌었다.

"네모난 우물 속에 둥근 달이 하나……."

세종은 마치 신천지를 발견한 것처럼 사뭇 떨리는 옥음으로 말했다.

"유 환관은 들어라. 바로 지금이 정간보가 탄생하는 극적인 순간이 될 것이니라!"

"정간보라 하시었사옵니까?"

"그래. 우물 정, 사이 간, 악보 보, 이렇게 쓰는 정간보니라. 정, 간, 보……."

하늘과 우물의 달이 서로를 향해 눈짓하듯 한층 빛을 발했다.

"세상 사람들은 짐이 그것을 아주 짧은 시간에 만들었다는 사실에 놀라워하게 될 것이다. 아아, 하늘이 짐에게 번개 같은 영감을 주시었도다!"

"어떻게 보게 되는 악보이옵니까?"

"유 환관, 잘 들을지어다. 짐이 창안하게 될 정간보는, 위에서 아래로, 오른쪽에서 왼쪽으로, 한 칸을 한 박으로 읽으면 될 것이니라."

"전하! 참으로 대단하시옵니다. 다시 한 번 감축 드리옵니다."

이윽고 우물에서 하늘가로 눈을 돌린 세종의 두 눈에는 천상의 달보다 더 크고 밝은 달이 하나씩 들어앉아 있었다. 유 환관은 그런 용안을 감히 똑바로 우러르지 못했다.

이튿날 여명黎明이 트자 세종이 제일 먼저 부른 사람이 박연이었다. 박연은 아침 댓바람부터 싱글벙글하는 세종을 놀란 눈으로 올려다보았다.

"그대에게 먼저 물어볼 말이 있소."

"예, 전하."

박연은 깊이 읍하며 하문을 기다렸다. 사뭇 흥분된 세종의 목소리는 평상시의 옥음이 아니었다.

"고려 시대부터 이 땅에서 사용된 종전의 율자보와 공척보 등의 결점이 무어라고 생각하시오?"

박연은 밑도 끝도 없이 그런 질문을 던지는 세종이 더욱 의아스러웠지만 평소 알고 있는 바를 그대로 아뢰었다.

"신의 짧은 소견으로는 음의 시가時價를 제대로 나타내지 못하는 것이 가장 큰 결점이라고 사료되옵니다."

세종은 흡족한 빛으로 크게 고개를 끄덕이며,

"잘 보았소. 그래서 짐이 이번에 그런 결점을 없애기 위해 새로운 악보를 창안할 생각이오."

박연은 소스라쳐 여쭈었다.

"저, 전하! 그, 그런 악보를 고안해 내시겠다는 말씀이시옵니까?"

"그러하오. 이 모두가 짐이 세자로 있을 때 그대로부터 배운 음악적 지식과 소양이 뒷받침해 주었기에 가능한 일이라 믿소."

박연은 머리를 크게 조아렸다.

"아, 아니옵니다, 전하! 어찌 그런 말씀을……?"

"일단 오늘은 그 정도만 알고 물러가시오. 내 또 찾을 것이오."

그날부터 세종은 자주 박연을 불러 자문을 구하곤 했다. 박연도 그럴 때마다 세종 못지않은 흥미와 관심으로 정성껏 조언을 아끼지 아니하였다. 대전에서는 두 개의 음성이 마르지 않는 우물물처럼 끊임없이 흘러나왔다.

"1행 32간을 질러 우물 정# 자 모양으로 할 것이며……."

"우물 정 자 모양으로 말씀이옵니까?"

"그렇소. 그리고 한 칸에다 황종 · 협종 · 고선 · 중려 · 유빈 · 임종 · 이칙 · 남려 · 무역 · 응종과 같은 율명律名*을 기입할 생각이오."

"진정, 진정 대단하시옵니다. 전하!"

"허허, 내 이 모든 것이 그대의 덕분이라 하였거늘……."

"신 몸 둘 곳을 모르겠사옵니다. 하오면, 각 칸은 시가를 나타내고 열두 율명은 음의 높이를 나타내게 되지 않겠사옵니까?"

"역시 난계구려. 바로 유량악보有量樂譜*가 되는 것이오."

"아, 유량악보라 하시었사옵니까?"

"그렇소. 종이에 바둑판 모양의 줄을 긋고, 각 한 칸을 한 박

---

* 율명(律名) : 십이율(十二律)의 음이름. 황종(黃鍾), 대려(大呂), 태주(太簇), 협종(夾鍾), 고선(姑洗), 중려(仲呂), 유빈(蕤賓), 임종(林鍾), 이칙(夷則), 남려(南呂), 무역(無射), 응종(應鍾)을 이른다.

* 유량악보(有量樂譜) : 음의 높이와 길이를 나타낼 수 있는 악보. 세종 때의 정간보를 비롯하여 오늘날 서양 음악의 오선보 따위가 이에 속한다.

으로 삼아, 그 속에 율명을 적어 음악을 기록하게 될 것인
즉……."

박연의 머릿속에 소년 시절 버들내 가 큰 바위 위에서 김순
재가 하던 말이 어제같이 선연히 찍혀 나왔다.

'대저 음악을 기록하기 위해서는 음의 높이와 길이 두 가지
요소를 나타내는 기보법이 필요할 것이야. 이 두 요소를 충족
시킬 수 있는 기보법이 하루빨리 만들어져야 할 터인데……'

바로 그것을 세종이 창안한 것이니 박연의 경탄은 이루 말로
표현하기 어려웠다. 그랬다. 이전의 기보법은 다만 음높이만
을 기록할 뿐이어서 임금과의 대화에서처럼 음의 시가를 나
타낼 수 없었다. 어쨌든 그렇게 만들어진 정간보는 시가를 나
타내는 악보로는 동양에서 가장 오래된 것으로 현재까지 사
용하게 된다.

어느 날 박연은 질화로 모양의 악기 하나를 들여다보고 있었
다. 부缶*라고 하는 타악기였다. 이윽고 그는 조그만 받침대
위에 올려져 있는 그것을 대나무 채로 쳐보기 시작했다. 반 정
도가 아홉 가닥으로 갈라져 있는 채였다. 박연은 그 채로 부의
가장자리를 계속 쳤다.

고려 때 송나라에서 들어온 대성아악에는 부가 들어 있지 않
았다. 하지만 문묘제례악의 헌가 편성에 그 부가 들어가게 할

---

*부(缶) : 우리나라 타악기의 하나. 진흙으로 구워 화로같이 만든 것으로, 아홉 조각으로
쪼개진 대나무 채로 변죽을 쳐서 소리를 낸다.

생각을 박연은 하고 있었다. 열 명의 연주원이 각각 부 하나씩을 연주케 할 계획이었다. 박연이 채를 내려놓고 그런 깊은 상념에 잠겨 있을 때 정양과 남급이 다가왔다.

"난계! 무엇을 그다지도 골똘히 생각하고 계신 게요?"

박연은 엷은 미소를 띠며 말했다.

"성상께 올릴 상소를 생각하고 있었지요."

남급이 눈을 크게 뜨며 다시 물었다.

"상소라니요? 무슨……."

박연은 잠자코 부를 내려다보며 대답했다.

"우리나라에서 쓰는 부는 그 형상이 책에 있는 그림과 같지 않을뿐더러 또 채로 쳐도 전혀 음악적인 소리가 없으니 거짓이 너무 심하다고 말이오."

두 사람이 똑같이 고개를 끄덕이며 말했다.

"듣고 보니 일리가 있는 말씀이오."

"사실 나도 그런 느낌을 갖고는 있었소만 엄두가 안 나서……."

박연은 시선은 여전히 부에 박은 채 또렷또렷한 어조로 입을 열었다.

"마포 강가에 있는 도소陶所에서 우수한 도공을 시켜 가부를 만들게 하여 중음衆音에 맞는 것을 골라 쓸 것을 아뢰고 싶은데 두 분 의향은 어떠시오?"

정양이 부러운 듯 말했다.

"역시 난계의 밝은 지혜에 탄복할 따름이오. 이 사람은 언제 난계 같은 악성이 돼 볼는지……."

"허허, 무슨 말씀을 그리하시오."

남급이 입을 열었다.

"그건 사실이오. 나도 언제나 난계가 부럽소. 역사에 길이 이름을 남기실 분이시오."

"아, 모두 날 놀리려 드시는구려."

"우린 사실을 그대로 얘기했을 뿐이오."

박연은 잔뜩 쑥스런 빛을 감추지 못하며,

"성상께서도 윤허하시겠지요?"

"난계 상소인데 꼭 그러하실 거외다. 그건 그렇고, 이 부 말이오, 악기로는 아주 특이하게 생긴 것 같지 않소?"

박연은 부를 가만히 어루만지며 말했다.

"가장 특이하다고 할 만하지요. 또한 이 부는 훈壎과 마찬가지로 흙으로 만드는데 부의 두께와 잘 구워진 정도나 높이에 따라 소리의 높고 낮은 음이 나질 않소."

박연의 머릿속에 훈의 모양이 그려지기 시작했다. 훈壎은 8음八音 중 토부土部에 속하는 관악기로 훈壎이라고도 했다. 저울추 모양인데 바닥은 평평하고 위는 뾰족하게 흙을 구워 만들었다. 구멍은 위에 1개, 옆에 3개, 뒤에 2개로 모두 6개를 뚫는다. 명나라의 고대 토기시대 유물이며 모든 아악의 등헌가에 쓰였고, 세종은 특히 옛 제도를 따라 개조한 훈을 후대까지 전하도록 명했다.

"훈의 음색은 어두운 편이며 낮고 부드러운 소리를 가지기에 이 부와는 다른 멋이 있지만 난 이 부가 더 좋소이다."

박연의 말끝에 정양이 약간 장난기 섞인 얼굴로 말했다.

"하여튼 난, 저 부만 보면 꼭 우리 집 질화로가 떠올라요. 난계는 어떠시오?"

그러자 박연은 조용히 웃으며 대답했다.

"난, 무엇을 봐도 피리밖에 생각이 나질 않으니 이건 평생에 못 고칠 고질병 아니오. 대숲에 들면 나오고 싶지 않아요. 바람이 스르룽 스르룽 소리 내며 댓잎을 스치면……."

남급이 무장 출신답게 커다란 두 손바닥으로 박수를 쳐 가며 웃어 제꼈다.

"과연! 참으로 난계다운 말씀이시오. 그러니 난계께서는 세상 모든 소리들이 오로지 죽성, 대소리였다면 좋겠다, 그런 뜻 아니오?"

박연이 말했다.

"마침 이 자리에 있는 우리 세 사람 모두 음악에 평생을 바치기로 한 악인들이니 세상 소리에 관해 논해 보는 게 어떻겠소?"

두 사람 다 좋다 하였다. 정양이 남급에게 물었다.

"어떤 소리를 가장 좋아하시오?"

남급은 소리를 음미하듯 눈을 가늘게 뜨고 답했다.

"나는 요란스럽거나 방정맞지 않은 새소리가 제일 좋지요."

"그 연유가 무엇이오?"

"이 소리는 내 마음에 맑은 것을 일으키고, 그러한 까닭에

삼가는 것을 생각나게 한다오. 그래서 사람들을 공경하고 사
랑하고 싶어져요."

"영감께서는요?"

박연의 말에 정양이 답했다.

"대저大抵 군자란 음을 들으면 반드시 생각하는 바가 있는
법! 난 슬픈 소리가 좋소."

박연과 남급은 서로 얼굴을 마주 보았다. 정양의 말이 이어
졌다.

"슬픈 소리는 청렴한 마음을 일으키고, 청렴한 마음은 뜻을
세우게 한다고 들었소. 사람의 마음가짐은 비록 마음이 흩어
져 있을 때라도 갑자기 애원하는 소리를 들으면, 또한 그 때문
에 측연해져 마음을 모으게 되니 슬픈 소리는 능히 청렴한 마
음을 일으키게 한다는 것이지요. 사람에게 지키는 절개가 있
으면 그 뜻이 욕심에 유혹받지 않는다 하지를 않소."

잠시 침묵이 가로놓였다. 아무 소리도 들리지 않았지만 세
사람은 저마다 자기 소리를 듣고 있었다. 이윽고 두 사람이 박
연을 보고 같이 입을 열었다.

"이제 난계 차례요. 왜 대소리를 가장 듣기 좋아하는지 연유
를 들려주시오."

박연은 싱긋이 웃었다. 그리고 나서 천천히 말을 시작했다.

"대소리는 넘치나니, 넘치는 것은 모으는 것을 일으키고, 모
으는 것은 무리를 모으므로, 군자가 생笙·우(竽 : 생황처럼 생겼
으나 좀 더 큰 악기)·소簫·관管의 소리를 들으면 무리를 기르고

모으는 신하를 생각하는 법이지요."

"……."

"……."

"넘칠 남濫은 잡을 남拏으로도 볼 수 있는 바 이에 근거하여 남취拏取, 곧 '손에 쥐어 모은다'의 뜻이 있는 고로 끌어들이고 모아들일 수가 있지요."

귀를 기울이고 있던 두 사람이 놀라 물었다.

"그건 탐관오리들이나 할 짓거리 아니오?"

"쓸데없이 붕당이나 짓는 소인배들이 할 일이거늘 어찌 난계 같으신 분이 그런 말씀을 꺼내는 것이오?"

박연의 얼굴이 엄숙해졌고 말에는 힘이 실리기 시작했다.

"무릇 기르고 모으는 신하라는 것은, 쓰는 것을 절약하고 사람을 사랑하고 백성을 편안히 하여 무리를 기르는 신하를 말하는 것이지, 세금을 가혹하게 걷어 재물을 모으는 신하를 말하는 것이 결코 아니오."

"그렇다면……?"

"그러한 연고로, 군자가 대소리를 들으면 백성을 편안히 하여 무리를 기르는 신하를 생각하는 법이외다."

이야기를 모두 들은 두 사람은 감복해하였다.

"내 이제야 난계께서 늘 대피리를 불으시는 이유를 알겠소이다."

"맞아요. 고불 맹사성 대감도 그래서 저렇게 청백하신 게지요. 난계! 부디 이 나라 고을 구석구석마다에 피리소리가 끊이지 않게 하여 태평성대가 되게 해 주시오."

박연은 낯을 붉히며 조용히 말했다.

"이 사람은 그저 돌아가신 어머니가 생전에 선물하셨던 대 피리가 늘 마음에 차 있어 불고 다닐 뿐이외다."

그러나 차마 이렇게 얘기하지는 못했다.

'내 피리소리 속에는 너무나 많은 슬픈 영혼들이 떠돌이별 처럼 흐르고 있다오.'

1431년(세종 13) 신해년 정월 초하룻날, 드디어 근정전의 조 하례朝賀禮에서 처음으로 제정한 아악이 연주되었다. 만조 백 관을 비롯한 모든 궁궐 안 사람들은 흥분된 얼굴로 모여들었 다. 박연이 새로 만든 편경과 편종, 그밖에도 개량한 악기가 동원되었다. 편경의 틀받침 위에 놓인 흰물오리는 청아한 음 을, 편종의 틀받침 위에 놓인 목사자는 웅대한 음을 상징했다.

맨 처음 순서로 신을 맞아들이는 절차인 영신이 진행되었 다. 초헌관 이하 모든 사람들이 네 번 절을 올렸다. 다음이 폐 백을 드리는 전폐奠幣와 첫 번째 술잔을 올리는 초헌이었다. 이때 초헌관이 축문을 읽었다.

이어서 음악이 연주되는 가운데 무용수들이 열을 맞추어 서 서 춤추는 일무佾舞가 시작되었다. 먼저 문무들이 나왔다. 약 籥과 적翟을 들었다. 날씨는 화창하고 바람은 온후했다. 새들 도 나뭇가지에서 날개를 접고 앉아 숨을 죽인 채 지켜보았다. 뜰의 나무들은 허리를 기우뚱하여 이쪽을 넘겨보는 듯했다.

이윽고 문무가 퇴장하고 간干과 척戚을 든 무무가 등장했다. 공악ㅎ樂이었다. 세상은 그 춤사위로 인하여 온통 나비 날개처럼 너울거리는 것 같았다. 아헌관과 종헌관이 두 번째 술잔을 올리는 아헌과 마지막 술잔을 올리는 종헌을 진행하였다.

그 의식이 끝나자 나머지 참배자들이 첨향례를 했다. 뒤이어 제사상 그릇을 거두어들였는데 이른바 철변두라는 것이었다. 다음에 제사 음식을 나누어 먹는 음복례가 이어졌다. 모두들 엄숙하면서도 시골 장날처럼 흥청거리는 감도 없지 않았다.

얼마 후 신을 보내드리는 송신 절차가 되자 영신 때와 같이 헌관 이하 모든 이들이 네 번 절을 했다. 송신례가 끝나고 초헌관이 축문을 태우는 망료의 예를 거행하여 마침내 모든 절차는 끝났다.

"오, 실로 그 위용과 법도와 성악이 선명하고 위의가 있어 볼 만하도다!"

세종의 칭송에 만조 백관들이 동시에 머리를 조아렸다. 바람에 풀잎이 일제히 한쪽 방향으로 쏠리는 형상 같았다.

"그러하옵니다, 전하!"

세종은 하명했다.

"박연, 남급, 정양에게는 안마鞍馬를, 전악典樂 열일곱 명에게는 그에 합당한 벼슬을, 그밖의 장인匠人 백삼십 명에게는 각각 미곡을 하사하노라."

그날 이후 박연에 대한 칭송의 소리가 곳곳에서 나왔다. 음악이 이루 말할 수 없이 훌륭하여 선조님들이 매우 기뻐하셨을 것이며, 따라서 이 나라 왕실과 백성들은 음덕蔭德을 입어 날로 번창하고 복되리라 했다. 악공들은 서로 말했다.

"봉상시가 소장하고 있는 '조선국 악장'의 관보 아악곡 중 등가의 음악이 음려에 속하는 음을 중심으로 하지 않고 헌가의 음악과 같이 양률의 음을 중심으로 하고 있음을 지적해 준 게 바로 중추원 부사에서 이번에 대호군이 된 박연이었소. 대단한 안목이 아닐 수 없어요."

"뿐만이 아니지요. '조선국 악장'의 음악 내용은 등가와 헌가의 음악이 각각 음려와 양률의 음을 중심 음으로 하는 주례周禮의 음양 합성 제도에 맞지 않을뿐더러, 그 출처도 불분명하여 혹 악곡을 잘못 베낀 게 아닌가 의심을 하여, 이제까지 사용하던 악보는 마땅히 폐기하여야 한다고 주장했는데, 그때 옆에서 지켜본 사람들은 감복과 함께 모골이 송연할 지경이었소."

그러나 박연은 그 정도 찬사에 만족하지 않았다. 악공들의 복식 연구에 들어갔고 아악 연주에 필요한 여러 이론을 정리하기도 했다. 세종은 박연이 없는 자리에서 대신들에게 말했다.

"이번에 박연이 정리한 아악은 명나라에서도 복원하지 못한 원리를 관련 문헌들을 연구하여 새롭게 정비한 것이오. 그러니 어찌 짐이 탄복하지 않겠소? 대체 박연은 어떻게 하여 이런 일을 할 수 있었는지 궁금할 뿐이오."

맹사성이 아뢰었다.

"신이 알기로, 박연이 그런 훌륭한 업적을 이루는 데는, 우리나라 고대의 아악곡에 대한 남다른 애정과 식견이 받쳐 주었기 때문인 것으로 아옵니다."

왕이 눈을 크게 뜨며 하문했다.

"우리나라 고대의 아악곡이라 하시었소, 고불 대감?"

그러자 모두들 맹사성을 바라보았다.

"그러하옵니다. 박연은 언젠가 신에게 연례악들에 대해 이야기하면서 대단한 관심을 보인 적이 있었사옵니다."

"계속해 보시오."

"그때 저희 두 사람은 수제천에 대한 말을 나누었사온대, 원래는 정읍사를 노래하던 음악이었으나 궁중의 연례와 왕의 거둥, 처용무와 정재무 등에 연주된 것으로, 속도가 느리고 장중하기가 비길 데 없는 곡으로 가히 아악의 백미라 할 수 있사옵니다. '빗가락 정읍'이라고도 하는 이 수제천의 형식은 전강과 후강, 과편으로 돼 있는 바 박연은 이런 우리 고대 아악의 형식에 퍽 마음을 빼앗기는 눈치를 보였사옵니다."

"연례악이라면 신하들이 절을 할 때 쓰이는 낙양춘과 왕세자의 동화나 궁중 향연 정제 반주 음악인 보허자도 있지 않소?"

"그러하옵니다. 그러하옵고 또 박연은 방금 전하께서 말씀하신 그 보허자의 반복 연주, 즉 도드리* 부분을 따로 떼어 7장으로 나누고 '6박 1각'의 도드리 장단으로 변주한 수연장

---

*도드리 : 국악 장단의 한 가지. 6박 1장단으로 구성됨. 한 장단을 둘로 치는 리듬과 셋으로 치는 리듬이 있음.

을 여러 차례 입에 올렸사옵니다."

"그 연유를 아시오?"

"보허자에서 파생했으나 완전히 향악화되었다는 사실에 크나큰 비중을 두고자 하는 마음에서였던 것으로 사료되옵니다."

맹사성의 머리에 얼마 전 박연, 정양, 남급 등과 함께 관람했던 정재무가 떠올랐다. 궁중 연례 무용인 정재무는 참으로 다양한 곡에 맞춰 추는 춤이었는데 그때 누구보다 박연이 흥미를 나타냈었다. 박연은 평소 한 가지보다 여러 가지를 어우러지게 할 수 있는 성질의 것을 좋아했다.

"고불 대감, 정재무는 실로 멋진 춤입니다. 봉황음에 맞춰 추는 처용무, 표정만방지곡에 맞춰 추는 검무, 장춘불로지곡에 맞춰 추는 수연장, 그리고……."

박연은 함영지곡에 맞춰 추는 포구락, 수제천에 맞춰 추는 아박, 일승월항지곡에 맞춰 추는 학무, 유초신에 맞춰 추는 춘앵전, 취타에 맞춰 추는 선유무, 이렇게 그 모든 것을 일일이 말하여 맹사성은 그만 혀를 내두르지 않을 수 없었다.

그랬다. 박연은 음악과 관련된 것이면 미친 사람으로 비칠 정도로 달라붙었다. 언젠가 무인 최윤덕이 혁혁한 공적을 세우고 개선할 때였다. 최윤덕은 김종서·이종무 등과 더불어 이 나라 영토를 지키고 확장시키는 데 큰 공을 이루었다. 학문적 소양도 뛰어나 후에는 무인임에도 정치를 하는 우의정 자리에까지 오른 사람이었다. 어쨌든 조정 대신들이며 백성들은 그가 이끄는 용맹스런 군대 행진에 무한히 감탄했다.

대취타가 연주되었다. 자바라·징·용고 등의 타악기와 나발·나각 같은 관악기가 동원되었다. 치고 부는 악기 소리로 귀가 멍할 지경이었다. 한데도 박연은 그것이 혹여 잘못된 소리를 내지 않나, 임금의 행차 때에도 사용되는 그 군악을 좀 더 훌륭하게 할 수 없을까, 혼자 열심히 궁리하는 모습이었다.

*

같은 해 8월 초이틀이었다. 왕이 상참을 받고 정사를 보다가 맹사성에게 이르기를,

"사람들이 말하기를, '사신회례에 여악女樂을 쓸 수 없다'고 하니, 여악을 그만두고라도 남악男樂이 족히 볼 만하면 가하거니와, 만약 음률에 맞지 않을 경우 어찌하면 좋겠소? 문무와 무무의 복색이 아마 명나라와 같지 않은 듯한데, 그를 곁에서 보기에는 어떨 것 같소? 명나라의 풍류를 쓰고자 하여 향악을 다 버리는 것은 단연코 불가하다고 생각하는데 경의 견해를 알고 싶소."

맹사성이 대답하기를,

"성상의 하교가 과연 그러하옵니다. 어찌 향악을 모두 버릴 수야 있사오리까? 먼저 아악을 연주하고 향악을 겸해서 쓰는 것이 옳지 않을까 사료되옵니다."

그 말을 듣고 있던 박연은 속으로 감탄했다.

'과연 성군이시고 명신이로다. 물론 우리 향악만을 고집하는 것도 주체성이 강한 훌륭한 발상이다. 하지만 남의 나라 것

이라도 우리 것을 살찌우는 거름으로 삼을 수 있다면 당연히 수입하는 게 더 진보된 안목일 것이다.'

박연은 모르지 않았다. 어떤 대신들은 맹사성과 박연이 음악적 모화사상摹華思想*에 치우쳐 있다고 빈정거린다는 사실을. 그러나 먼 후대 사람들은 고불과 난계의 시각이 편협하지 않았다는 것을 이해하리라.

그랬다. 이렇듯, 향악에 대한 세종의 자주적 음악관 때문에, 신하들의 상소에 따라서, 임금이 적극적으로 조회아악과 회례아악의 창제와 제례아악의 정비 작업을 자신에게 지시할 수 있다고 굳게 믿는 박연이었다.

뿌듯한 마음으로 하루 일과를 끝내고 궐문을 나서는데 저 앞에 맹사성이 타고 가는 소가 보였다. 얼른 쫓아가서 부르니 그가 뒤돌아보며 환히 웃었다. 그 웃음은 세상 어떤 것도 받아들여 줄 것 같은 부처의 미소 같았다. 순간, 박연은 자신도 모르게 이렇게 말했다.

"고불 대감! 언젠가 장안의 피리 명수 기녀를 찾아보자고 하셨지요? 오늘이 어떠하시겠는지요?"

그러나 말을 끝내자마자 박연은 이내 후회막급했다. 내 정신이 어떻게 돼 버렸지 않나 싶었다. 하지만 평소 박연의 말이라면 절대 거절하는 법이 없는 맹사성은 금방 수락해 버렸다. 박연은 자신이 더 갈등하지 않게 만든 그의 즉각적인 반응에 어떤 깊은 의미를 두고자 했다. 어차피 찾아갈 것이란 예상을

---

*모화사상(摹華思想) : 중국의 문물을 흠모하여 따르려는 사상.

한시도 버리지 못했다.

"기대가 크오. 난계가 그 기녀와 피리 시합을 해보는 게 어떻겠소? 내 부족한 실력이나마 심판관이 돼 보리다."

박연은 맹사성의 농담에 훨씬 마음이 가벼워졌다. 고불과 초림 그리고 나 박연. 이렇게 셋이 어울리면 분위기는 세상에 없이 좋을 터인 것을. 왜 진작에 이 생각을 못했던가. 맹사성이라면 이 박연의 속내를 하나 숨김없이 털어 내 보일 수 있으리라. 현명하고 사려 깊은 그는 방법을 가르쳐 줄 수 있을지도 모른다. 초림과 내가 행복해질 수 있는 길을.

소를 모는 종에게 소를 데리고 먼저 가라고 명한 후 두 사람은 초림의 기명인 진봉을 따서 지은 '진봉관'으로 들어갔다. 우연의 일치인지는 모르나 정양과 남금과 함께 왔을 때 들었던 그 기방으로 안내되었다. 박연은 맹사성을 상좌에 앉게 한 후 마주 앉아 방 안을 둘러보았다. 모든 건 그대로였다. 초림도 그대로일 것이다. 박연은 맹사성 몰래 여러 번 숨을 몰아쉬며 이런저런 상념에 젖었다.

이윽고 방문이 열리더니 지난번 보았던 어린 기녀들 중 하나와 처음 보는 새 기녀가 역시 주안상을 들고 나타났다. 박연이 맹사성의 눈치를 보는데 맹사성이 알아채고 그들에게 명했다.

"기생 어미를 들게 하라. 고불과 난계라는 사람이 왔다고 이르거라."

그러나 바로 그 순간까지도 박연은 몰랐다. 맹사성도 몰랐다. 전번에 본 기녀는 박연을 알아보는 눈빛이었는데 아무 소리도 못하고 고개만 숙이고 있었다. 맹사성이 재촉했다.

"허, 말이 들리지 않느냐? 어서 너희들 어머니를 부르라니까!"

그러자 박연을 기억하는 그 기녀는 더한층 얼굴을 들지 못하며,

"저, 저, 그 어머니, 어머니는……."

늘 느긋한 맹사성도 더는 참지 못하겠다는 듯 언성이 높아졌다.

"피리소리를 들으러 온 우리들이니라. 그러니 두말 말고 썩 내 말대로 따르라."

그러자 처음 만나는 기녀가 유난히 동글동글한 눈동자에 겁먹은 빛을 띤 채,

"시, 실은, 그 어머니는 여기 없사옵니다."

"무어라? 그게 뭔 말이더냐?"

맹사성이 박연을 한 번 보고 나서 놀란 듯 물었다. 역시 그 기녀가 대답했다.

"바로 어제 이곳을 떠나셨사옵니다."

"뭐? 떠, 떠났다구?"

박연의 입에서 비명 같은 소리가 터져 나왔다. 맹사성이 다시 물었다.

"그러면 기방을 떠나 다른 곳으로 갔다는 말이더냐?"

박연을 아는 기녀가 비로소 입을 열었다.

"그, 그렇사옵니다. 영원히 돌아오시지 않을 것이라고 하셨

습니다."

"대체 어디로 갔다는 것이냐?"

박연과 맹사성이 거의 동시에 물었다. 그러자 기녀들도 같이 입을 열었다.

"입산 수도하신다고 들었사옵니다."

"머리를 깎고 중이 되신다고…….."

박연은 가까스로 물었다.

"어, 어느 절로 가, 간다고 하더냐?"

"저희들도 모르옵니다. 아무도 자기를 찾아낼 수 없는 곳이라고만 하셨습니다."

맹사성이 탄식했다.

"허, 가는 날이 장날이라더니 하필 바로 어제라니…….. 난계! 이거 우리가 한 발 늦었소."

그러나 박연은 입이 굳어 버린 듯 아무 말도 못한 채 가쁜 숨만 몰아쉬었다. 그 한 몸 좁은 피리 속에 갇혀 죽어 가고 있는 환영에 치를 떨어야 했다. 머릿속이 하얗게 비어 갔다. 맹사성의 말이 꿈속에서처럼 들려왔다.

"난계! 그 기녀가 난계의 피리 솜씨를 알고 지레 겁이 나 멀리멀리 피신해 버린 것 같소이다."

불길한 여운

임자王子년에 세종은 박연에게 관습도감 별감을 주었다. 이때 박연의 나이 54세였으니, 경륜으로 보나 열정으로 보나 가장 음악적 자질이 빛을 볼 때였다. 세종은 명령을 내려 문무지무를 쓰도록 했고, 악장을 짓도록 했으며, 무동舞童과 악공의 관복을 개조하도록 하였다. 회례 의식을 위한 모든 의물儀物과 악기 등이 구비된 것이다.

그런데 예기치 않은 일이 벌어졌다. 박연은 참으로 난감했다. 임금과 의견 차이가 난 것이다. 당시 회례에 쓰는 문무와 무무 두 악장에 대해 마땅히 당대의 일을 노래해야 한다고 주장했는데 세종은 이렇게 말했다.

"짐은 이번만큼은 박연과 생각을 같이할 수 없다. 무릇 가사란 성공을 드러내어 그 덕을 찬송하는 것이다. 그러니 당대의 일을 노래해서는 아니 될 것이다. 하물며 짐은 대를 이었을 뿐이니 무슨 공덕을 찬송할 것이 있겠는가."

세종의 그 말은 자신의 공을 내세우지 않는 성군의 면모를 느끼게 했다. 하지만 세종이 이미 어느 선왕 못지않은 공덕을 쌓았다고 생각하는 신하도 많았던 게 사실이었다. 그러나 세종은 자신의 뜻을 굽히지 않았다.

"태조께옵서는 전조前朝의 말기를 당하여 백번 싸워 백번 이기시어 그 공덕이 백성에게 흡족하게 미쳤고, 어지러운 세상을 바로잡아 새 왕업을 후세에 물려주셨도다."

"그건 그렇사옵니다."

"또한 태종께서는 예와 악을 제정하시어 교화가 행해지고 풍속이 아름답게 되어 중의가 다스려지고 편안하셨도다."

"신들도 그렇게 생각하옵니다."

세종은 근엄한 용안으로 신하들을 내려다보며 말했다.

"그러하니 마땅히 태조를 위하여 무무를 짓고, 태종을 위하여 문무를 지어서, 만세토록 행해질 제도를 만들어야 할 것이다."

그때 누군가가 나서 이렇게 아뢰었다.

"전하! 무가 문에 앞서는 것은 타당하지 못하다고 사료되옵니다."

다른 신하도 고했다.

"통촉하시옵소서!"

그러자 세종은 깊은 생각 끝에 하명했다.

"지난 역사 중에서도 무가 문에 앞선 일이 있었던가를 박연,

정양 등과 의논하여 짐에게 보고토록 하라!'

대신들의 의견은 분분하였다. 사려 깊은 박연은 계속 듣기만 했고 정양 또한 그런 박연을 훔쳐보며 침묵을 지켰다. 지신사 안숭선과 좌대언 김종서의 뜻은 일치했다.

"마땅히 태조를 위하여 무무를 짓고, 태종을 위하여 문무를 지어야 하며, 겸하여 당대의 일을 노래해야 지당하리라 보옵니다."

안숭선은 동부대언으로 세종의 파저강婆猪江 야인 정벌 때 이를 적극 주장하였고 성절사聖節使*가 되어 명나라에 다녀오기도 했다. 김종서는 본관이 순천인데 6진六鎭을 설치, 조선의 국경선을 두만강으로 확정시켰다. 함길도 병마도절제를 겸직하면서 야인들의 정세를 탐지하여 보고하고 그 방비책을 건의하기도 했다.

"다른 분들은 어떻게 생각들 하시오?"

세종의 하문에 좌부대언 권맹손이 나섰다.

"한 치 오차도 없이 전하의 분부대로 할 것이며, 당대의 일은 후세에 가서 반드시 노래할 것이옵니다."

그러자 황희·맹사성·권진·허조 등이 긴 숙의 끝에 고했다.

"종묘의 음악에는 이미 문을 먼저 하고 무를 뒤에 함이 옳다 하였으니, 조회에서도 무를 먼저 하고 문을 뒤에 할 수 없사옵

---

* 성절사(聖節使) : 조선시대에 명·청나라의 황제와 황후의 생일을 축하하기 위하여 보내던 사절.

니다."

세종이 그들을 찬찬히 둘러보며 물었다.

"그러면 어떻게 하라는 뜻이오?"

황희가 나서서 아뢰었다.

"태조와 태종의 문덕을 함께 찬송하여 문무를 만들고, 태조
와 태종의 무공을 함께 서술하여 무무를 만들게 하소서."

"계속하시오."

"만일 2대의 공덕을 함께 서술하는 것을 옛일에 비해 말씀
올린다면, 시경詩經 대무편大武篇 수장首章에 이르기를, '아아,
거룩하신 무왕이여, 그지없는 그 공렬이시도다. 진실로 문덕
이 있는 문왕이 후세를 잘 열어 주시거늘 뒤를 이어 무왕이 이
를 받으시어, 은나라를 이겨 살육을 저지해서 그 공을 이룩하
셨도다' 하였사옵니다. 이를 보아도 2대의 공덕을 함께 서술
함이 어찌 의의가 없는 일이겠사옵니까?"

그러나 대제학 정초도 물러서지 않고 큰소리로 아뢰었다.

"전하! 소신의 생각을 고하겠사옵니다."

"그리하시오."

"일찍이 진 씨의 악서에 한무漢舞는 무덕을 먼저 하고 문치
를 뒤에 하였고, 당무唐舞는 칠덕七德을 먼저 하고 구공九功을
뒤에 하였사옵니다."

"그렇게 한 연유를 아시오?"

"신, 감히 고하옵건대, 이는 곧 무는 백성에게 위엄을 보여
난을 평정하는 뜻이옵고, 문은 백성을 따르게 하여 세워진 나

라를 지키는 뜻인 줄로 아옵니다. 그러므로 난을 평정하는 것을 먼저 하고 나라를 지키는 일을 나중에 해야 할 것으로 주청드리옵니다."

그러자 황희와 뜻을 함께하는 맹사성, 허조 등이 다시 들고 나왔고 정초와 뜻을 같이하는 쪽에서도 나섰다. 때로 언성이 높아지기도 하고 때로 오랜 침묵이 가로놓이기도 하였다. 마침내 세종이 결정을 내렸다.

"황희 등의 의논을 따르겠노라."

모두들 더는 입을 열지 못하고 어전에서 물러 나왔다. 하지만 그 일에 대해 완전히 잊어버리지는 못하고 궁리하는 듯 말들이 없었다. 박연은 세종의 결정이 현명하다고 믿었지만 내색은 하지 않았다. 이것은 민감한 사안이었다.

그런데 박연이 막 퇴궐하려고 하는데 마침 저쪽에서 소를 탄 맹사성이 나타났다. 귀가 부처처럼 크고 갸름한 얼굴에 입술은 단아하고 눈이 맑았다. 박연은 씻은 듯한 그의 눈빛을 보면 고향 영동의 버들내와 옥계폭포를 떠올리곤 했다. 푸른 하늘을 배경으로 그가 가까이 오며 말했다.

"난계, 나 좀 보고 가시오."

"예, 고불 대감."

청백리로 알려진 맹사성은 곧잘 소를 타고 출근하여 사람들은 신기해하였다. 그의 애우愛牛 '그리마'도 주인같이 우직하고 순해 보였다.

"난계, 요즘도 피리는 계속 부시오?"

박연은 고개를 끄덕이며 말했다.

"대감께서도 여전하시겠지요?"

"아암, 여부가 있겠소."

맹사성 또한 피리를 잘 분다고 소문난 사람이었다. 그런데 박연이 그를 공경하는 이유는 또 있었다. 그는 좌의정의 높은 신분에 있으면서도 비가 새는 초가집에 사는 것을 기쁨으로 여기는 사람이었다. 세종도 이런 맹사성을 아주 신임했다. 신진 관리들이 무슨 일을 도모하려고 상소를 올리면,

"맹사성과 의논하라."

"맹사성에게 물어라."

태종 때 관습도감 우두머리인 제조였던 맹사성에게 박연은 조언을 구하곤 했다. 박연은 맹사성 같은, 아니 그를 능가하는 음악인이 되고 싶었다. 세종이 왕위에 오르고 얼마 있지 않아 생긴 그 일은 두고두고 박연의 부러움을 샀다. 세종은 맹사성을 초청한 자리에서 말했다.

"경이 관습도감 제조로 있으면서 새로 지은 사곡詞曲을 음악인들에게 가르쳐 악조에 맞게 잘 연습시켰으므로 부왕께서 퍽 기뻐하시었소."

그런 치하와 함께 궁궐에서 키우던 내구마內廐馬를 상으로 내렸다. 그런데 그런 맹사성은 여러 사람들이 있는 자리에서 거리낌없이 얘기하곤 했다.

"난계 박연이야말로 이 나라 최고의 악성이 될 것이오. 나 같은 사람은 적어도 음악 분야에 있어선 그의 발밑도 못 따라

갈 것이야."

박연이 아직 신진이었을 때 맹사성은 영악학 자리에 있었다. 바로 국가 음악기구 중 악론과 음악 연주 제도에 대해 연구하는 부서인 악학의 책임자였던 것이다. 어쨌든 사람들은 맹사성 하면 소와 피리, 박연 하면 난초와 피리를 연상했다. 박연은 막 소 등에서 내려 앞에 마주 선 맹사성에게 말했다.

"제가 들으니 고불 대감께서 저를 과분하게 칭송하시고 계십니다."

"허허, 과분하다니. 그건 절대 아니오."

"대감은 음악보다 다른 분야에 더 공이 크시어 그렇지 결코 저보다 모자람이 없지요."

맹사성이 호탕하게 웃었다.

"그런 의미에서 내가 난계를 더 존경하고 부러워한다는 사실을 왜 모르시오?"

"무슨 뜻이온지요?"

그리마도 궁금하다는 듯 꼬리를 흔들며 '음―메' 하고 한 번 크게 소리 내었다. 맹사성은 그런 소의 잔등을 가볍게 쓰다듬어 준 후 입을 열었다.

"내가 나이나 지위고하를 떠나서 현재 조정에 출사하는 사람 중에 가장 우러러보는 이가 두 분 계시오."

"……."

"바로 난계와 장영실이오."

"고불 대감께서 저를 붙들고 그 무슨 말씀을 하십니까?"

그러나 맹사성은 정색을 하며 되물었다.

"장영실을 우러르는 까닭이 궁금하지 않으시오?"

"그건……."

사실 박연으로서도 다소 의아한 말이 아닐 수 없었다. 자신을 우러러본다는 것도 그랬고 장영실을 말하는 것도 그랬다.

"난계도 아시다시피 장영실은……."

맹사성은 진지한 얼굴로 말을 이었다.

"장영실 그는 원래 관노 출신이었소. 헌데도 지금 저렇게 훌륭한 과학 발전을 이루어 내고 있지를 않소."

"정말 뛰어난 과학자라고 생각하고 있습니다."

"그건……. 신분의 개혁이지요. 얼마나 대단한 일이오."

박연은 머리를 끄덕였다.

"그, 그건 그렇습니다. 모두들 그런 생각을 품고 있을 것이고요."

그러자 맹사성 입에서 나오는 말이,

"허나, 허나 말이오."

박연은 더욱 눈을 크게 뜨고 그를 바라보는데,

"면전에서 이런 소리 하긴 뭣하오만, 난계는 더 훌륭하다고 믿소이다."

"예에? 대체 무슨 말씀이신지……?"

맹사성의 얼굴 가득 애정과 존경의 기운이 피어올랐다.

"난계는 문인이 아니시오?"

"그야……."

"그러함에도 불구하고 음악가로서 악기를 제작하고 음악을 정리하고 음악 이론을 연구하여 이 나라 음악 문화에 커다란 족적足跡을 남기고 있소. 난계가 마음만 먹는다면 훨씬 높은 벼슬을 할 수 있음에도 불구하고 오로지 음악에만 전념하는 그 모습이야말로 참으로 거룩하기만 하오."

박연의 낯빛은 지금 하늘에서 마지막 빛살을 뿜어내고 있는 태양보다 붉어졌다.

"저는 그저 이 나라 녹을 먹는 신하로서 마땅히 해야 할 일을 수행하고 있을 뿐이거늘 어찌……."

맹사성이 한마디 한마디를 옆에 서 있는 소의 힘찬 다리같이 힘주어 말했다.

"내 말은, 장영실이 신분 상승을 이룬 사람이라면, 난계는 오히려 스스로의 위치를 낮춰 조정과 백성들에게 헌신하고 있다는 뜻이오."

"아닙니다. 저는 단지 음악이 좋아서……."

맹사성이 짙은 눈썹을 모으며 말했다.

"그건 하늘도 땅도 알고 있는 사실이오. 이 사람 또한 난계만큼 피리를 좋아하고 음악에 미친 사람이오."

"그래서 저도 더욱 대감을 마음에……."

난계는 계속 듣고 있기가 하도 민망하여 상대의 말을 끊으려고 그가 말하는 도중에 끼어들었지만 맹사성은 자신의 마음을 마지막까지 전할 사람이었다.

"허, 내 말 들으시구려. 허나, 허나 말이오. 문신으로서 충분히 보다 높은 벼슬에 오를 수 있음에도 난계는 그러지를 않고 있소. 애오라지 이 나라 음악 문화를 발전시키기 위해 그 모든 걸 포기하는 지고한 뜻에는 절로 고개가 숙여질 뿐이오."

"아, 대감께옵서 자꾸……."

"무릇 인간은 누구나 현재보다 높은 신분 상승을 갈망하게 되어 있소. 하지만 그게 결코 쉬운 일은 아니고 그런 까닭에 장영실이 돋보이는 것이며……."

"고불 대감은 저나 장영실보다 몇 배 고매하신……."

맹사성은 박연에게서 시선을 거두어 소를 돌아보며 말했다.

"나는 믿으오. 유학을 숭상하는 우리 조선조 사회에서 난계의 업적은 비단 음악 문화에만 그치는 게 아니라 정치·사회·경제 모든 방면에 커다란 영향을 끼칠 수 있다는 것을……."

소가 또 한 차례 음메 울었다. 박연이 하도 겸연쩍어 고개를 떨궈 문득 내려다본 땅바닥 위에는 근처 소나무 그림자와 소 그림자가 어울려 한 폭의 동양화처럼 보이게 했다. 그리고 그 위에 겹쳐지는 맹사성의 그림자가 신비스러웠다.

박연은 자신의 그림자는 자세히 내려다보기 두려웠다. 당대 최고 청백리의 극찬은 가슴 한구석에 견디기 힘든 여운을 남기었다. 어쩌면 어떤 후세 사람들은 자신의 음악 활동에 대해 비판을 가해 올지도 모른다는 두려움을 박연은 분명히 품고 있었다. 그런데 지금 맹사성 같은 곧은 선비의 입을 통해 그런 말을 듣자 그 비판론자들의 공격에 대한 변론의 방패가 될 수 있으리라는 기대와 위안이 되었다.

그랬다. 박연에게는 남모를 고민과 우려가 감춰져 있었다. 다만 그것을 입 밖에 발설하지 않고 있었을 뿐이었다. 박연 자신도 명나라 음악을 이 나라의 공식적인 의식 음악으로 채택하는 일이 진실로 옳은가 회의를 가질 때가 많았다. 물론 현실을 놓고 볼 때 명나라 음악이 조선에 영향력을 미치고 있었고 이 나라 고유 음악은 평가 절하되고 있는 실정이긴 했지만. 그리하여 박연은 조금이라도 명나라 음악과는 거리를 둔 조선 음악을 꿈꾸었으며 그런 의식과 각성이 당시의 박연을 전진하게 하는 수레바퀴였다. 세종도 그런 박연의 뜻을 높이 사고 있었기에 가능한 일이었고.

"우리나라 음악을 향악이라 부르고 명나라 음악을 아악이라고 부르는 자체가 수치스런 일일 수 있습니다."

언젠가 전악서의 한 젊은 악공이 박연에게 던진 그 말은 두고두고 박연의 마음 복판에 대못이 되어 쾅쾅 박혀 있다는 것을 아는 사람은 없었다. 박연은 실로 놀라고 가슴 서늘했었다. 그건 겨울날 옥계폭포 고드름보다 차고 월이산 바윗덩이보다 무거웠다. 일개 이름 없는 악공의 입에서 그런 말이 나올 줄은 짐작도 못했다. 박연은 두근대는 심장을 진정하며 이렇게 물었다.

"향악의 '향' 을 '시골 향' 의 뜻으로만 보지 말고 우리나라의 뜻으로 볼 수는 없겠소?'

그러자 얼굴이 하얗다 못해 창백하고 입술이 여자처럼 얇은 젊은 악공은 어쩐지 슬픈 표정을 지으며 말했다.

"한자의 뜻을 바꿔 생각해 본들 무슨 의의가 있겠습니까? 문제는 이 나라 조정과 백성들의 마음이지요."

"마음이 문제다……."

"우리가 너무 지나치게 이웃을 의식하고 바라보면서 사는 게 아닌가 싶어 감히 드려 본 말씀입니다. 그러니 마음에 깊이 두지 마십시오."

그러나 박연이 더욱 마음 깊이 두지 않으면 안 될 일이 벌어지고 있었다. 22세라는 젊은 나이로 등극한 세종은 어쩌면 중신들의 간청을 물리칠 수가 없어 명나라 음악을 이 나라 의식 음악으로 하게 윤허하신 게 아닌가 의심될 때는 박연으로서는 미칠 지경이었다.

"조상님들께서 평일에 들으시던 음악으로 제사 드림이 어떠하오?"

이조판서 허조에게 그렇게 이르신 적도 있었다. 허조는 선뜻 고하지 못했다. 그는 세종이 즉위하자 예조판서가 되었고 그 뒤 두 차례 이조판서를 지낸 뒤 나중에 우의정과 좌의정에 오르게 된다. 경사經史에 정통하였으며 검소한 생활과 강직한 성품으로 신망을 얻었다. 그런 그도 망설이고 있는 것이다.

어쨌든 왕의 심지 깊은 하문과 허조의 미지근한 반응을 듣고 보면서 박연은 우리가 명나라 것을 지나치게 따르는 게 아닌가, 너무 이런저런 눈치를 보며 사는 게 아닌가 여겨졌다. 그러면서 속으로 다짐했다.

'하지만 어쩌겠는가. 무엇보다 조선은 건국된 지 아직도 얼마 되지 않았다. 이러한 때 무조건 자존심만 앞세우다 보면 겨우 대지에 내린 뿌리가 통째 뽑히지 않겠는가. 아직은 받아들일 건 받아들여야 하리라. 왜국倭國도 우리 것을 얻고 배우기 위해 조공도 바치며 들락거리지 않는가. 부지런히 갈고 닦아야 할 것이야. 그러다 보면 언젠가는 우리가 저들을 능가할 날이 올 것이다.'

아직도 세종이 하신 이런 말씀이 박연의 귓전에 생생하였다.

"아악은 본디 우리나라 음악이 아니라 실은 명나라 음악이다. 우리나라 사람은 살아생전에는 향악을 듣고, 죽으면 아악을 연주하니 어찌된 일이냐?"

참으로 놀라운 말씀이 아닐 수 없었다. 세종의 우리 음악에 대한 우월 의식과 애착이 그 정도일 줄은 몰랐다.

'전하! 과연 대왕 중의 대왕이시고, 성군 중의 성군이시옵니다!'

박연의 가슴속에서는 그런 소리가 끝없이 맴돌았다.

'소신, 전하의 높고 깊으신 의향을 누구보다 익히 깨닫고 있사옵니다.'

명나라 것에 대한 모방 작품보다 독창적인 작품을 만들어 낼 때 세종은 훨씬 좋아하고 칭찬하심을 박연은 똑똑히 깨달았다. 그러면 세상 사람들이 모두 박연 자신을 최고의 악성이라고 추켜세우는 일이 너무나 부끄러웠고, 더욱 이 나라 음악을 위해 한 몸을 불태우겠다는 일념에 사로잡혔다. 그리고 이 모든 것을 이루기 위한 힘의 원천인 피리를 불었다.

그랬다. 아무리 힘들고 괴로운 일이 있어도 막상 피리 한 소절을 불고 나면 모든 게 하늘가 구름처럼, 냇물 위 낙엽같이 그렇게 흐르고 스러졌다. 세상은 오직 피리만이 살아 숨쉬었다.

박연은 문득 고개를 들었다. 그리고 물기 젖은 눈으로 보았다. 소를 타고 가면서 피리를 불고 있는 저 고불 맹사성의 뒷모습을. 소는 긴 꼬리를 이리저리 흔들며 주인의 피리소리에 장단을 맞추고 있었다.

'아아, 어머니!'

박연은 속으로 울부짖듯 어머니를 불렀다. 살아생전 당신이 주신 대피리를 구성지게 부는 자식을 자랑스런 눈빛으로 그윽하게 바라보시던 어머니였다. 박연은 눈물샘에서 방울이 떨어지기 전에 얼른 고개를 젖혀 하늘을 올려다보았다.

'내 사랑스런 아들 박연아! 너무 괴로워 마라. 그래도 훗날 사람들은 너를 위대한 악성으로 보아줄 것이라 이 어미는 굳게 믿는다.'

높푸른 허공 어디선가 어머니의 정겨운 목소리가 들려오는 것만 같았다.

박연이 출타했다가 집으로 돌아왔을 때였다. 웬일인지 부인 송 씨가 얼굴 가득 수심을 띤 채 맞이했다.

"부인, 낯빛이 왜 그러시오? 혹 어디 편찮으신 데라도……?"

박연이 놀라 묻자 송 씨는 금방 그 큰 두 눈에 눈물이 그렁그렁 괴는 게 아닌가!

"아, 부인! 정녕 무슨 일이 있기는 있었구려! 어서 말씀해 보시오."

그러나 송 씨는 남편의 몸 뒤쪽 벽면에 붙여 세운 병풍에만 눈을 두고 있을 뿐 얼른 입을 열지 못했다.

"이거 답답해서 견딜 수가 없구려. 대체 그리시는 연고가 무언지 속 시원히 털어놓아 보시오."

박연의 몇 차례 채근이 있고서야 송 씨가 겨우 한다는 소리가,

"계우가 걱정입니다."

"계우가⋯⋯?"

박연은 막 지붕에 벼락이 내리친 듯 번쩍 정신이 났다. 계우가⋯⋯. 그러잖아도 늘 물가에 내놓은 아이처럼 불안하기 짝이 없는 막내아들이었다. 계우는 특히 불의를 보면 참지 못해 기어코 일을 저지르곤 했다. 그렇지만 연유를 캐고 보면 꾸짖을 일보다 오히려 상찬해 주어야 할 경우가 대부분이었다. 하지만 세상 부모 심정이 어디 그러랴. 내 귀한 자식이 괜한 데 휩쓸리지 않고 일신의 보존과 영달을 이루어 주길 바라는 게 인지상정 아니겠는가.

더욱이 송 씨의 막내에 대한 정은 각별했다. 막내 울음소리는 죽어 저승에까지 들린다는 옛말도 있거니와, 아들 셋 가운데 가장 제 앞가림에 약한 계우였기에 한층 그러한 심경이었을 것이다. 그런 것을 아는 계우 또한 아버지 말씀보다 어머니

뜻에 더 순종한다는 사실을 박연도 알았다.

"대체 무슨 일 때문에 그러시는지 이유나 알아야겠소. 계우가 또 길 가는 부녀자를 희롱하는 건달들과 쌈질이라도 벌였단 말이오, 아니면 제 부모를 구박하는 못된 후레자식 놈을 두들겨 패기라도 했소?"

"그런 게 아니오라……."

"허, 그런 게 아니라면 도대체 무슨 일로……?"

남편의 다그침에 송 씨는 비로소 더듬더듬 사연을 풀어놓기 시작했다.

"소첩도 상세한 내막은 모르옵고, 다만 계우가 박팽년, 하위지, 이개 같은 혈기방장한 젊은이들과 어떤 일을 벌인 모양입니다."

박연은 고개를 갸웃하며 말했다.

"그 친구들과 함께라면 뭐 문제가 있겠소? 내 잘은 모르나 그들은 하나같이 성품이 강직할 뿐 아니라 학문에도 뜻이 높고 특히 어른 모시기도 잘 한다고 들었는데……."

그러나 송 씨 표정은 조금도 나아지지 않았다. 음성은 바람에 일렁거리는 수초처럼 흔들렸다.

"소첩도 그리 알고는 있으나, 이번에 관청 높은 지위에 있는 누군가가 비리를 저질렀는데, 그를 징벌해야 한다고……."

일순, 박연의 무릎이 크게 떨렸다.

"뭐라? 부인! 방금 뭐라고 하시었소? 아, 아직 젊은것들이 무슨 힘이 있다고 감히 그런 일을 획책한단 말이오?"

송 씨는 남편의 쏘는 듯한 안광을 이마에 강하게 느끼며,

"그러게 드리는 말씀입니다. 아무래도 손을 좀 써 주셔야만……."

"허어, 이런 난감한 일이 있나?"

촛불에 비친 박연의 그림자가 병풍 위에서 크게 흔들거렸다. 그러자 병풍 글씨들이 소스라쳐 눈을 뜨는 것 같았다.

"제발 저들…… 을……."

송씨의 간절한 음성에도 불구하고 박연은 눈을 감아 버렸다. 어둠 속 어디선가 까마귀 소리가 불길한 여운을 끌며 들려오기 시작했다. 어떤 좋지 않은 조짐을 알리는 전령사 같았다. 박연은 그 정체를 정확히 밝혀 보일 수는 없지만 분명히 예감하였다. 아들 계우로 인하여 언젠가 집안에 들이닥칠 무서운 환란을. 그리하여 부인의 애끓는 호소에도 한 번 감은 박연의 눈은 끝내 열리지 않았다.

아버지와 아들

그 사건이 아슬아슬하게 무마되고 얼마 지난 어느 날, 박연은 계우 하나만을 대동하고 악기를 보관해 둔 곳으로 갔다. 계우는 아버지가 왜 자기를 거기로 데려가는지 이유를 몰랐다. 박연은 아무 말도 해 주지 않았다. 그것은 부드러운 음악의 힘으로 과격한 계우의 심성을 누그러뜨리려는 박연의 계산에서 나온 것이었다. 그러기 위해 우선 악기부터 구경시키기로 작정한 것이다.

맏아들 맹우는 현령을 지내고 둘째아들 중우는 군수를 지내는 등 나름대로 자기들 앞가림은 하였고 딸들도 괜찮은 자리로 시집보내 별 우환이 없었다. 그러나 계우만은 달랐다. 박연의 눈에는 왠지 위태위태해 보이는 젊은이들과 어울려 다녔다. 호기 넘치고 정의감에 불타는 듯한 면은 싫지 않았지만 또 그 점이 불안감을 느끼게 하는 계우의 벗들이었다.

하지만 학문을 게을리하지는 않아 불한당과는 또 다른 게 그들이었다.

박연은 꼬리를 물고 달려드는 이런저런 망상을 애써 떨치며 악기를 진열해 놓은 곳의 문을 밀치고 안으로 들어섰다. 계우는 내키지 않는 눈치였지만 아버지의 말씀을 거스를 수는 없어 쭈뼛쭈뼛 뒤따랐다.

"자네는 잠시 나가 있게나. 내가 다시 부를 때까지……."

박연은 키가 크고 얼굴이 검붉은 근무자를 밖으로 내보냈다. 이제 그 안에는 부자 두 사람만 있게 되었다. 박연의 눈이 악기를 향했다.

"자, 이게 모두 금부金斧들인 게야."

박연의 말에 계우가 더듬거렸다.

"금부……."

"쇠붙이로 만든 악기다, 그런 말이야."

"예……."

아버지와는 달리 음악에는 별반 취미가 없는 아들이었다. 그가 즐기는 것은 벗들과 모여 시대를 논하는 일과 사냥을 떠나는 일이었다.

"이 애비를 따라오너라."

박연은 맨 이쪽에 있는 편종 앞으로 아들을 이끌었다.

"잘 보아라. 이게 애비가 심혈을 기울여 만든 편종이니라."

계우는 이번에도 '예' 하는 짤막한 대답이 전부였다. 그러다가 그것을 자세히 보라는 아버지의 명을 받자 마지못해 살펴보기 시작했다. 두 단으로 된 나무틀에 열여섯 개의 종이 매달려 있다.

"여기 쇠뿔로 된 망치가 보이느냐?"

"예, 아버지."

"이걸로 종을 치는 것이다."

"그건 소자도 알고 있습니다."

"더 들어라."

"예."

"이 편종 소리는 웅장하여 흔히 사자가 포효하는 소리에 비유되느니라."

계우 표정이 처음으로 조금 밝아지면서 호기심을 띠었다.

"사자의 포효 말씀입니까?"

"그렇다. 맹수의 왕이 큰소리로 내지르는 소리같이 웅장한 것이야."

"저는 사자나 호랑이 같은 맹수가 좋습니다."

그 말을 듣는 박연의 마음이 무겁고 어두웠다. 오래전 시묘살이 때 날마다 나타나 부모 묘소를 함께 지켜 주다가 당재에서 함정에 빠져 죽은 호랑이 모습이 또렷이 되살아났다. 직접 겪은 일이면서도 전설이 아니었나 여겨질 때도 많았다. 아니 차라리 전설이었으면 싶었다.

내가 왜 이런 마음이 될까. 박연은 아들 몰래 헤아려 보았다. 자식들더러 사내 대장부가 아녀자처럼 연약해서는 안 된다고 가르쳐 온 그였다. 그런데 언제부터일까. 계우를 대하면 길들이지 않은 야생마나 이제 막 쇠울짱 속에서 뛰쳐나온 맹수를 보는 듯한 느낌이 드는 것은. 박연은 자꾸만 불안해지는 심경을 추스르기라도 하듯 말에 힘을 넣었다.

"편종은 고려 예종 때 처음 궁중 의식 음악에 사용된 악기니라. 이 종은 주종소에서 만든 것이다만……."

순간, 계우의 안광이 매섭게 번쩍! 빛을 발하는 것을 박연은 미처 보지 못했다. 계우는 편종에서 시선을 돌려 허공 어딘가를 쏘아보며 말했다.

"망한 나라의 임금 때 말씀입니까?"

박연은 흠칫 놀라 계우를 바라보았다. 아들 말끝에는 분명히 자조 섞인 비아냥거림이 묻어났던 것이다. 박연은 자신도 모르게 퍼뜩 다음 악기가 있는 곳으로 발을 떼어 놓고 말았다. 앞에서 본 열여섯 개의 종을 가진 편종과는 달리 단 한 개의 종이 매달려 있었다. 특종이라는 악기였다.

"고려 예종 시절……."

하다가 박연은 얼른 입을 다물어 버렸다. 계우가 아버지를 힐끗 바라보았다. 박연은 까닭 없이 등짝을 파고드는 전율을 느꼈다. 아들의 눈빛은 때때로 지금처럼 매서워 보였었다.

'아, 내가 왜 자꾸 이렇게 길하지 못한 예감에 흔들리는가.'

박연은 아들 몰래 머리를 흔들고 나서 다시 말했다.

"송나라에서 들어온 대성아악 중에는 저 특종이 없다."

계우가 눈을 들어 '그러면 저것은 어떻게……?' 하는 무언의 물음을 던졌다. 박연은 아련한 눈빛이 되었다.

"생각하면 꿈만 같구나. 저건 내가 주도하여 아악을 정비하며 황종률에 맞추어 제작한 것이야."

"예에……."

계우의 고집스러워 보이는 약간 각진 얼굴에 얼핏 존경의 빛이 떠올랐다 스러졌다. 박연은 기뻤다. 그럴 때 아들의 얼굴은 세태에 민감한 반응을 나타내는 다소 다혈질적인 성격에서 벗어나 퍽 단순하게 변해 있었던 것이다.

'음악의 힘이 내 아들에게 조금 나타나려 하는도다!'

박연은 속으로 중얼거렸다. 그리고 흥이 돋아 계속 설명했다.

"본디 등가의 특종은 황종음 하나를 쓰고 헌가에는 각각 율이 다른 9개의 특종을 쓰는 법이야."

그러나 계우는 그다지 귀담아듣는 것 같지 않았다. 처음 거기 들어설 때의 시무룩한 표정으로 되돌아가 다음에 있는 악기 쪽을 보고 있었다. 박연은 약간 언짢았지만 꾹 눌러 참고 그쪽으로 갔다.

"방향이라는 악기니라. 보다시피 철판 16개를 두 단으로 된 틀에 얹어 놓고 치는 것이지."

"예."

역시 짧게 말한 계우는 어서 그곳을 나가고 싶다는 듯 다음 악기를 보며,

"저건 징이지요, 아버지?"

"허허. 그래도 징은 알고 있구나."

박연은 애써 밝은 음성으로 들려주었다.

"저건 너도 보았겠지만 군중軍中의 취타吹打에 쓰고 있다. 그 밖에도 사용되는 데가 많단다. 종묘제례악, 무속음악, 불교 의식 음악, 풍물놀이 등……."

계우는 그게 그중 흥미로운 악기인지 오래 바라보았다. 박연도 잠시 말을 끊고 징에 눈길을 머물렀다. 밑바닥 지름이 한 자尺 두 치 가량 돼 보이는 그것은 방짜, 즉 구리와 주석을 합금한 향동響銅의 질 좋은 놋쇠를 재료로 한 것이다. 방짜는 독성이 없어 식기류를 만들 때도 쓰였다.

"여운이 길고 울림이 깊은 것을 좋은 징으로 치고 있다."

계우의 시선이 끝에 헝겊을 많이 감아 놓은 징 채에 가 있었다.

"웅장하고 부드러운 음색을 낼 수 있는 건 저렇게 채 끝에 헝겊을 많이 감아서 치기 때문인 게야."

다음에 볼 수 있는 게 징보다 작은 꽹과리였다. 농악에서 음색이 강하고 높은 것을 수꽹과리라고 하고 음색이 부드럽고 낮은 것은 암꽹과리라고 아들 계우도 알 만한 말을 한 다음, 박연은 역시 이 나라 백성이라면 누구나 모르지 않을 질문을 던졌다. 여전히 서먹서먹한 부자간의 분위기를 풀어 보려는 의도에서였다.

"수꽹과리는 누가 치고 암꽹과리는 누가 치누?"

계우도 아버지의 마음을 읽어 낸 듯 억지로 명랑한 목소리를 내어 대답했다.

"수꿩과리는 상쇠上一*가 치고, 암꿩과리는 부쇠가 치지요."

"그래. 종악 놀이의 모든 과정은 수꿩과리를 치는 상쇠의 지휘에 따라 진행되지."

그러자 계우는 무슨 생각을 했는지 다소 날카로운 음성으로,

"무엇이든 지휘하는 자의 역할이 막중하지 않겠습니까."

박연은 아들의 말투에서 약간 묘한 기운을 느끼면서도 이렇게 얘기했다.

"그렇다. 그렇기에 남들 앞에 서고자 하는 사람은 늘 언행을 삼가고 만사 신중, 또 신중하게 처신해야 하느니라."

계우는 다시 무언가를 골똘히 생각하는 기색이었다.

"아, 저기 나발이 있구나!"

박연은 아들이 깊은 상념에 빠지는 듯한 얼굴을 하는 것이 또 마음에 걸려 큰소리로 말했다. 길이가 3척 8촌 정도 돼 보였다. 긴 원추형의 관으로 된 나발이었다.

"국악기 가운데 하나밖에 없는 금속 관악기가 저 나발이지."

그러면서 박연은 어릴 적 옥계폭포가 있는 곳으로 가서 두 손을 입에 모아 나발을 만들어 큰소리로 돌아가신 아버지를 부르던 기억이 나서 콧등이 찌르르했다. 아버지를 일찍 여읜 박연은 내 자식들에게만은 그런 설움을 주지 않으리라 다짐해 왔다. 키가 아버지보다 큰 아들과 그 아들의 아버지가 나란히 걸어가거나 논밭에서 함께 일하고 있는 광경이 어린 박연

---

* 상쇠(上一) : 농악에서, 무리의 맨 앞에서 전체를 지휘하며 꿩과리를 치는 사람.

의 눈에는 얼마나 부러웠던가.

그러나 자식도 품안에 들었을 때 자식이지 어느 정도 머리가 굵어지면 둥지를 떠나 훨훨 멀리로 날아가 버리는 새 같다고 하는 말이 새삼 실감나는 이즈음이었다. 그래서 늙으면 부부밖에 없다고 했던가. 박연은 섧어져서 말했다.

"저 나발은 어찌 보면 안됐구나. 오직 한 가지 음만을 길게 소리 낼 수 있지 않으냐."

그런데 그 말이 떨어지자마자 계우가 당장 하는 말이 이랬다.

"소자는 나발의 그런 점이 더 마음에 듭니다."

"무슨 소리냐?"

"충신불사이군, 열녀불경이부, 그런 말이 있잖습니까."

"……!?"

"여러 가지 소리를 내는 악기는 지조를 지킬 줄 모르는 변덕스런 인간과 다를 게 뭐가 있겠습니까?"

"우야! 너 이 애비에게 지금 무슨 말을 하고 싶은 것이냐?"

박연은 자신의 두 눈에 불똥이 튀고 있다는 것을 스스로도 감지할 수 있었다.

'아, 이놈이 어느새 이렇게 장성했단 말이냐!'

박연은 한편 기쁘면서도 한편 쓸쓸했다. 계우는 지금 조부와 그 윗대 선조들을 말하고 있는 것이다. 박연의 눈앞에 선친 천석의 얼굴이 나타나 보였다.

"연아, 잘 들어라. 너는 신라 제54대 경명왕의 맏아들 밀성대군密城大君을 시조로 하는 밀양 박씨 후손이니라. 살아가면서 결코 가문에 흙칠하는 짓 따윈 해서 안 될 것이야. 내 말 알아듣겠느냐?"

그런 다음, 중시조는 고려조 상서좌복야였던 언인彦仁이며, 네 할아버지 시용께서는 우문관 대제학을 지내셨다는 등 집안 내력에 대해 이것저것 들려주었다. 그러고 보니 자기 집안은 두 왕조에 걸쳐 출사했던 것이다.

그러나 박연은 단 한 번도 고려가 문을 닫고 새 왕조 조선이 개국된 후에도 계속 벼슬에 나아간 아버지 천석을 부끄럽게 여긴 적이 없었다. 그렇게 된 데에는 음악의 영향이 컸다. 나라는 바뀌어도 노래는 바뀌지 않았고 나라는 변해도 피리는 변하지 않았다. 그리고 백성 또한 그대로였다. 더욱이 새로운 왕조는 구 왕조보다 음악을 비롯한 예술에 한층 관심을 가지고 발전시키고자 했고 정치나 경제적인 분야에서도 진일보했다는 사실에 가슴 뿌듯하기까지 했다. 무엇보다 이제 어진 성군을 만나 나라는 점점 안정을 되찾고 백성들 얼굴에는 오랜만에 웃음이 피어나고 있음을 볼 때 박연은 자기 집안 선대들의 결정이 옳았다는 생각을 하였다. 그런데 아들 계우는…….

"아버지, 저게 자바라라고 하는 악기 맞습니까?"

박연의 낯빛이 자못 심각하고 침통해 보여서일까. 계우가 처음으로 먼저 악기에 관심을 보이는 말을 했다.

"아, 그, 그래. 자바라, 자바라니라."

박연은 문득 과거의 기억에서 돌아왔다. 그러고는 얇은 놋

쇠로 된 그 두 개의 원반을 양손에 들고 맞부딪쳐 소리를 내기 시작했다. 계우가 놀라 눈을 크게 뜨고 아버지를 바라보았다. 박연의 입에서 이런 말이 흘러나왔다.

"이 악기는 말이다. 약하게 치면 맑고 고요하며 신비한 소리를 내고, 세게 치면 크고 소란스러우면서도 진취적인 소리를 낸다."

그러면서 그는 약하게 쳤다가 세게 쳤다가를 되풀이해 보였다. 계우의 눈에는 그런 아버지가 다른 사람 같아 보였는지 자꾸 눈을 끔벅거렸다. 박연은 더욱 아들이 알아들을 수 없는 말을 하기 시작했다.

"세상 이치는 모두가 이러한 것이다. 그 행동하고 말하고 생각하기에 따라 달라지게 돼 있느니라."

"아버지!"

"고려를 생각하는 사람, 조선을 생각하는 사람……. 흐흐흐."

계우는 아버지의 웃음 끝에서 홀연 몸서리를 쳤다. 마지막 소리, 그건 어쩌면 울음인지도 몰랐다. 아니 신음 소리에 가까웠다.

"아… 버… 지……."

계우는 처음으로 아버지 박연의 숨겨진 고뇌와 포부를 깨달은 듯했다. 음악인이면서도 정치가인 아버지 박연. 부드러운 것 같으면서도 강직하고 또 그 반대인 듯도 싶고. 아버지 얼굴에서 또 읽었다. 당신은 지금 피리를 불고 싶은 심정이라는 것을. 거기 있는 모든 악기들을 한꺼번에 치고 두드리고 불고 싶어한다는 것을.

　아들과 그런 일이 있은 후 박연은 왠지 심정이 너무나 착잡했다. 박연은 맹사성에게 가서 무거운 마음을 내려놓고 싶었다. 고불은 박연에게 든든한 울타리였다. 박연은 힘들 때면 그의 집을 찾았다. 뜰에는 은행나무 두 그루가 의좋게 서 있었는데 박연은 맹사성과 자신도 언제나 그런 모습이길 바랐다.
　맹사성의 저택은 대청을 중심으로 방이 양켠으로 하나씩 배치된 'ㄷ'자 형 맞배집으로 전형적인 고려시대 건축양식이었다. 고불심古佛心에서 비롯된 고불이란 호처럼 맹사성은 순수하고 참된 도인의 마음을 지닌 청백리였지만 박연은 그의 집을 방문할 때면 가슴이 아팠다.
　'아, 이 집이 지난날 최영 장군이 거처한 곳이란 말인가?'
　그를 찾은 이날도 그랬다. 맹사성은 최영의 손녀 사위라는 사실이 역설과 모순으로 가득 찬 역사의 희극처럼 느껴졌다. 아니 그건 두 번 다시 회상하고 싶지 않은 처참한 비극이었다. 이성계의 군대가 개성에 난입하자 이를 맞아 싸우다가 체포되어 고봉 등지에 유배되었다가 개경에서 참형된 최영을 떠올리면 가슴이 가리가리 찢어지는 듯했다.
　박연은 때때로 맹사성의 얼굴에 드리워지는 그늘이 바로 이런 가족사에서 비롯된 게 아닌가 여겼다. 맹사성은 고려 공민왕 9년 1360년생이고 박연 자신은 우왕 4년 1378년생이니 18

살이나 차이 나는 두 사람이었다. 되돌아보면 맹사성이 세상에 태어난 당시는 어수선할 때였다. 공민왕의 실정과 섭정攝政 신돈의 횡포로 고려의 국운이 폐가 기둥처럼 기울었고 원나라와 명나라의 교체기의 혼란이 고려에까지 미쳐서 국가 쇠퇴를 부채질했다.

"난계! 사람을 앞에 앉혀 놓고 혼자 무슨 생각을 그다지도 골똘히 하시오?"

지난 생각에 잠겼던 박연은 그 말에 퍼뜩 정신이 들어 낯을 붉히며 얼른 술잔을 집어들어 마셨다. 방은 주인의 성품을 반영하듯 퍽 검소했고 술상도 조촐했다.

"우리 삼상당三相堂에 오릅시다."

"예, 고불 대감. 그러잖아도 제가 말씀드리려던 참이었습니다."

두 사람은 고택 뒤편에 있는 정자를 향했다. 그곳에는 맹사성과 황희와 허조가 기념으로 심은 아홉 그루의 느티나무가 있었다. 삼상당은 세상 사람들이 '세 정승'이라는 뜻으로 부르고 있는 이름이었다.

정자에 오르니 저편 들녘에서 생겨나 느티나무를 거쳐 온 바람이 맹사성의 수염을 가볍게 날리게 하는 것을 박연은 무연히 바라보았다. 아까 집에서는 박연더러 혼자 생각하고 있다고 악의 없는 말을 던지던 맹사성이 이곳에 오더니 이번에는 스스로 무엇을 생각하는지 말이 없었다.

얼마나 그런 순간이 흘렀을까. 문득 맹사성이 잔잔한 웃음

기를 머금은 얼굴이 되었다. 박연이 그 웃음의 의미를 묻자 맹사성은,

"언젠가 성상께옵서 태종실록의 편찬과정을 보시고자 하던 때 일이 새삼 떠오르는구려."

"아, 그 일이라면 바로……?"

박연은 더욱 맹사성이 우러러보이면서도 어쩐지 등골이 서늘했다. 그것은 실로 대단한 사건이었다. 보통 신하들 같으면 엄두도 내지 못할 간언이었다.

"지금에 와서 회고해 보면 내가 전하께 씻지 못할 불경을 저질렀다는 생각이 들기도 하지만 나로선 어쩔 수가 없었소."

"아닙니다. 참으로 충신다운 진언이었습니다."

박연의 머리에 그때 일이 또렷이 찍혀 나오기 시작했다. 맹사성은 세종을 간곡하게 만류했었다. 실록이란 것은 모두가 당시 일을 사실대로 기록하였다가 후세에게 보이기 위하여 이룩한 것인데, 이제 전하께서 만일 이를 보시고 고치시면 후세 임금님도 이것을 본받아 행할 것이요, 그러면 사관들이 두려워서 제대로 기록하지 못할 것이니 이 점 굽어살피시라고.

"장차 조선왕조실록 편찬에 왕이 간여하지 않는 전거典據를 남기시게 하실 고불 대감의 그 훌륭하신 처사는 두고두고 후세 사람들의 칭송을 받게 될 것입니다."

그러나 맹사성은 느티나무 같은 꼿꼿한 자세로 이렇게 말할 뿐이었다.

"내 애우 그리마를 타고 산중에 들어가 옥저나 불면서 살아

가고 싶을 뿐이오."

박연이 정비한 문묘제례악을 접할 수 있는 기회가 오면 사람들은 그 장소에 구름처럼 모여들어 귀와 눈과 마음을 열고 알고자 했다.

"저 음악에 맞추어 부르는 노래를 악장이라고 한다지요?"

갑 환관 말을 을 궁녀가 받았다.

"4언 8구의 한시 형태라지요?"

그때 누구보다 열심히 보고 있던 육순을 한참 넘겼음 직한 노인이 입을 열었다.

"가락은 악장 형식에 따라 한 곡이 모두 여덟 마디로 이뤄지며, 한 마디는 네 음으로 구성된다우."

모두 놀라 그를 보았다. 그 말이 있자 마침 북소리가 두 번 났다. 바로 한 마디의 끝을 알리는 신호였다.

"저 악기들을 잘 보시오."

여자같이 연약한 체구지만 눈빛은 젊은이 못지않게 형형한 노인 말에 옆에 서 있던 모두는 거기 동원된 여덟 종류의 아악기를 신기한 눈으로 바라보았다. 댓돌 아래의 헌가와 댓돌 위의 등가, 이렇게 두 악대로 편성하여 음악을 연주하고 있었다. 잠시 음악이 멈춘 사이 정 궁녀가 많은 것을 알고 있는 듯한 노인에게 물었다.

"댓돌 아래쪽은 소리가 큰데, 댓돌 위쪽은 음량이 적고 섬세한 듯하니 그 이유가 뭐예요?"

노인이 고개를 주억거렸다.

"바로 들으시었소. 보다시피 당상의 등가는 금琴과 슬瑟 등의 현악기와 도창導唱, 곧 노래가 있기 때문이오. 그리고 당하의 헌가는 진고·노고·노도 같은 큰 북과 훈·지·약·적 같은 관악기 중심으로 돼 있기 때문이오."

갑 환관과 을 궁녀도 계속 물었고 그 정체 모를 노인은 열심히 답했다. 그러면서 그는 속으로 만감이 엇갈렸다. 한때 몸담았던 전악서 시절이 그립다고. 박연은 저렇게 훌륭해졌건만 자신은 무명인으로 늙어 버렸다는 것을.

"아까 보니 음악을 처음 시작할 때 저기 동쪽에 있는 악기부터 연주하던데……?"

"아, 저 축柷 말이구려. 그래서 시작을 의미하는 동쪽 방향에 배치했지요. 색깔도 동쪽을 상징하는 청색을 칠했고요."

"그럼 저기 서쪽에 있는 것은 음악이 끝날 때 연주할 건가요?"

"그렇소. 서쪽 색깔인 백색을 칠한 저 어敔는 맨 나중에 연주하게 될 게요."

"왜 그렇게 하지요?"

"바로 음양오행사상을 따르고 있는 것이오. 축은 양의 성질을 갖고 있고 어는 음의 성질을 가졌기에……."

네모난 상자 모양의 축은 음수로 되고 어는 그 등위의 톱니가 양수로 되어 음양의 조화를 꾀하고 있다는 것이다.

"역시 난계는 이 나라 최고의 악성입니다."

"그렇구 말구요. 그러니 성상께서도 그렇게 총애하실 수밖에……."

노인도 그렇다는 듯 임금과 박연, 고위 대신들이 있는 곳을 보면서 연신 고개를 끄덕이더니 이번에는 남방을 가리켰다.

"아악 연주에 있어 빼놓을 수 없는 게 저기 있는 금琴이지요."

모두의 눈길이 일제히 거기로 쏠렸다. 빨간색을 물들인 스물다섯 개의 줄이 있고 그 앞면에는 구름과 학이 그려져 있었다.

"현악기인 사부絲部가 8괘로는 이괘離卦에 속하고 방향으로는 남방을 뜻하지요. 그래서 남방 색깔인 붉은색과 남방을 상징하는 새, 주작과 유사한 학을 저렇게 그려 넣었지요."

음악을 전공하지 않은 이들에게는 쉽지 않은 얘기지만 모두들 감탄하고 신기해하는 얼굴로 그의 말에 계속 귀를 기울였다.

"아악은 이처럼 요소요소에 우주 만물과 그 원리를 상징하는 음양오행적 요소를 대입시키고 있지요. 이는 바로 그 우주 자연의 소리를 음악으로 만들어 냄으로써 '수신제가치국평천하修身齊家治國平天下' 하라는 목적을 이루려는 유학 이념을 잘 나타내 주고 있는 것이라 하겠지요."

나이 지긋한 갑 환관이 말했다.

"아, 그래서 사람 감정을 흥분케 하는 복잡한 음악이어서는 아니 될 것이고, 단순하면서도 질서 잡힌 음악, 그리고 이런 단순한 음악에 맞추어 저렇게 여덟 명씩 여덟 줄로 서서 추는 단순한 춤의 엄격한 틀로 될 수밖에 없는가 보오. 역시 난계 영감은……."

노인이 좌우를 둘러보며 물었다.

"궁중에서 생활들 하시니 항간의 민속무용은 잘 구경하지 못했지요?"

정 궁녀가 붉은 입술을 열었다.

"그것도 참 재미있을 것 같아요. 알고 싶네요."

모두 재촉했고 그는 신이 난 듯 유창한 말솜씨로 들려주기 시작했다.

"농악무로서 소고무·장고·무등춤 등이 신나지요. 불교 영향을 받은 법고놀이·바람춤·나비춤도 볼 만하구요."

을 궁녀가 하얀 이를 드러내며 말했다.

"무당이 추는 무당무도 있다지요?"

"무당의 기원무지요. 그것도 그렇지만, 살풀이 노장무도 구경거리고, 특히 기녀들에 의해 연행되는 사교무인 남무가 난 좋대요."

갑 환관이 다시 끼어들었다.

"하여튼 우리나라 춤꾼들은 대단하다우. 저기 남자 악생들 몸놀림 좀 보구려. 이 늙어빠진 사내인 나도 가슴이 떨리는데 여자들이야 오죽할까. 안 그렇소이까, 노인장?"

노인이 잠자코 웃었다. 어쩐지 낙조 같은 쓸쓸함이 감도는 미소였다. 그런데 그 웃음이 낯설지 않다. 그가 바로 저 현창이었다. 현직에서 은퇴한. 그리고 박연에게 율려신서를 들려주던 성보는 이미 몇 해 전에 죽었다. 주막에서 만나 음악을 논하던 세 사람의 처지는 이제 그렇게 달라져 있는 것이니 운명이란 참으로 알 수 없는 것이었다. 현창이 떨리는 목소리로 말했다.

"자, 이 나라 최고의 악성 난계가 이룩한 문묘제례악을 우리들 눈에, 마음에 깊이 새겨 둡시다."

그러자 모두들 다시 박연의 작품에 눈을 돌리며 경탄했다. 그렇지만 당시까지만 해도 현창은 몰랐다. 만 백성이 우러르는 난계에게 그런 환란이 닥쳐올 줄은.

포승에 묶여

 파기직 급사 악학이 된 박연은 명나라와의 교제에 대해 알아보기 위해 박도朴蹈라는 자와 승문원承文院으로 갔다. 그곳은 외교에 관한 문서를 담당했는데 성균관·교서관과 함께 3관三館이라고도 하였다. 그런데 거기 터를 둘러보던 박연은 무심코 이렇게 말했다.

 "여기 지형이 예사롭지 않아요."

 박도가 놀란 얼굴로 물었다.

 "지형이 예사롭지 않다니요?"

 박도는 하관이 쪽 빠진 얼굴이 쥐를 연상시켰는데 사내답지 못하고 옹졸한 데가 있는 인물이었다. 그런 한편 권세에 대한 욕망은 대단하여 그것을 탈취하기 위해서라면 부모 형제라도 희생양을 삼을 위인이었다. 하지만 평소 후덕하고 남을 의심할 줄 모르는 박연은 아무 생각 없이 그의 물음에 대답했다.

"잘 보시오. 호걸을 낳게 생겼지 않소?"

순간, 박도의 눈빛이 어둠 속 쥐처럼 반짝! 하는 걸 박연은 미처 보지 못했다. 박도는 아무 말도 더 하지 않았다. 박연이 그 터를 보고 연신 부러워하고 감탄하는 소리를 할 때도 가만히 듣고만 있었다. 아니, 박연의 말 한마디 작은 동작 하나도 놓치지 않으려는 듯 예리한 눈초리로 훑어보았다. 그러면서 입가에 야릇한 웃음기가 감도는 것도 박연은 알아차리지 못했다.

7월의 자연은 부녀자의 초록 치마처럼 마냥 푸르렀고 세종 같은 성군을 만난 백성들은 태평성대를 노래했다. 이웃한 왜에서는 조선에 굴복하는 뜻으로 공물을 바쳤다. 명나라에서도 조선을 함부로 대하지 못했다. 세종의 무신 중용 정책은 참으로 성공적이었고 대신들은 든든해하였다.

"대마도 정벌을 이끈 이종무, 북방을 소란스럽게 했던 야인을 토벌한 최윤덕, 육진 개척 주역인 김종서, 이런 용장들이 받쳐 주고 있는 한 이 나라는 아무 걱정이 없을 것이오."

"어디 그들이 용장이기만 하답디까? 성상께서 내근 벼슬을 내려주시려 해도 무인으로 남겠다며 거부할 만큼 충실한 무인들이지요."

그런 속에 박연이 꽃피우는 음악은 그 좋은 시절을 구가謳歌하는 훌륭한 도구가 되었다. 언제 어딜 가나 아름답고 복되고 흥겨운 음악 소리가 울려 퍼졌다. 가장 하층민들이 모여 사는 곳에서도 젓가락 장단이 흘러나왔다. 이전의 화척禾尺을 개칭한 백정들도 도축장에서 콧노래를 흥얼거렸다.

그러나 그러한 어느 날이었다. 평화롭고 조용하기만 한 박연 집에 난데없는 군사들이 들이닥쳤다. 마침 집에는 맏아들 맹우와 둘째아들 중우가 와 있었다. 오랜만에 만난 부자는 그 자리에 없는 막내 계우에 대해 걱정들을 나누는 참이었다.

"계우 그놈이 걱정인 게야. 공부는 하지 않고 그저 벗들이 좋아 한량같이 어울려 쏘다니기만 하니……."

아버지 말에 현령으로 있는 맹우가 넓적한 얼굴을 들어 말했다.

"너무 심려 마십시오. 제가 다음에 만나면 따끔하게 야단 좀 쳐 놓겠습니다."

형에 비해 얼굴과 몸집이 작은 중우도 말했다. 맹우가 아버지를 닮았다면 중우는 어머니를 닮은 편이었다. 그리고 계우는 외모상 어느 쪽도 닮지를 않았다.

"저도 그러겠습니다. 하지만 서책은 가까이하는 줄 알고 있습니다. 그러니 뭐 별 문제야 일으키겠습니까?"

그러자 그때까지 옆에 앉아 손으로 방바닥을 쓸며 조용히 듣고만 있던 부인 송 씨가 약간 밝은 표정을 지으며 말했다.

"너희들도 그렇게 생각하고 있지? 이 에미도 계우를 믿는다. 너희 아버지가 공연한 걱정을 하시는 게 아니더냐."

두 아들이 동시에 입을 열었다.

"그렇구 말구요. 어머니 말씀이 옳으십니다."

"계우 그놈이 소심한 저희들보다 더 큰 인물이 되어 장차 우리 가문에 큰 광영을 이루게 할 것입니다."

그러나 박연은 여전히 걱정스런 빛을 떨치지 못했다. 음성은 먹물처럼 어두웠다.

"아니야. 어쩐지 그놈 하는 짓이 불안하기 짝이 없어. 뭔가 좋지 못한 일을 벌이고 말 것 같아."

박연의 그 말이 채 떨어지기도 전이었다. 바깥이 갑자기 요란스러워진 것은. 중우가 방에서 마루로 나오며 큰소리로 호통쳤다.

"이게 웬 소란들이냐?"

그러자 댓돌 아래 그러잖아도 굽은 허리를 더욱 굽히고 선순돌 아범과 팽실네 그리고 을쇠가 죽을상을 하고 고했다.

"크, 큰일나, 났사… 옵… 니… 다."

"대체 무슨 일이기에 이렇게 야단들이야?"

맹우도 밖으로 나오며 소리쳤다. 바로 그때 중문이 벌컥 열어젖혀지면서 한 무리의 군사들이 우르르 들이닥쳤다.

"의금부에서 나왔다! 죄인 박연은 당장 나와서 포승을 받아라!"

두 아들의 안색이 단번에 파랗게 질려 버렸다.

"의, 의금부라니?"

"포, 포승을 바, 받다니?"

나장羅將들을 이끌고 온 우두머리는 사찰의 사천왕상을 방불케 했는데 그는 서슬 퍼렇게 외쳤다.

"대역죄를 짓고도 무사할 줄 알았더냐? 죄인은 어서 썩 이리

나와 어명을 받들지 못할까?"

맹우는 너무도 크게 떨려 제대로 말이 나오지 않는 입술을 겨우 달싹거리며 물었다.

"어, 어명이라고 하, 하시었소?"

그 순간, 방문이 열리면서 박연이 천천히 걸어나왔다.

"성상께서 어인 일로 이 몸을……?"

박연을 보자 거구인 그자의 기세가 조금 수그러졌다. 음성도 약간 낮아졌다. 그러나 여전히 크게 힐난하는 투였다.

"정말 모르고 그런 말을 하는 게요?"

박연이 조용히 웃었다.

"내 정녕 모르기에 하는 말 아니겠소."

그러자 그는 대뜸 이랬다.

"박도가 상서上書하였소!"

"바, 박도가 사, 상서를……?"

잔잔하던 박연 얼굴에 급기야 쌩 바람기가 스쳤다. 두 다리가 휘청하는 게 모두의 눈에 똑똑히 비쳤다.

"이, 이 보시게들! 대체 무, 무슨 연고로……?"

평소 안방마님으로서 몸가짐을 조금도 흐트러뜨리지 않던 송 씨도 나와 온몸을 덜덜 떨었다. 하인들은 어찌할 바를 몰라 뜰에서 우왕좌왕하였고, 평소 호랑이처럼 용맹스럽던 이 집 개 '태산이'도 마루 밑으로 숨어 들어가 꼬리를 잔뜩 사렸다. 마당가 난초 이파리가 파르르 경련을 일으키고 감잎 하나가 놀란 나머지 가지에서 손을 놓고 말았다.

"대관절 박도란 자가 무슨 일로 날……?"

박연의 음성이 크게 흔들렸다. 우두머리가 부하 장졸들을 다그쳤다.

"뭣들 하느냐? 어서들 어명을 받들 생각은 하지 않고?"

"옛!"

군사들이 놀라 급히 움직이기 시작했다.

"마땅히 어명은 받들겠소만 조금이라도 연유는 알아야……."

중우가 아버지 앞을 가로막으며 말했다. 하지만 그는 이내 대청 아래로 함부로 끌어내려졌고 벼락 같은 불호령이 떨어졌다.

"여기서 이런 말 오래 나눌 틈이 없다! 어서 이 죄인을 끌고 가라!"

박연은 순식간에 오랏줄에 묶였다. 그리고 신발도 제대로 신지 못한 채 질질 끌려가기 시작했다.

"영감!"

"아버지!"

"영감마님!"

부인과 아들들과 하인들이 애타게 박연을 부르며 뒤를 따랐다. 그러나 얼마 가지 못해 군사들의 사나운 제지를 받고 맨땅에 털썩 무너지듯 주저앉거나 벌렁 나뒹굴어져야 했다.

그것은 실로 마른하늘 날벼락이었다. 평소 임금이 얼마나 총애하는 이 집 바깥어른인가. 더욱이 세자였을 때 가르친 스승이 아니던가. 그리고 그간의 공로를 높이 사서 해마다 벼슬을 높여 주던 충신이었다. 게다가 백성들도 흠앙하는 이 나라 최고의 악성이었다. 집안은 한순간에 무덤 속보다 더한 괴괴함과 침통함에 빠져 버렸다. 그런 속에 태산이가 마루 밑에서 어정어정 기어 나와 꼬리를 잔뜩 사린 채 땅바닥에 코를 대고 킁킁거렸다. 마치 잡혀간 주인의 체취를 찾으려는 것처럼.

그런데 잠시 후 집으로 들어온 계우의 태도는 실로 뜻밖이어서 식구들의 분노를 자아내게 했다. 하인들에게서 조금 전 그런 참변을 전해 듣고도 그는 눈썹 하나 까딱하지 않았다. 오히려 흥, 그럴 줄 알았어, 하는 표정이었다. 맹우가 분노와 절망감이 뒤섞인 목소리로 꾸짖었다.

"너, 어디로 싸돌아다니다가 이제야 들어오느냐? 아버지께서 의금부에 끌려가셨다는데도 너는 어찌 아무렇지도 않은 얼굴을 할 수가 있단 말이더냐?"

중우도 참지 못하고 질책했다.

"이 형들이 아무리 참고자 해도 지금 네 쌍판을 그냥 보고 있을 수가 없다. 내 당장 네놈을……."

평소 같으면 형들을 가로막고 보호해 주었을 송 씨마저도 그때만은 너무 충격적인 듯 당장 실신할 것처럼 낯빛이 하얗게 질린 채 어찌할 바를 몰라 하였다. 팽실네가 다른 젊은 여종들을 독려하여 곁에서 부축해 안방으로 모시려고 했지만 그녀는 그저 하늘이 무너지는 그 일 앞에 넋을 놓고 움직이려 하지 않았다.

"도련님! 어서 잘못을 비십시오, 어서요!"

태어나자마자 친자식 이상으로 돌봐주던 을쇠가 보다 못해 고했다. 늙어 빠진 개처럼 이제는 이빨이 거의 남아 있지 못한 순돌 아범도 합죽한 볼 사이의 동굴같이 시커먼 입을 열어 무어라 말했다. 그러자 계우의 눈썹이 꿈틀했다. 그는 강인해 보이는 턱을 주먹으로 쓱 문지른 뒤 비로소 입을 열었다. 한데 그 소리란 게,

"아버지께서 잡혀가셨다면 그럴 만한 죄를 지으셨기 때문일 텐데 웬 야단들이시우?"

"뭐, 뭐라?"

"아, 저놈이……."

"계, 계우야!"

송 씨와 두 형은 하도 어처구니가 없어 비명 같은 소리만 내었다.

"도련님! 지금 제정신으로 하시는 말씀입니까?"

팽실네도 더는 참을 수 없다는 듯 주름 잡힌 두 눈을 크게 뜨고 눈동자를 팽이처럼 굴리며 소리를 높였고, 다른 남녀 종들도 생전 처음 대하는 사람처럼 이 집 막내 도령을 멀거니 바라보았다. 그런데 계우는 한술 더 떴다.

"고려를 배신한 죄값인지도 모르지."

"뭐라? 아, 저놈이 이제……?"

끝내 성질이 폭발한 중우가 손을 들어 후려칠 자세를 취했다.

"아, 주, 중우야!"

송 씨의 비명이 터져 나왔고 뒤이어 모든 하인들도 외마디를 질렀다. 태산이가 홀연 미친개처럼 집안 사람들을 향해 짖어 대기 시작했다. 지붕 서까래가 와르르 무너져 내리는 듯했다. 맹우가 그 경황 중에도 가문의 대들보답게 침착성을 되찾고 얼른 중우를 제지했다.

"아버지께서 지금 저런 황당한 일을 당하셨는데 자식 된 우리들이 구해드릴 생각은 하지 않고 이 무슨 못난 짓거리들이냐? 빨리 그 손 내려놓지 못하겠느냐?"

중우가 씨근덕거리며 팔을 내린 후 내뱉었다.

"형님! 저놈이 언젠가는 우리 집안을 말아먹을 놈이오."

그런데 계우는 한층 고개를 공격 직전의 뱀같이 빳빳이 치켜들고 말대꾸를 했다.

"그래도 나라를 말아먹는 짓을 하는 것들보다야 몇 배 낫소."

중우가 이번에는 곧장 발로 걸어찰 기세로 소리 질렀다.

"아, 누가 나라를 말아먹었다는 것이냐? 우리 아버지께서 나라를 말아먹기라도 하셨다는 게냐?"

그것은 듣기만 해도 등골이 서늘해질 소리가 아닐 수 없었다. 하지만 계우의 입에서는 또 이런 말이 튀어나왔다.

"모르지 않소. 그러잖으면 그렇게 총애하시던 성상께옵서 왜 아버지를 잡아 가두라 하명을 하시었겠소?"

"……"

그 말에 모두는 그만 입을 열지 못했다. 개 짖는 소리도 문득 멎었다. 그러고 보니 어지간한 대역죄를 짓지 않고서는 저렇게 오라로 묶어 끌고 가지는 않았을 것이다.

그러나 믿을 수 없었다. 아버지가 나라를…….

송 씨는 끝내 혼절해 버렸다. 여종들이 놀라 마님 마님, 하고 부르며 부축해 방으로 모서 자리에 눕혔다. 그러고는 전신을 주무른다, 찬 물수건으로 이마를 적신다, 의원을 부르러 간다, 난리통이 벌어졌다.

맹우와 중우는 어쩔 줄 몰라 서로 얼굴만 마주 보며 울상을 지었다. 그러나 계우는 그 소란을 지켜보고 있다가 또 흥, 하고 코웃음을 치고는 휑하니 밖으로 나가 버렸다. 하지만 마지막으로 어머니가 누워 있는 방 쪽을 흘낏 바라보는 것으로 보아 그도 걱정이 되지만 어쩐 셈인지 일부러 그런 눈치를 감추는 듯했다.

맹우는 사라진 계우를 잠시 생각했다. 어릴 때부터 불의를 참지 못하는 우직한 성품이었다. 어쩌면 아들 삼 형제 가운데 가장 아버지 박연의 기질을 닮은 게 계우였다. 하지만 아버지는 그런 계우를 가장 꺼리는 기색을 엿보였다. 맹우는 그걸 알 수 없었다. 어쨌거나 못된 짓을 저지르는 자가 있으면 상대가 누구든 상관하지 않고 덤벼드는 계우였다. 그래서 어머니 송 씨 또한 가장 좋아하면서도 또 가장 불안해하는 막둥이였다.

그런데 자식들 중 제일 천방지축天方地軸으로 노는 것 같은 계우의 눈이 누구보다 밝았던 것일까. 박연이 붙잡혀 간 의금부 청사 안 남간南間과 서간西間의 두 감옥에는 죄수들로 차 있었는데 박연은 거기 감금되고 전후 사정을 알게 되자 너무나 억장이 막혔다.

"요언혹중의 유언비어를 유포하고도 무사할 줄 알았더냐?"

사유를 알고자 하는 박연을 향해 딱딱하게 언 겨울 돌멩이같이 날아드는 말은 그러했다. 박연은 하늘을 우러러 탄식해 마지않았다.

"아아, 어쩐지 내 말년이 순조롭지 못할 것 같구나!"

형문을 당한 지친 몸뚱어리를 이끌고 와 뇌옥 찬 바닥에 아무렇게나 엎어져 잠을 자려고 눈을 감아도 그저 악령처럼 떠오르는 게 박도의 얼굴이었다. 어쩌다가 아주 잠깐 눈을 붙이면 쥐가 된 박도가 나타나 킬킬대곤 했다.

"그자가 나를 이런 식으로 몰아붙일 줄이야."

그랬다. 박연 자신은 단지 승문원 터가 하도 좋아 보여 그냥 그런 소리를 해 봤을 뿐이었다. 아무 생각 없이 스스로의 감정을 그렇게 몇 마디 말로 드러내 보였던 것인데, 그것이 백성을 미혹케 하는 요사스런 말이라니. 도대체 나를 모함하여 박도 그자가 얻을 게 무엇인데……. 반역을 꾀하는 무리를 사전에 밀고하여 종묘사직을 지켰다는 충신 소리를 듣고 싶었던 것인가. 아아, 내가 초림을 저렇게 불행하게 만든 죄값을 치르는 것인가. 업보를.

한편 그 시각 세종은 세종대로 잠을 이루지 못하고 있었다. 그렇게 종묘사직을 위해 온몸을 던져 일하던 박연이 요언혹중하기 위해 유언비어를 퍼뜨렸다는 게 사실로 믿어지지 않았다. 그러나 대신들의 등등한 기세는 여간해선 꺾일 것 같지 않았고, 공기는 차갑기가 방에 불을 때지 않는 금군禁軍의 삼청三廳 같았다.

"전하! 당장 대역죄인 박연에게 사약을 내리시옵소서!"

"그렇사옵니다. 박연은 이제 전하께옵서 겨우 기반을 닦아 놓으신 이 나라 종묘사직을 뒤흔들 망언을 했사온대 어찌 한시라도 저대로 두시려 하시옵니까, 전하!"

"그자는 성상께옵서 그동안 베풀어 주신 은총을 도리어 악으로 갚으려 하는 것이옵니다. 통촉하시옵소서!"

세종은 괴로운 빛이 어린 용안으로 신하들에게 말했다.

"경들의 충정 담긴 뜻은 내 잘 알겠소. 그러니 짐이 좀 더 깊이 생각할 시간을 주시오."

그러나 강경파들은 조금도 물러날 분위기가 아니었다.

"전하! 이건 깊이 생각하실 일이 아니옵니다. 차제에 박연을 처단하지 않으신다면 제2, 제3의 박연 같은 천하의 못된 자가 나타나지 않는다고 어찌 단언할 수 있겠사옵니까?"

"박연은 전하의 성은을 불충으로써 갚으려 하는 극악무도한 자이옵니다. 전하, 어찌 저희들의 충언을 믿지 않으려 하시옵니까? 전하!"

"허어, 제발 그쯤들 하라지 않소?"

마침내 세종은 벌컥 화를 내며 용상에서 벌떡 몸을 일으켰고 비로소 신하들은 움찔하며 물러났다. 혼자 남은 임금은 두 손으로 머리를 감쌌다.

'아, 악학! 어찌 평상시 그대답지 않게 그런 실언을 하셨단 말이오?'

세종의 갈등과 고통은 컸다. 한때는 스승이기도 했던 그가 아닌가.

'아아, 이럴 때……'

세종은 문득 피리소리가 듣고 싶어 참을 수 없었다. 세자였던 자신에게 벼슬보다 피리를 좋아한다며 피리를 불어 주던 박연. 그날 그 소리는 그토록 듣기 좋았거늘. 세종은 스스로 피리를 불고 싶었다. 깊고 깊은 산골 마을에 홀로 가서 바위에 앉아 시름없이 피리를 불 수 있었으면. 마음껏 피리를 불 수 있는 목동이 차라리 부러웠다. 그러나 지금 이곳에서 피리를 불었다가는 신하들이 또 무슨 말로 나올지 염려스러워 그것만은 그만두기로 했다.

그런데 다음 날 이른 시각이었다. 유 환관이 부석한 얼굴로 와서 두 대신이 알현을 청한다는 것이었다. 강경파들이 오늘은 아침 댓바람부터 설쳐 대는가 편치 못한 마음으로 들어 보니 정양과 남급이었다. 세종은 어떤 예감에 기뻐 얼른 들라 하라고 명했다.

그들이 누구인가. 바로 박연과 더불어 편경과 편종 등 많은 악기 제작과 명나라 아악 정리 및 개정 작업을 한 공신들이었다. 과연 세종의 기대는 어긋나지 않았다. 두 신하는 왕에게 천군만마와 같은 역할을 하기 시작했다.

"전하! 저희 두 사람, 전하께 긴히 아뢸 말씀이 있삽기에 이렇게 불경을 무릅쓰고 일찍 입궐하였나이다!"

"고하시오."

정양이 남급을 보았고 남급은 정양더러 먼저 사뢰라는 눈짓을 해 보였다. 정양은 깊이 숨을 들이마신 후 입을 열기 시작했다.

"전하! 파기직 급사 악학 박연을 살려 주시옵소서!"

세종은 가까이 있는 유 환관을 보고 나서 짐짓 화난 얼굴로 말했다.

"요언혹중의 유언비어를 퍼뜨린 죄인을 살려 주라?"

남급이 얼른 정양을 거들었다.

"감히 고하옵건대, 그는 일찍이 저희 두 사람과 함께 이 나라 아악을 정리할 때 어느 누구보다도 정성을 다 쏟았던 사람이옵니다."

왕이 무어라 입을 열기 전에 다시 정양이 먼저 고했다.

"그렇사옵니다, 전하! 그동안 소신들이 죽 지켜본 바로는 그는 조금도 불충한 마음을 품을 사람이 아니옵니다."

그 말이 떨어지기 무섭게 다시 남급이 아뢰었다.

"뭔가 오해가 있는 게 분명하다고 사료되옵니다. 그러니 전하! 악학 박연을 관대히 처분해 주시옵소서!"

용상의 세종은 연신 머리를 조아리며 끝없이 박연을 구명하기 위해 애쓰는 두 사람을 한참 내려다보고 있더니 마침내 말했다.

"짐도 그대들과 뜻이 똑같소."

정양과 남급이 동시에 더욱 허리를 굽혔다.

"전하!"

"망극하옵니다!"

그러나 세종의 입에서는 이런 소리가 나왔다.

"허나, 다른 대신들이 저렇게 거세게 나오니 짐으로서도 참으로 난감할 따름이오."

그러자 정양이 더욱 소리 높여 탄원하기 시작했다.

"악학 박연의 충절은 실로 눈물겨웠나이다! 지난날 명나라에서 들여온 편경이 한 틀밖에 없어 이를 새로이 만들고자 노력할 때, 마침 남양에서 경석이 발견되었다는 말을 듣고 박연은 너무나 기뻐 하늘을 우러러 감사하며 통곡하였나이다!"

"……."

"그것은 오로지 이 나라 종묘사직을 위한 충심의 발로였던바, 어찌 이런 그에게 추호秋毫라도 딴 뜻이 있겠사옵니까?"

남급도 질세라 곰 같은 체구를 한껏 숙이고 정양보다 더욱 애절한 목소리로 선처해 주시기를 복망했다.

"뿐만이 아니오라, 그 후 편경과 특경 오백이십팔 매를 만들어 종묘제와 각종 제사에 사용토록 하기 위해 여러 날 퇴궐도 하지 아니하고 혼자 자리를 지켰나이다!"

다시 정양이,

"그러하오니 전하! 제발 소신들의 간청을 부디 뿌리치지 마시옵고……."

그때였다. 박연을 당장 처단해야 한다고 주장하던 이들이 뒤늦게 알고 몰려왔다. 정양의 얼굴이 배추 잎처럼 파랗게 질려 버렸다. 남급의 낯빛은 불을 담은 듯 벌개졌다. 어쩌면 모든 게 수포로 돌아갈지도 몰랐다. 세종은 그들에게 말했다.

"마침 잘들 오시었소. 내 그러잖아도 그대들을 이 자리에 부르려 하였거늘……."

그러더니 세종은 당황해하는 두 사람을 독촉했다.

"어서들 계속하시오."

"아, 저, 전하!"

"그, 그렇게 하, 하겠사옵니다."

정양과 남급은 세종의 깊은 뜻을 읽었다. 그리하여 두 사람의 상소는 갈수록 기름을 부은 불길처럼 뜨겁게 달아올랐다.

"만일 이런 박연의 뛰어난 전업前業을 무시하시고 죄를 내리신다면……."

"그가 아니었다면 이 나라 종묘제례악은 영원히……."

"더욱이 세상 제일 가는 효자로 알려진 그가 어찌 나라에는 충신이 되지 않을 것이오며……."

"지금 당장 저잣거리에 나가 지나는 사람을 아무나 붙들고 물어봐도 누구나……."

이윽고 세종이 용안을 들어 박연을 벌하라고 주장하는 신하들을 한 사람 한 사람 자세히 둘러보며 말했다.

"그러니 그대들은 결국 악학 박연이 억울한 누명을 썼을 뿐 다른 불미스런 의도는 전혀 없었다, 그렇게 본다 이 말인가?"

세종의 그 하문은 그대로 판결문이 돼 버렸다. 박연을 처벌하라고 하던 이들도 정양과 남급의 탄원을 듣고 나니 계속 우길 수가 없었다. 사실 그동안 박연이 조선 음악을 위해 노력해 온 공로는 누가 뭐래도 대단한 것이었고 말 그대로 타의 추종을 불허하는 것이었다. 더욱이 임금의 마음 또한 이제 경석처럼 굳어져 있음을 모두가 알 수 있었다. 마침내 세종의 윤허가 떨어졌다.

"알았도다! 박연이 설혹 그런 말을 했다고는 하나 추호도 흑심이 없고, 특히 그동안 공을 보아 짐이 이번만은 각별히 용서해 주기로 심경을 굳혔으니, 차후로는 누구든 더 이상 이 일에 대해서는 입 밖에 내지 않도록 할지어다!"

정양과 남급은 눈물을 흘리며 기뻐했다.

"전하! 성은이 하해와 같사옵니다!"

"이제 악학 박연은 예전보다 몇 갑절 전하와 이 나라 종묘사직을 위해 몸바쳐 일할 것이옵니다!"

그러자 나머지 신하들도 그 분위기에 휩싸여 저마다 머리를 조아리며 한 입으로 고하기 시작했다.

"전하! 성은이 망극, 또 망극하옵니다!"

그리하여 박연은 위기를 가까스로 넘길 수 있었으니 모두가 그의 음악적 자질과 효성 그리고 남다른 벗 사귐과 충절이 있었기 때문이었다. 어쨌든 박연은 그 일로 하여 더욱 입을 무겁게 가지려고 했으며 임금의 기대를 벗어나지 않기 위해 힘썼다. 무엇보다 음악에 계속 종사할 수 있어 다행이었다.

"조종의 문덕을 찬양하는 보태평 11곡에는……."

악인들을 모아 놓고 강講하는 박연의 목소리는 57세 나이답지 않게 정확하고 낭랑했다.

"희문·기명·귀인·형가·즙녕·융화·현미·열광정명·대유·역성·진찬이 있으며……."

근처 늙은 소나무 가지를 옮겨 가며 깍깍 까치 소리가 후렴처럼 들려왔다.

"조종의 무덕을 기리는 정대업 또한 11곡으로 되는 바, 소무·독경·탁정……."

악학 마당에서 연주 연습이 행해졌다. 날씨는 화창했고 햇살은 투명했다. 지난 7월 유언비어 유포 혐의로 파직되었다가 용서받고 다시 아악에 종사하게 된 박연의 열의는 그렇게 되기 전보다 몇 배 뜨거웠다.

"대뜰 위에서 연주할 등가 악단들은 제가 맡은 악기를 조심해서 들고……."

편종·편경·방향·축·박·장구·절고·대금·당피리·아쟁 등속을 챙겨 든 악공들이 연주를 시작했다. 대뜰 아래에 있는 헌가 악단들은 가만히 있었다. 그들은 등가 악단의 절고와 아쟁이 없는 대신 진고와 해금을 가졌다. 속살이 고스란히 드러날 듯한 햇살이 악기들 위에서 미끄럼을 탔다.

여인의 향기

　퇴궐하여 막 집에 돌아왔을 때 고불 맹사성이 찾아왔다. 전해에 좌의정에 오르고 그해 영의정 감사를 겸하여 팔도지리지를 찬진撰進하기 바빴던 그는 이미 경륜만큼이나 주름이 진 노구였다. 항상 그를 존경해 마지않는 박연은 주안상을 정성스럽게 차려 오도록 하여 대작했다. 술이 두어 순배 돌자 맹사성은 문득 이렇게 말했다.

　"지난 선왕조 시절 이 고불이 사헌부 대사헌으로 있을 때 생긴 일을 혹 난계는 기억하고 있소?"

　박연은 갑자기 옛일을 들추는 그의 저의를 몰라 눈만 멀뚱거렸다.

　"그때 당시라면 아마도 제가 스물일곱 나이로 생원에 급제하고 세 핸가 지났을 시기라고 생각됩니다만 왜 별안간 예전일을⋯⋯?"

맹사성의 낯빛이 홀연 붉어지고 음성마저 불그레해지는 듯
했다.

"그랬소? 허, 정말 우리네 인생은 모래밭에 찍힌 기러기 발
자국처럼 덧없다더니……."

"예에?"

"그런 난계도 이제 나이 오십 중턱을 넘어서고 있으니, 내
산다는 것이 하도 허무해서 해 본 소리요. 허허허."

"예에, 전 또……."

이날 따라 맹사성의 얼굴은 무척 초췌하고 서글퍼 보였다.
박연도 덩달아 마음이 울적해졌다. 그래서 애써 밝은 표정을
지으며 물었다.

"고불 대감께 그때 무슨 일이 있었는지요? 전, 기억이 흐릿
해서……."

맹사성은 박연이 다시 채워 준 술잔을 쭉 들이켠 후 말했다.

"아직 혈기 왕성할 나이였던지라 겁도 없는 짓을 저질렀지
요."

그가 평소 즐겨 타고 다니는 애우 그리마처럼 선량해 뵈는
눈빛이 허공을 향하고 있었다.

"당시 지평 박안신과 함께 평양군 조대림을 선왕께 보고도
하지 않고 잡아다가 고문을 했지요."

박연은 놀라 반문했다.

"아, 평양군 조대림이라면 바로 저……?"

맹사성의 불쾌해진 얼굴에 씁쓸한 웃음기가 번져 났다.

"그래요. 바로 선왕의 따님이신 경정공주의 부군이었소."

"아, 그런 분을······?"

주안상 아래 박연의 무릎이 떨렸다. 병풍이 가파른 벼랑처럼 느껴졌다. 이제 막 떠오르는 달이 노란 빛살을 창호지에 쏟아내었다. 맹사성은 여전히 시선을 어둡고 각진 벽 한쪽에 고정시킨 채 말을 이어 갔다.

"선왕께서 이만저만 노여워하신 게 아니었소. 당장 나를 처형시키라고 야단이 났었지."

"······!?"

"당시 영의정이던 독곡 성석린 대감이 아니었더라면, 이 고불은 난계의 그 훌륭한 피리소리를 오래 듣지 못할 뻔하였소."

"아, 참으로 큰 화를 모면하셨군요. 자, 제 술 한잔 더 받으십시오."

"고맙소. 내 이야기 더 들어 보시오."

박연은 그가 뭔가 해 줄 말이 있어 자신의 사가에까지 왔다는 것을 깨달았다.

"선왕 11년에 난 다시 기용되어 판충주 목사로 임명되었소. 그러자 예조에서는 관습도감 제조로 있었던 내가 음률에 정통하다며, 선왕의 음악을 복구하기 위해서는 서울에 머물게 하여 바른 음악을 가르치도록 해야 한다고 건의하였소."

"지극히 당연한 처사였다고 생각합니다."

"또한 그 이듬해에 풍해도 관찰사에 임명되었을 때도 하륜

대감이 나를 서울에 머물러 악공들을 가르치도록 선왕께 아뢰어 그렇게 되었고……."

들으니 박연도 기억이 났다.

"그때 일은 저도 조금 생각이 납니다. 저는 그런 고불 대감이 어찌나 부럽던지……. 나도 언제 뛰어난 악성이 되어 저렇게 돼 보나 하고……."

맹사성이 박연의 잔에 자기 잔을 부딪히며 말했다.

"이제 난계가 이 고불 늙은이보다 몇 배 더 훌륭하지 않소?"

박연은 실버들이 닿은 듯 낯이 간지러웠다.

"아, 아닙니다. 고불 대감께서는 음악 외에도 여러 분야에 걸쳐 워낙 공덕이 많으신 연고로, 세상 사람들이 고불 대감의 음악적 업적에 대해 간과하고 있을 뿐이지요."

그러나 맹사성은 박연의 그 얘기에는 가타부타 말이 없더니 홀연 후우 긴 한숨을 내쉬었다. 그 소리는 비록 크고 높지는 않았지만 박연의 가슴을 날카로운 비수로 깊게 긋는 듯했다.

"이번에 난계도 자칫 큰 화를 당할 뻔했는데 진정 하늘이 돕고 조상의 음우陰佑가 있었던 것으로 사료되오. 그래서 하는 말인데, 난계! 이 늙은이의 노망 든 말이라 생각하고 들어주시오. 그만큼 내가 난계를 위하기 때문이오. 앞으로는 절대 그런 유언비어 따윈 퍼뜨리지 마시오. 내 난계가 결코 다른 뜻이 있어 한 소리는 아닌 줄 알지만 어디 세상 눈과 귀와 입이 그렇소?"

박연은 그의 방문 목적에 콧등이 시큰해졌다.

"고불 대감! 정녕 고맙사옵니다. 이제 얼마나 남았을지 모르되 제게 주어진 여생을 애오라지 이 나라 음악 발전에 다 바칠 각오로 살아가겠습니다."

맹사성이 박연의 손을 맞잡았다. 비록 주름지고 까칠하지만 따스한 기운이 속속들이 전해지는 손이었다. 박연의 손을 잡고 한참 말이 없던 맹사성은 이윽고 천천히 입을 열었다.

"내 난계에게만 미리 전하는 말이오. 나는 올해로 관직 생활을 마감할 생각이오."

"예에?"

박연은 소스라쳐 그의 얼굴을 빤히 바라보며 소리쳤다.

"무슨 말씀을 그리하십니까? 대감!"

맹사성은 잠자코 술잔을 붉은 입술에 갖다 댔다가 떼며 또렷한 어조로 말했다.

"명년부터는 초야에 묻혀 살기로 이미 마음을 굳혔소."

"아, 아니옵니다. 대감께서는 더 오래 조정에 남으시어 하실 일이 너무나 많사온……."

맹사성은 천천히 손을 거두어들이며 단호하게 말했다.

"아니오. 이제는 정말 노구를 이끌고 더 일을 할 수가 없소이다. 내 그래서 당부드리는 말인데……."

"대감!"

박연의 높은 소리에 술잔이 방바닥에 굴러 내릴 것 같았다. 맹사성의 강한 음성이 실내를 크게 울렸다.

"난계! 난계가 왜 이러시오? 내 난계만은 이러지 않을 줄 알고 찾았거늘……."

박연은 노령의 눈이라고는 믿을 수 없는 맹사성의 형형한 눈빛에 퍼뜩 정신이 났다. 박연은 자리를 고쳐 앉으며 노 대신을 향해 말했다.

"예, 말씀하십시오."

"내가 없더라도 부디 난계께서 이 나라 음악 발전을 위해……."

"대감!"

"난, 난계를 믿으오. 그래서 난 모든 걸 훌훌 털고 마음 놓고 낙향할 수 있을 것 같소."

"대감!"

"더 이상 아무 말 마시오. 우리 이제 이런 이야기는 그만 접고 술이나 듭시다. 그리고 같이 피리 합주나 해 봅시다 그려."

박연은 새삼스런 눈으로 마주 앉은 대재상을 바라보았다. 그는 무척이나 청백하여 식량을 항상 녹미로 하고 출입할 때에는 소 타기를 좋아하여 보는 이들이 그가 재상인 줄 몰랐다. 선배인 성석린의 집 앞을 지날 때는 그마저 내려서 지나갔다. 무엇보다 박연은 그의 음악에 대한 깊은 조예와 스스로 악기를 만들고 적笛을 만들어 부는 것을 예사로 보지 않았다.

저 인심연印沈淵에 대한 일화가 있었다. 정승의 집인데도 비가 샐 정도로 청빈하게 산 그는, 고향에 다닐 때에도 남루한 옷차림으로 행차하여, 그곳 수령이 잘 알아보지 못하고 야유를 하였다. 그러다 나중에야 정승이었음을 알고 도망치다가 관인

官印을 연못에 빠트리고 말았다는 데서 그런 이름이 붙었다.

　그렇게 대단한 인물이 자기에게 와서 이런 이야기를 한다는 사실 앞에 박연은 어떻게 처신해야 할지 몰랐다. 다만 스스로 만들었다는 피리를 꺼내 불고 있는 그를 지켜보며 박연은 마음 깊이 다짐하였다.

　'내 반드시 이 나라 음악을 위해 한 몸 분골쇄신粉骨碎身하리라. 그리하여 왕산악과 우륵 못지않은 악성이 될 것이다.'

　박연도 같이 피리를 불기 시작했다. 맹사성은 피리소리에 취해 지그시 눈을 감고 있었다. 박연의 두 눈도 절로 감기었다. 감은 눈 저편으로 난초가 흐드러진 시냇가를 소가 천천히 걷고 있다. 얼마를 그렇게 세상 모두 잊고 피리를 불었을까. 얼핏 눈을 떠보니 노정승의 뺨 위로 버들내처럼 맑은 눈물 방울이 또르르 굴러 내리고 있었다. 박연은 그만 다시 눈을 감고 말았다.

　세종은 악공들이 만든 신악新樂 듣기를 좋아했다. 그날 많은 신하들이 왕 앞에 대령했다. 먼저 봉래의가 선보였다. 관현반주에 의한 춤과 노래에 의해 공연되는 것으로 전인자·진구호·여민락·치화평·취풍형·후인자·퇴구호의 7곡으로 구성된 종합공연예술 형태였다.

　전주곡인 전인자가 끝나면 정재여령呈才女伶이 한시로 된 진구호를 노래하고 후인자 연주에 이어서 역시 정재여령이 퇴구호를 노래하게 돼 있다. 4언 절구의 8구로 구성된 그 한시를 여기女妓들이 불렀던 것이다. 모두들 여자 기생들의 아리따운 자태에 눈을 빼앗긴 채 진구호에 귀를 모았다.

　엽아조종(念我祖宗) 우리 제왕의 조상님을 가만히 생각하매,
　덕성공륭(德盛功隆) 지니신 덕이 성하시고 쌓으신 공적이 높나이다.
　재독기경(載篤其慶) 이제 그 경사를 두텁게 하시오며,
　탄응성명(誕膺成命) 그 성명에 크게 부응하려 하옵니다.
　우만사년(于萬斯年) 아아, 오랜 세월 세대가 내려가도
　혁혁소선(赫赫昭宣) 혁혁하오신 그 빛은 더없이 밝게 퍼지리니,
　영언탄차(永言嘆嗟) 영원토록 그 덕을 감동하여 찬탄하면서,
　유이수가(惟以遂歌) 오직 시를 지어 노래할 뿐입니다.

　이어지는 여민락 · 치화평 · 취풍형의 악곡은 모두 조선왕조의 건국에 관한 사적의 서사시 125장으로 구성된 용비어천가의 한문 가사와 국한문 가사를 바탕으로 삼고 있었다. 용비어천가의 한문 시는 여민락의 가사로 사용되고 국한문은 치화평과 취풍형의 가사로 사용된 것이다.
　어느새 정재여령이 봉래의의 끝 순서인 퇴구호를 노래하고 있다.

　천고지후(天高地厚) 하늘처럼 높으시고 땅처럼 두터우신
　성덕난명(聖德難名) 성인의 거룩한 덕을 말하기 어려우매,
　형제가송(形諸歌頌) 이것을 송시와 노래로 나타내어,

서기상성(庶幾象成) 주 무왕의 상악이 되기를 바라나이다.
소관기주(簫管旣奏) 당상과 당하에서 음악을 연주하니,
숙옹궐성(肅雍厥聖) 그 풍류 소리가 화하고 엄숙합니다.
만성환심(萬姓歡心) 모든 백성 참으로 기쁜 마음이 되니,
영하승평(永賀昇平) 영원토록 태평한 세상 열림을 경축합니다.

그런데 노래하는 많은 아름다운 여기 가운데서도 군계일학
처럼 유독 눈에 띄는 한 여인이 있었다. 예랑睿郞이라는 기생
이었다. 한데 그녀의 눈빛이 노래하는 도중에도 어느 한곳을
자주 훔쳐보고 있다는 사실을 눈치 챈 이는 아무도 없었다.

그런 속에 노래가 한 곡 끝날 때마다 왕의 칭찬은 끊일 줄을
몰랐다. 특히 박연을 향한 칭찬은 주위 다른 신하들의 부러움
을 사기에 충분하였다. 그리고 박연이 황감하여 어찌할 줄 몰
라할 때 예랑의 고운 얼굴은 바닷가 언덕에 핀 동백처럼 한층
붉게 타올랐다.

이윽고 회례연이 끝나고 각자 돌아가기 시작했다. 여전히
흥분된 낯빛으로 음악에 대해 이야기하느라 발이 엇갈려 비
틀대는 이도 띄었다. 하지만 박연은 왕이 친히 가까이 불러 치
하하시느라 놓아줄 줄 몰랐고 그 때문에 맨 나중에 혼자 그곳
을 나서게 되었다.

그런데 높은 계단을 내려와 뜰을 가로질러 문 쪽으로 걸음을
옮기고 있을 때였다. 문득 등뒤에서 아름다운 여자 음성이 들
려왔다.

"난게 영감 나으리!"

박연은 흠칫 뒤돌아보다가 그만 가슴이 온통 무너져 내리는 듯했다. 거기 수줍은 듯 가만히 미소 짓고 있는 아리따운 여인, 바로 예랑이 아닌가!

"아, 예랑……."

박연의 머리에 얼마 전 일이 되살아났다. 전악서에서 일을 보고 나오는데 예랑 그녀가 앞에 서 있었다. 벌써부터 거기 서서 자신을 기다리고 있는 품이 역력했다. 예랑은 단풍같이 붉어진 얼굴을 간신히 들고 말했다.

"아까부터 기다리고 있었사옵니다."

박연은 자신도 모르게 얼른 주위부터 살피며 물었다.

"어인 일로 나를……?"

예랑도 주변을 휘 둘러보더니 오래 곱씹고 있었다는 듯 수줍게, 그러나 또록또록한 어조로 말했다.

"이 몸은 평소 영감마님의 음악에 대한 특출하신 조예와 애정을 흠모해 왔사옵니다."

"아, 그 무슨 말을……?"

박연은 황급히 손을 내저으며 얼굴이 그녀보다 더 붉어졌다. 예랑은 실상 이렇게 말하고 있는 것 같았다.

'영감마님께 지극한 애정을 갖고 흠모해 왔사옵니다.'

박연은 또다시 근처를 돌아보며 급히 말했다.

"헌데 누가 보면 어떡하려고……? 더욱이 몸 빠져나오기가 쉽지 않을 터인즉……."

그러나 예랑은 영동 버들내 가에 자라는 버들가지처럼 연약해 보이는 자태와 아름다운 용모와는 달리 아주 당차게 입을 열었다.

 "다 방법이 있사옵니다. 그동안 난계 영감을 뵈올 기회를 만들기 위해 소녀가 얼마나 공을 들여왔는지 모르실 것이옵니다."

 "허어, 그렇지만……."

 솔직히 박연으로서는 가슴이 옥계폭포보다 세찬 소리를 낼 만큼 뛰면서도 한편 여간 두려운 게 아니었다. 누가 알게 되면 무슨 일이 벌어질지 몰랐다. 그런데 예랑은 한술 더 떠서 이런 말까지 해 왔다.

 "소녀의 영감마님을 향한 애정은 여기 구중궁궐九重宮闕 어떤 높은 담장도 감히 막지를 못할 것이옵니다."

 "아, 크, 큰일 날 소릴……. 나, 바빠 이만 가 봐야겠소."

 박연은 예랑이 대담하게 나올수록 더욱 간담이 졸아드는 느낌이었다. 그런 박연을 그윽한 눈으로 바라보던 예랑이 안타까운 표정으로 말했다.

 "소녀, 더 이상 난계 영감을 붙들지 못할 것임은 누구보다 잘 아옵니다. 하오나 다음에 만나 뵙게 되면 절대 오늘처럼 그냥 헤어질 일은 없을 것이옵니다. 그럼 소녀는 이만……."

 예랑은 그 말을 끝으로 살풋이 걸음을 떼 놓기 시작했다. 박연은 훤한 대낮에 무언가에 홀린 기분이었다. 그녀의 꽃다운 향기가 언제까지고 코끝에서 스러질 줄 몰랐다. 예랑은 저쪽 건물 모퉁이를 돌 때 뒤돌아보았다. 그리고 박연과 눈이 마주치자 생긋 웃음을 띤 후 잽싸게 몸을 돌려세웠다. 연약하고 젊은 여인치고는 대단히 강단이 있어 보이는 모습이었다.

그날 이후 박연은 자주 예랑을 떠올렸지만 고개를 크게 내저으며 잊으려고 애썼다. 그렇지만 그녀의 고운 맵시며 간장을 녹이는 미소는 사라질 줄 몰랐다. 이제 박연의 피리소리 속에는 어머니와 초림 외에도 또 다른 여인을 향한 감정이 새록새록 살아나고 있다는 것을 아무도 몰랐다.

그런 예랑이 이제 또 박연 앞에 나타난 것이다. 하지만 박연은 그녀에게 지난번처럼 어떻게 혼자 자유롭게 나다닐 수 있으며 또 무엇 때문에 나를 기다렸느냐고 묻지 않았다. 예랑은 필경 이렇게 대답할 것이었다.

'영감을 향한 소녀의 애정이 있기 때문이옵니다. 사랑 앞에는 어떤 장애물도 있을 수 없사옵니다.'

약간 늦은 시각이라 그런지 다행히 옆을 지나는 사람이 띄지 않았다.

"꼭 영감마님을 모시고 싶었사옵니다. 영감께서는 피리를 불으시고 이 몸은 그 곁에서 노래하고 싶은 꿈을 오래전부터 간직하고 있었사옵니다."

"허어……"

"그러니 제발 소녀의 청을 뿌리치지 말아 주시옵소서!"

박연은 방망이질하는 가슴을 쓸어내리며 겨우 입을 열었다.

"진정 그대가 나와 함께 궐 밖으로 나갈 수 있단 말이오?"

예랑의 얼굴 가득 기쁨의 빛살이 무지개처럼 솟아났다.

"물론이옵니다. 영감께서 저의 소청을 받아만 주시겠다면 그보다 더한 것도 할 수가 있사옵니다."

"믿을 수가 없소이다."

박연의 말에 예랑은 곱게 웃으며 말했다.

"지난번 전악서 앞에서 만나 뵈올 적에 다 방법이 있다고 말씀 올리지 않았사옵니까? 무엇보다 이 한 몸 이런 순간이 오기를 얼마나 간절히 바라고 있었는지 아마 하늘도 모르시고 땅도 모르실 것이옵니다."

그러나 박연으로서는 어디로든 선뜻 몸을 옮길 수가 없었다. 도대체 지금 눈앞에서 벌어지고 있는 이 모든 일이 현실로 받아들여지지 않았다. 그러자 예랑이 먼저 앙증맞게 생긴 발을 떼 놓으며 재촉했다.

"이 몸을 따르시옵소서. 미리 봐 둔 곳이 있사옵니다. 지난번 잠시 소녀의 사가에 들렀을 적에……."

"그, 그렇소?"

박연은 예랑의 치맛자락에 딸려가듯 뒤를 따랐다. 어디를 어떻게 지났는지 몰랐다. 그저 그녀의 체취와 웃음만을 나침반 삼아 걸었을 뿐이었다.

얼마나 지났을까. 박연이 문득 정신을 차려보니 기방인 듯한 곳에 당도해 있었다. 방 안에는 원앙 병풍이 둘러쳐져 있고 붉고 푸른 방석이 놓였다. 매우 화려하지는 않아도 어딘가 은은한 분위기가 배어나고 있었다.

그러나 박연이 가장 놀라 눈을 크게 치뜬 것은 방 한쪽에 있는 난초 분을 발견하고서였다. 놀랍게도 난초가 풍기는 은은한 향기가 온통 방 안을 메웠다. 처음 들어설 때 느꼈던 은은함의 진원이 바로 난초였던 것이다. 넋을 놓고 난을 보고 있는 박연의 등뒤에서 예랑이 말했다.

"난계 영감께서 피리를 부시기에 적당한 장소가 아니옵니까?"

"노, 놀랍소!"

박연은 감탄하지 않을 수 없었다. 그리고 그녀의 말을 좇아 푸른 방석 위에 앉았고 붉은 방석에 마주 앉은 그녀를 처음으로 자세히 바라보았다. 이날까지 두 번을 만났지만 남의 눈을 의식해 오래 바라볼 엄두가 나지 않았던 것이다.

'허, 대단한 미색이로고!'

박연은 내심 감탄의 소리가 나왔다. 노래하는 여기들은 미성美聲인 줄은 알지만 이토록 매혹적인 자색까지 갖추기는 쉽지 않았다. 특히 예랑은 고향 월이산 길섶에 피어나는 풀잎 같은 풋풋한 청순함과 함께 결코 천박스럽지 않은 요염함마저 간직한 여인이었다.

그러고 있을 때 방문이 소리 없이 열리더니 그야말로 상다리가 휘어지게 차려진 주안상이 들어왔다. 그것을 들고 온 젊은 여인들은 지금 눈앞의 광경은 아무것도 보이지 않는다는 듯 아무 말 없이 그대로 그림자같이 물러갔다. 예랑이 미리 다 손을 써 두었던 게 확실했다. 박연은 다시 혀를 내둘렀다. 자색과 슬기를 겸비한 여인이었다.

예랑은 묵묵히 박연의 술잔을 채웠다. 그 색깔만 보아도 보기 드문 미주美酒였다. 박연도 아기자기한 꽃무늬가 새겨진 술병을 들어 그녀의 잔에 부었다. 박연은 앞에 놓인 잔을 들어 단숨에 들이켰고 그녀는 살짝 입술에만 대었다 다시 내려놓았다. 그리고는 박연이 석 잔 술을 비운 후에야 청했다.

"여기까지 걸어오시느라 목이 많이 타셨을 줄 아옵니다. 이제 약간 갈증을 푸셨을 것이오니 부디 소녀의 소청대로 피리소리를 듣게 해 주시옵소서."

박연은 곧 품안에서 피리를 꺼내 들며 말했다.

"내 이런 날 어찌 피리 한 곡조 불지 않을 수 있겠소? 굳이 그대가 청하지 않더라도 내 스스로 불고 싶은 걸……."

예랑의 얼굴이 더욱 환해졌다. 그러자 방 안도 갑자기 한결 밝아지는 느낌이었다. 순간, 예랑의 모습이 초림으로 변했다. 기방 푸른 방석이 버들내 가 바위 위같이 느껴졌다. 박연은 정신 없이 피리를 불기 시작했다.

"삘리리, 삘리리, 삘리리……."

예랑의 온몸이 팽팽하게 긴장되는 듯했다. 그런 그녀는 더욱 탄력이 넘쳐 보였다. 그녀는 홀연 자리에서 일어섰다. 그리고 피리소리에 맞추어 노래하기 시작했다. 피리소리와 노랫소리는 천생연분인 것처럼 아주 호흡이 잘 맞았다.

병풍의 원앙새가 춤추기 시작했고 난초 이파리가 파르르 파르르 떨었다. 암수 원앙은 한층 빛깔이 고와졌으며 난초 잎 하나하나가 감격하여 어쩔 줄 몰라하는 듯했다. 노래에 열중하는 예랑의 얼굴이 마냥 붉었다. 아마 피리 부는 박연 자신의 낯빛도 마찬가지리라. 박연의 눈앞에 고향 영동 땅 감나무가 떠올랐다. 가을이면 아이들의 작고 붉은 얼굴처럼 온통 빨갛게 익어 가는 감.

아, 그리고 그 감나무 길을 따라가다 보면 이르게 되는 심천면 고당리 버들내. 사시사철 맑은 냇물이 감돌아 흐르는 버들내 건너 오른쪽에 있는 산은 언제나 어머니 품속처럼 포근해 보였다. 그럴 때 박연은 꿈꾸곤 했었다.

'내 이 나라 으뜸 가는 악성의 이름을 남기고 죽어 저 산 아래 사당이 있게 하리라. 후세 사람들이 나를 기리는 난계 사당을.'

얼마나 그런 순간이 지나갔을까. 문득 예랑이 허물어지듯 박연의 품을 향해 쓰러져 왔다. 박연은 지독한 난초 향에 휩싸였다. 그 향내 속에는 초림의 체취가 섞여 있었다. 그의 손에서 피리가 떨구어졌다. 병풍의 암수 원앙이 부리를 맞대었다. 난초 이파리가 격렬하게 몸을 떨어 대었다.

불멸의 강은 흐르고

세종이 등극한 지 스무 해가 되는 1438년, 60세의 박연에게
는 마치 날개가 꺾이는 듯한 아픔이 찾아왔다.

"무어라? 고불 대감께서……?"

"예, 본가인 안양으로 시신을 옮겨 갈 거라고 들었사옵니
다."

소식을 전해 준 맹사성의 늙은 하인은 울음을 참느라 검버섯
낀 얼굴 근육을 함부로 씰룩거리더니 도망치듯 급히 돌아가
버렸다. 박연은 혼자 길게 탄식했다.

'고불이 끝내 여든을 못다 채우시고 세상을 하직하시고 마
는구나!'

박연이 조문 간 맹사성 저택의 뜰에는 두 그루 은행나무가
무심하게 서 있을 뿐이었다. 변함없는 들녘이 바라보이는 정
자에 올라 느티나무를 대하니 뜨거운 눈물이 옷깃을 타고 내

렸다. 자연은 의구한데 인걸은 간 데 없다고 하던가. 삼상당이라는 이름이 더한층 마음을 저미었다.

'그토록 저를 위해 주시던 대감을 보내고 저 혼자 어떻게 살아가라고……'

박연은 고인을 위해 피리를 불어 주었다. 그 피리소리 끝에 맹사성의 음성이 묻어나는 듯했다. 내가 없더라도 부디 난계께서 이 나라 음악 발전을 위해…….

그런데 한양에서 안양으로 운구하던 중 실로 기이한 일 하나가 일어나 세상을 놀라게 했다. 그 소식을 전해 준 사람은 늘 상 바깥을 나돌던 막내아들이었다.

"아, 계우야! 너 다시 고해 보아라. 명정銘旌이 어쨌다구?"

"예, 아버지. 저도 믿어지지 않는 소문입니다만, 고불 대감 시신이 이동하다 잠시 쉬고 있는 참인데, 회오리바람이 불어와 명정이 날아가 광주군 광주읍 직리 해좌亥坐에 착지했다고 합니다."

"아니, 고향이 아닌 그 땅에 명정이 날아가 앉다니 웬 조활꼬?"

맹사성이 생존해 있을 때 아버지와 절친했던 사실을 잘 알고 있는 계우는 아버지 심정이 아프실까 조심스런 눈빛으로 말을 계속했다.

"전하께서도 그 소리를 들으시고는, '이건 국풍이다. 그곳이 길지이니 그곳에서 장례를 치르라.' 그렇게 명하셨다고 합니다."

"과연! 성군이시도다! 아끼시던 신하가 죽고 나서도 그렇게 위해 주시다니……."

세종은 사패지지賜牌之地를 하사하여 해좌에 묘를 쓰게 하고, '문신접예왈文信接禮曰 문文, 청백리수절왈淸白吏守節曰 정貞'이라 시호를 내리어, 생전에 청백하고 온후한 선비 정신으로 귀감이 되던 맹사성의 덕을 기렸다.

박연은 맹사성과 함께 간 진봉관에서 만나지 못했던 초림이 한층 그리워졌다. 지금은 어느 깊은 산속 이름 없는 암자에서 홀로 염주알을 굴리며 세속의 한과 인연을 끊기 위해 불철주야 수도하고 있을 가여운 비구니……. 병풍처럼 둘러쳐진 산마루에 걸린 달은 피리소리같이 은은한 빛살을 가없이 뿜어대고 있으리. 아, 초림…….

예랑이 없었다면 박연은 더 힘들었을 것이다. 이제 박연의 피리는 저 신비의 만파식적처럼 모든 이들의 가슴마다에 천년의 삶을 담고 울리고 있었다.

세월은 영동 땅을 감돌아 흐르는 금강 줄기같이 흐르고 흘러 1445년(세종 27), 박연은 성절사로 명나라에 다녀올 일이 생겼다. 나이 67세 되는 해였다. 명나라 황제 영종의 생일을 축하하기 위한 행차였다.

"아악의 본고장인 명나라에 가서 그 음악을 들을 수 있는 기회를 얻었으니 내 기쁘기 한량없구려."

그러나 고개를 떨구고 마주 앉은 송 씨의 낯빛은 그다지 밝지 못했다. 먼 길을 떠나는 지아비의 안전과 건강이 염려되어 서였다. 눈치 챈 박연은 심상한 척 말했다.

"이번에 갔다가 돌아오면 아악을 더 발전시켜 볼 작정이오. 그러니 부인께서도 나의 작은 안위를 생각해 상심 마시고 큰 기대를 갖고 기다려 주었으면 하오."

부인이 고개를 들어 애틋한 눈빛으로 박연을 바라보았다.

"무슨 얘기냐 하면, 명나라에서도 복원하지 못하는 원리들이 아직도 많다고 들었는데, 내가 관련 문헌들을 연구하여 새롭게 정비해 볼 것이다, 그런 뜻이오, 부인."

송 씨 얼굴에서 근심의 기색이 조금 사라지며 부끄러운 표정이 스쳐 갔다.

"소첩이 아녀자의 좁은 소견으로 하나만 알고 둘은 몰랐습니다."

그러나 당시에는 박연 자신도 몰랐다. 그가 아악을 중심으로 연구한 음악 이론은 단지 아악에만 영향을 미친 게 아니라 당악과 향악에도 심대한 영향을 끼쳤다는 높은 평가를 받을 줄은. 모든 건 세월의 저울로 재는 것이리라.

더욱이 세종의 정간보 창안과 당시까지 전승돼 오던 고려 향악의 악보화는 말할 것도 없고, 후대로 내려와서는, 세조 대의 오음약보 창안, 성종 대의 악학궤범 편찬 등이 모두 그의 연구 업적을 토대로 이뤄질 수 있었다는 것을 뉘 알았으랴. 뿐이던가. 이로 인한 음악 이론의 발달은 그 후 이어지는 삭대엽·영산회상 등 향악곡의 발전에 기초가 되기도 하였으니 실로 대단한 일이 아닐 수 없었다.

"다가오는 시월 말에 떠나 명년 삼월 말쯤에 귀국할 예정이오. 그동안 부인 혼자 집안 살림 꾸려나가시느라 마음고생이 여간 아니시겠소."

박연은 부인의 손등을 가만히 쓰다듬었다. 까칠한 느낌이 더욱 애정을 불어넣었다. 송 씨는 염려의 빛을 완전히 지우지는 못한 채 물었다.

"사신 행차의 구성은 어떻게 되는지요?"

"정사·부사·서장관 각 1명, 대통관 3명, 호공관 24명 등 정관正官은 도합 30명이 될 것이오."

"당신께옵서 혼자만 가시는 게 아니니 그나마 조금은 안심이 되옵니다만……."

"내 반드시 이 나라 음악 발전의 한 기틀을 마련할 무언가를 가져올 터이니 기대하셔도 좋을 거요."

"지니시는 높은 뜻이 꼭 이루어지길 천지신명께 빌겠습니다."

그 밤에 달이 밝고 두견이 소리가 높았다. 명나라는 밤에 무슨 새가 울까 궁리해 보는 박연의 눈앞에는 벌써 이역만리 타국으로 가는 길이 펼쳐지기 시작했다. 내 긴 여정 내내 이 나라 음악만을 생각하리라. 그때 송 씨가 물었다.

"영감, 피리를 가져올까요?"

두 해가 더 흘러 정대업과 보태평이 악보로 완성되었다. 회

례 의식에서 춤추는 문무와 무무의 반주 음악이었다. 박연은
왕에게 아뢰었다.

"신이 전하의 뜻을 받들어 고취악과 향악을 바탕 삼아 이들
신악에 마음을 쏟은 연유는, 기존의 수보록·몽금척·근청
전·수명명이 모두 태조 한 분만의 공덕을 찬양했을 뿐이고,
역대 조정의 공덕을 노래한 것이 아니기 때문이옵니다."

박연의 마음속 악보에는 조상들의 무공을 찬양한 정대업 15
곡 중 첫 곡인 소무昭武가 그려지기 시작했다.

황천권동방(皇天眷東方) 하느님이 이 나라를 돌보시어

독생아열성(篤生我列聖) 우리 여러 성군들을 태어나게 하심에,

어황아열성(於皇我列聖) 거룩하시도다, 우리 여러 성군님이시여,

탄흥수성명(誕興受成命) 크게 일어나사 성명을 받으시었구나.

세철극초덕(世哲克肖德) 여러 세대 총명하고 사리에 밝으신 덕이
                          이으셔서

기무정궐공(耆武定厥功) 높으신 무덕으로 위대한 공적을 정하시고,

조아비비기(肇我丕丕基) 크나큰 터전을 마련하시어,

이보아대동(以保我大東) 우리나라를 보전하시사,

황황무경열(皇皇無競烈) 더없이 크고 거룩하오신 업적,

수유영무극(垂裕永無極) 길이 드리워 영원토록 다함 없도다.

서용가차무(庶用歌且舞) 이에 노래하고 또한 춤을 추니,

간척혁이역(干戚奕以繹) 간척이 번득이고 찬란합니다.

왕의 마음이 곧 박연의 마음이었고 박연의 꿈이 곧 왕의 꿈이었다. 명나라를 다녀온 후 박연의 나라를 위하는 충절은 한결 깊어졌다. 명나라는 별 게 아니었다. 커다란 통나무에 지나지 않는다는 생각이 들었다. 특히 그곳의 내로라하는 음악가들을 만나 보았는데 위풍만 부릴 줄 알았지 너끈히 대적할 만했다. 그들은 박연의 음악에 대한 뜨거운 열정과 뛰어난 자질에 열린 입을 다물지 못했다. 게다가 박연의 피리소리를 듣자 천상의 소리라고 열 번, 스무 번 더 불어 줄 것을 소원했다. 문신이면서 악인의 길도 동시에 걷는다는 사실을 믿으려 들지 않았다. 동행했던 이들로부터 그 모든 이야기를 전해 들은 세종은 박연을 더욱 자랑스러워했다.

그러나 이듬해인 1448년(세종 30), 박연의 나이 어언 70세가 되는 해였다. 그는 잠시 벼슬을 내놓지 않으면 안 될 일을 겪어야 했다.

박연은 누이가 세상을 하직했다는 비보를 받고 고향 영동 땅을 밟았다. 만감이 엇갈려 눈물이 옷깃을 적셨다. 오랜만에 보는 자연은 그대로건만 남달리 다정다감했던 누이 얼굴은 어디에고 볼 수 없었다. 망극한 슬픔에 잠겨 어떻게 장례를 치르고 귀경했는지 몰랐다. 그런데 얼마 지나지 않아서였다. 사헌부에서 들고일어난 것은.

"전하! 박연의 벌을 엄히 다스려야 하실 줄 아옵니다."

세종이 놀라 물었다.

"무슨 소리들이오? 지금 박연은 핏줄을 잃은 망극한 슬픔에 잠겨 있거늘, 그런 그를 따뜻이 위로는 못해 줄망정 벌로 다스리라니……?"

상소를 주도한 사헌부 관헌이 무같이 길쭉한 얼굴을 들어 고했다.

"박연은 지난번 장례 때 예법을 제대로 지키지 않았을 뿐만 아니라, 궁중의 악공을 사사로이 활용한 바 있으니, 이는 절대 그냥 넘어갈 일이 아닌 줄로 아옵니다."

왕의 입에서 탄식하는 소리가 새 나왔다.

"아, 그런 일이 있었더란 말이오? 짐은 믿을 수가 없소. 어찌 박연처럼 생각이 깊고 예법에 밝은 자가……?"

"이번 일을 유야무야 처리하오시면 이 나라 모든 예법은 썩은 짚 뭉치같이 형편없이 무너지고 말 것이온즉……."

"알겠도다. 내 비록 그동안 박연이 이룩한 공을 모르는 바 아니요, 또 사사로이는 한때 짐의 스승이기도 하였지만, 읍참마속泣斬馬謖하는 심정으로 그를 삭탈관직하겠으며……."

박연은 아무 말 없이 어명을 따랐다. 그날 따라 바람이 세찼다. 땅바닥에 꿇어앉아 왕명을 받드는 그의 허연 머리칼이 함부로 날렸지만 기꺼운 얼굴이었다. 옆에서 지켜본, 그를 아끼는 많은 이들이 도리어 분노하고 당장 억울함을 상소해야 한다고 소리를 높였다. 하지만 박연은 이렇게 말했을 뿐이었다.

"신하가 비록 하늘에 떳떳하고 땅에 부끄러움이 없을지라도 받들어 모시는 군주의 성심聖心을 상심케 하고 어지럽게 하였다면, 이 또한 용서받을 수 없는 대역죄를 저지른 것이오. 그러니 이만 물러들 가시오.”

짙푸른 하늘가에 까악까악 까마귀 울음소리만 높았다. 때아
닌 흙바람이 몰아쳐 사람들의 눈을 못 뜨게 했다. 박연은 속으
로 진한 눈물을 흘리며 이렇게 자신에게 말하였다.

‘내 장차 후손에게 남길 가훈에 나의 청렴했음을 전할 것이
다.’

그날 박연을 위로하러 왔던 절친한 한 악공은 나중에 박연이
남긴 ‘가훈’ 을 보고 모두에게 이야기하게 된다.

“그 가훈을 보시오. 난계는 죄 없음을 우리는 알 수 있을 것
이오.”

박연 가문에 전해지는 그 ‘가훈’ 에는 이런 글이 실려 있다.

―내 집은 청소清素하여 뒤에 전할 화보貨寶가 없다. 다만 이
‘가훈’ 만 남기니 장래 그것을 가범家範으로 하라.

그런데 그해는 박연에게 악재가 겹치는 해였다. 세종이 문
소전文昭殿 옆에 헐렸던 불당을 다시 세울 것을 명했다. 그러
자 유학을 숭상하는 대부분의 정부 관리들이 맹렬한 반대를
했다. 정양과 남급 등이 박연을 찾았다.

“난계, 큰일났소이다. 지금 사부학당과 성균관 학생들이 동
맹 휴학까지 일으키고 있어요.”

묵묵히 듣고 있던 박연이 말했다.

“나는 상감의 노여움을 사서 근신하고 있는 몸이오. 이런 죄
인이 무슨 낯을 들고 조정 일에 관여할 수 있겠소?”

“그렇긴 하오만, 우리들도 하도 답답하여 와 본 것이외다.”

그해 12월 기어코 불당이 낙성되었다. 그것을 경축하는 경찬회가 연 닷새 동안 성대히 베풀어지게 되었다.

"관현악 반주곡을 새로 짓고, 악기를 새로 만들고, 공인工人 오십 명과 무동舞童 열 명을 연습시키고 있다고 합니다."

누가 그런 말을 전해 줄 때도 박연은 묵묵부답이었다. 박연도 경찬회에 참석하라는 전갈을 받았는데 그때도 그의 얼굴빛은 변화가 없었다. 박연이 경찬회에 가 보니 불당 건축을 담당했던 좌참찬 정분, 병조판서 민신, 도승지 이사철, 김수온 등의 얼굴이 보였다.

함길도경차관이 되어 수재민 구호에 공을 세우기도 했던 정분은 집의執義로 있을 때 노비 사건을 임금에게 아뢰지 않은 죄로 유배되었다가 정계에 복귀하는 등 파란한 사람이었다. 김수온은 학문과 문장에 뛰어나 서거정·강희맹 등과 문명文名을 다투었으며, 사서오경의 구결口訣을 정하고, 명황계감을 국역하는 등 국어 발전에 힘썼을 뿐만 아니라 세종을 도와 불경의 간행에도 공이 컸다.

그러나 그때까지 박연은 전혀 몰랐다. 거기 있는 민신이 머지않은 훗날 김종서와 더불어 어린 단종을 보호하다가 수양대군 일파의 적이 된다는 것을. 그리고 공교롭게도 같이 있던 이사철은 수양대군이 계유정난癸酉靖難*을 일으키자 이에 적극 가담하여 정난공신 일등에 오르게 된다는 것을. 역사는 참

---

* 계유정난(癸酉靖難) : 조선 단종 원년(1453)에 수양대군이 김종서·황보인 등 여러 고명 대신을 없애고 정권을 잡은 사건.

으로 알 수 없는 요지경이었다. 그런 형편이었으니 박연은 아들 계우의 앞날을 어찌 상상이나 했겠는가.

"이사철 그자는 키가 크고 용모가 위이偉異하나 말이 적고 결단력이 부족한 사람이야."

맹사성은 이사철을 좋아하지 않는 눈치였다. 박연은 언젠가 맹사성이 자기에게 하던 말을 떠올리며 스님들과 함께 부처 앞을 돌았다. 이미 늙은 몸은 땀에 흠뻑 젖어 버렸다. 그러나 그는 멈추지 않고 임금과 기쁨을 함께하려고 애썼다.

박연은 세종의 이번 처사가 왠지 예사롭지 않게 여겨졌다. 마음은 이상하게 복잡하고 무겁고 착잡했다.

'왜 그럴까? 무엇 때문에 이런 마음이 드는 것인가? 차마 불경한 소리지만 성상께서 왜 갑자기 저렇게 안돼 보이시는가? 천하지존 황제가 아니신가 말이다.'

박연은 자꾸만 시커먼 구름장같이 피어오르는 어떤 불길한 예감에 사로잡힌 채 임금의 무탈과 이 나라 안녕을 위해 아미타불을 염송했다. 이런 박연을 지켜보고 있던 곽 모라는 선비가 가까이 지내는 이들을 보고 이기죽거렸다.

"저기 박연 늙은이 좀 보게나들. 유생의 몸으로 중들 열列에 끼어 부처 앞을 불철주야 돌고, 땀이 온몸에 흘러도 지친 빛이 없는 듯하네 그려."

그러자 몇몇 다른 유생들도 덩달아 비아냥거리기 시작했다. 하지만 그들은 알지 못했다. 훗날 박연이 이런 가훈을 남기리라곤.

—불사佛事를 금하라.

결국 박연은 임금에 대한 충성으로 불당 건축에 적극 참여한 것이지 생각까지 이에 좋은 것은 아니었던 것이다.

그런데 사람이 마음을 다하면 반드시 무엇이 주어진다고 했던가. 박연의 경우가 바로 그러했다. 박연은 진정 알지 못했다. 부처도 몰랐으리라. 그러나 진작에 알고 있는 사람이 있었다. 오직 단 한 사람, 그는 노파였다. 비구니였다.

언젠가 박연은 남장한 초림과 만났고 헤어졌다. 그게 마지막이었다. 한데 여승이 남자 중으로 변복하고 나타날 줄이야. 아니 사전에 철저히 짜여진 극본이었을 것이다. 그렇지 않고서야 어찌 그런 일이 가능할까. 그랬다. 초림은 박연이 경찬회에 참석한다는 것을 어떻게 알고 불당 낙성식에 왔을 것이다. 죽기 전에, 정말 이승의 육신을 빌려 있을 때, 그토록 마음에 두고 있는 정인을 먼발치에서나마 한 번 보기 위해 불제자로서 취해서는 아니 될 온갖 수단과 방법을 동원했을 것이다. 그리고 박연은 모르고 끝나리라 믿었을 터였다. 하지만 박연의 가슴 밑바닥에 아직도 그녀에 대한 애틋한 감정이 흐르고 있을진대 어찌 하늘이 무심하고 부처가 방관만 하랴.

그것은 행사 마지막 날이었다. 박연은 지칠 대로 지쳐 거의 무의식 상태로 막바지 힘을 쏟아 부처 앞을 돌고 있었다. 한데 몇 사람 앞에 돌고 있는 가냘픈 뒷모습의 스님 하나가 얼핏 눈에 들어왔다. 지금까지 미처 발견치 못했던 일이었다. 아, 여자 같은 몸을 가진 스님이구나. 처음 그렇게 생각했었다.

그런데 문득 그가 이쪽을 돌아보다가 소스라쳐 고개를 돌리는 게 보였다. 순간, 박연은 하늘이 캄캄해짐을 느꼈다. 그 얼굴……. 비록 숱한 세월의 손길에 의해 모래 인간처럼 흐릿해지긴 했어도 어이 그 자태를 몰라보랴. 그 이목구비를 놓치랴. 그리도 상사불견相思不見 심정에 그리던 그 사람을.

초림은 박연이 자신을 알아보았다는 사실을 눈치 챈 듯했다. 그녀는 심상한 척 두어 번 더 돌더니 잽싸게 대열을 빠져나와 불당 뒤켠으로 달아나기 시작했다. 박연 또한 지금 상황을 모두 잊고 부리나케 그녀를 뒤쫓았다. 아무래도 여자 걸음은 남자보다 더뎠다. 더욱이 죽을힘을 다해 추적하는 사람에게서 벗어날 수는 없었다. 박연은 그녀의 어깨를 낚아채듯 잡았다. 순간, 그녀는 멈칫 그 자리에 돌부처같이 굳어 버렸다. 두 사람은 서로의 그림자처럼 마주 섰다. 숱한 세월이 뒷걸음질쳐 오고 있다. 불당 저쪽에서 여러 소리가 들려왔지만 지금 그곳은 진공 속 같았다. 동백나무 한 그루가 증인처럼 그들을 지켜보고 있었다.

"초림 아가씨!"

"연이 도련님!"

그게 전부였다. 이내 울음이 터져 나왔다. 두 늙은 남녀의 눈에서는 쉴 새 없이 눈물이 흘러나왔다. 버들내 물이었다. 옥계폭포수였다.

"대자대비하신 부처님께서 이 죄 많은 중생의 마지막 소원을 들어주셨나 봅니다."

이윽고 초림이 처음 꺼낸 소리였다. 그녀는 오랜 수도 생활 때문인지 박연보다 더 빨리 항심恒心으로 돌아가는 것 같았다.

"내가 너무 경솔하였소. 나를 용서해 주시오."

박연은 오랫동안 가슴에 묻어 두었던 말을 했다. 비로소 그동안 꼭꼭 맺혔던 덩어리가 내려가는 듯했다. 생각하면 그 한마디를 전하기 위해 얼마나 애타게 기다려 온 세월이었던가.

"아닙니다. 오히려 빈도가 용서를 빌어야지요."

초림이 눈물 그렁그렁한 얼굴로 웃었다. 비록 늙은 얼굴이지만 웃음만은 예전처럼 맑고 고왔다. 박연의 입가에도 엷은 미소가 번져 났다.

"이제 죽어도 여한이 없을 것이오."

초림이 급기야 눈물방울을 떨구었다.

"우리 저세상에서 다시 태어나 이승에서 못다 한 사랑이 이루어질 수 있길 부처님 전에 빌고 또 빌면서 살아갈 것입니다."

"아, 초림!"

문득 불당 쪽에서 염불 소리가 커지기 시작했다. 두 사람은 두 손 모아 합장한 채 언제까지고 움직일 줄 몰랐다. 동백나무 이파리만 바람에 소리 없이 흔들렸다.

박연이 세종에게서 막연히 느끼던 불길한 그림자가 현실로 드리워지고 만 것은 1450년(세종 32)이 되는 해 정월이었다. 아직 한창 나이인 왕이 그만 병환으로 덜컥 자리에 몸져눕고 만

것이다. 상태는 위중하다 했다. 그 소식을 들은 박연의 머리에 지난해 12월 왕이 승정원에 이르시던 말이 떠올랐다.

"이제 새로운 음악이 비록 아악에 쓰이지는 못하지만, 그러나 조종의 공덕을 형용하였으니 폐할 수 없는 것이다. 의정부와 관습도감에서 함께 이를 관찰하여 그 가부를 말하면, 짐이 마땅히 손익하겠노라."

그때 박연은 머리털이 쭈뼛 곤두서는 느낌을 받았었다.

'아, 전하께옵서는 어느 음악인보다도 음률에 대해 깊이 깨닫고 계시는구나!'

신악의 절주는 모두 임금이 제정하였는데, 막대기를 짚고 땅을 치는 것으로 음절을 삼아 하루저녁에 제정하여 대신들은 입을 다물지 못했다. 그러나 결국 이런 망극한 일을 가져올 조짐이었을까. 그즈음 갈수록 용안이 상해 가고 있었던 것은.

어명이 떨어졌다. 박연은 급히 입궐했다. 그 길로 응교 김예몽, 수찬 유성원 등과 내약방內藥房에서 이레 동안이나 거의 끼니도 거른 채 열심히 방서方書를 뒤적였다. 일흔세 살이란 노구를 이끌고 오로지 임금을 살릴 처방을 찾기 위해 애쓰는 모습은 보는 이들로 하여금 절로 눈시울을 적시게 했다.

김예몽도 박연 못지않게 노력했다. 성품이 온아 청렴하고 학문을 좋아하며 사부詞賦에도 능한 그는 통신사의 서장관이 되어 일본에 다녀오기도 했다. 의방유취 편찬에 참여한 유성원은 평소 세종의 총애를 받던 터라 때때로 오열했다. 그는 불우한 삶을 마감했다. 수양대군의 협박에 정난공신을 녹훈하

는 교서를 썼으나 그 뒤 성삼문 등과 단종의 복위를 모의하다
가 탄로되자 자결했던 것이다.

이런 사람들의 도움에 힘입어 마침내 박연은 기사회생할 놀
라운 처방을 찾아냈다. 궁중의 모든 시의侍醫들이 환호했다.
그러나……. 때는 늦었다. 피폐해질 대로 피폐해진 옥체는 이
미 병마가 완전히 깃발을 꽂아 버린 터라 죽 한 모금 목을 넘
어갈 수 없었다. 결국 그 약을 제대로 써 보지도 못한 채…….

그토록 총명하고 학문과 예술을 사랑하던 어진 왕, 세종은
모든 신하들의 지극 정성 염원에도 불구하고 영원히 눈을 감
고 말았다. 박연은 하늘을 우러러 통탄했다.

'하늘이시여! 미흡하기 그지없는 제가 온 힘을 쏟아 아악 정
비에 평생을 바칠 수 있었던 것은 세종이라는 영명하신 임금
이 계셨기 때문이옵니다. 어찌 귀먹고 눈멀어 아무짝에도 쓸
모없는 이 늙은이부터 거두지 아니하시고, 아직 이 나라 종묘
사직과 억만창생을 위해 하실 일이 한강 모래알보다 많으신
성상을 먼저 불러들이시나이까?'

세종 무덤에는 이런 긴 묘호가 새겨졌다.

'세종장헌영문예무인성명효대왕世宗莊憲英文叡武仁聖明孝'

박연은 그 뜻을 골백번도 더 마음에 새기며 세종을 추모해
마지않았다.

'학문에 영특하시고 병법엔 슬기로우시며 인자하시고 뛰어
나시며 명철하시고 효성스러우신 세종대왕이시여.'

4년 전 먼저 이승을 하직하여 헌릉에 장사하였던 소헌왕후

도 세종의 능인 영릉으로 이장되었다. 박연은 지난 1432년(세종 14) 당시 일이 떠올랐다. 공비恭妃라고 일컬어지던 소헌왕후를 놓고, 중궁中宮에게 미칭美稱을 올리는 것은 옛날에 없었던 일이라 하여 왕비로 개봉할 때도, 얼굴 한 번 붉히지 아니하고 망극해하는 시녀들을 조용히 타이르던 후덕한 국모였었다.

하지만 항간의 여염집 규수보다 불우한 여인이었다. 그때 그 사건만 떠올리면 박연은 아직도 몸이 떨렸다. 소헌왕후의 아버지 심온은 세종이 즉위한 후 영의정에 올라 사은사로 명나라에서 귀환하던 중, 아우 심정이 군국대사를 상왕이 처리한다고 불평한 일로 대역의 옥사가 일어나 그 수괴로 지목, 수원으로 폄출貶黜되어 사사賜死되었던 것이다. 그 일로 폐비의 논의가 있었으나 천만다행으로 내조의 공이 인정되어 일축되었으니 회상할수록 망극하고 두려운 궁중 여인네의 역사였다.

세종의 붕어는 박연의 몸과 마음에 엄청난 독소로 작용했다. 그는 꽃 피는 낮, 달 뜨는 밤을 눈물과 한숨으로 보냈다. 세상에는 심상치 않은 흑풍이 휘몰아치고 있었다. 문종 또한 단명하고 다음에 등극한 어린 단종과 그의 숙부인 수양대군을 둘러싼 온갖 풍문들이 망나니의 칼처럼 시퍼런 날을 세우고 떠돌았다. 그러더니 끝내 조카를 몰아내고 세조가 왕위를 찬탈했다. 그런 감사납고 뜨거운 태풍의 눈 속에 막내아들 계우가 속절없이 서 있을 줄이야.

"아버지! 어머니! 계, 계우가……."

"크, 큰일나, 났습니다."

맹우와 중우가 거의 동시에 대문을 박차고 뛰어들었다. 하인들이 소스라쳐 뒤로 비켜났다. 늙은 감나무 밑에서 졸고 있던 태산이가 주인도 몰라보고 컹컹 짖었다.

"무슨 일인데 이리들 소란이냐? 점잖지 못하게……."

방문이 열리고 박연의 초췌한 얼굴이 드러났다. 등뒤로 부인 송 씨의 놀란 모습도 띄었다. 부부가 다 같이 폭삭 늙어 버린 몰골이었다. 맹우가 대청마루에 엎어지며 울음부터 터트렸다.

"흐윽. 계우가 부, 붙잡혀 가, 갔다고 합니다."

중우도 함께 꼬꾸라지며 울부짖었다.

"가, 같이 거사한 치, 친구들과 모조리……. 이 일을 어, 어떻게 하면 좋겠습니까? 흐……."

박연의 까칠한 입술 사이로 신음 같은 소리가 흘러나왔다.

"기어코 우려하던 일이 터지고 말았구나!"

"아, 계, 계우…야. 네, 네가, 정령… 이 어미는 어, 어떡하라고……?"

끝내 송 씨는 까무러치고 말았다. 박연은 어린 사슴처럼 몸을 떨며 똑똑히 보았다. 목젖을 겨누고 서서히 다가오는 무서운 칼날을. 빠져나가지 못할 덫을. 살얼음을 디딘 듯 숨조차 제대로 쉬지 못하고 있던 박연의 집에 저승사자가 들이닥쳤다.

"대역 죄인들은 냉큼 나와 포승을 받아라!"

박연과 송 씨 그리고 맹우와 중우는 모든 걸 포기한 듯 가만히 눈을 감았다. 계우가 박팽년 등 소위 사육신에 관여한 죄로 붙들려 가 모진 형벌을 당하며 죽임을 당하게 된 판이니 이 집 안 앞날은 불 보듯 한 일이었다. 그런데 뜻밖에도 박연에겐 삼조三朝, 곧 태종·세종·문종의 원로였다는 점을 감안하여 목숨만은 살려 주고 파직한다는 어명이 떨어졌다.

"부인, 이제 내게 남은 일은 오직 낙향하는 일밖에 없소. 부인도 이곳이 대강 정리되면 나를 뒤따라오시오. 아무래도 내가 먼저 한양을 떠나야 될 것 같소. 내가 여기 있으면 무고한 괜한 사람들이 더 다칠지도 모르겠기에 하는 말이오."

아들을 잃은 송 씨는 간간이 헛소리를 하다가 또 갑자기 눈물을 뚝뚝 떨구었다. 마당가 난초가 자라고 있는 곳에서 구슬픈 풀벌레 소리가 처량한 피리소리처럼 들려왔다. 박연은 귀를 틀어막고 싶었다. 그것은 계우의 흐느낌 같았다. 마지막으로 집안을 둘러보는 박연의 노안에 버들내의 물안개 같은 뿌연 기운이 한없이 서려 있었다. 태산이란 놈이 해를 보고 으르렁거리고, 달을 보고도 카르릉대었다. 터럭은 빠진 채 눈알에 벌건 핏발이 서고 입가에 허연 침을 흘렀다. 그런 개 옆에서 난초를 내려다보며 박연은 혼자 중얼거렸다.

"아, 그래도 변하지 않는 것이 너 난이로구나!"

그랬다. 난초는 여전했다. 차라리 무심해 보이는 듯한 그 자태가 좋았다. 박연의 손에는 어느새 피리가 들려 있었다. 난 잎에 미끄러지듯 흐르는 피리소리는 이제 세상 만사 그만 잊어라 잊어라 타이르는 것 같았다.

"대감! 태어나실 때 피리소리를 내셨다는 대감이 아닙니까. 그러니 피리 하나 간직하실 수 있으면 됐지 더 무엇을 바라시겠습니까. 그리고 우리 곧 옥황상제께 불려 갈 나이이니 계우도 머지않아 다시 만나게 되겠지요."

문득 뒤에서 들려오는 송 씨의 음성은 노파답지 않게 청아했다. 박연은 잠자코 입에서 피리를 거두었다. 그리고 감나무 가지 사이로 하늘을 올려다보며 말했다.

"그렇구려, 부인. 내가 하늘 보기 부끄럽게 허욕을 부리고 있었소이다. 허허허."

그날이 왔다. 야인 차림의 박연은 필마에 하인 을쇠 하나만을 대동한 초라하고 쓸쓸한 행장으로 집을 나섰다. 그가 타고 갈 거룻배는 버들내에 떠서 흐르는 작은 감잎처럼 흔들거렸다. 친한 벗들이 한강 위에서 눈물을 뿌리며 전별하였다. 박연은 보았다. 그들 속에 이미 고인이 된 고불 맹사성도 섞여 있는 것을. 그리고 또 보았다. 정양·남급·황희·허조·정초·신상·권진·김자려·이반·김예몽·유성원……. 그리고 또 띄었다. 김순재와 초림 부녀, 예랑.

박연은 눈을 들어 멀리 고향 영동 방향을 바라보았다. 시골 글방에서 학동들에게 저 천둥벌거숭이를 가르치고 있을 벗 한수와, 만나기만 하면 피리를 불어 달라고 달라붙던 미치광이 사내가, 동구 밖까지 마중 나와 서서 어서 오라고, 왜 이제야 오느냐고, 큰소리로 말하며 손짓하고 있는 모습이 보였다.

박연의 주름 잡힌 입 언저리에 보일락 말락 희미한 미소가 감돌았다. 유난히 큰 그의 귀에 사람들의 음성이 아름답고 슬픈 음악 소리처럼 들려왔다.

"난계! 부디 잘 가시구려. 그래도 난계는 절대 외롭지 않을 것이외다. 난계에게는 피리가 있으니까 말이오."

"그렇습니다. 백삼십여 명으로 된 찬란한 관현악을 선사하시고, 지대한 음악 유산을 길이길이 후세에 남기신 난계의 위업은, 해와 달같이 영원토록 이 나라 온 산하에 남아 대감의 피리소리처럼 울려 퍼질 것입니다."

"난계, 결코 쓸쓸한 낙향이라고 생각지 마십시오. 그동안 너무 힘든 일을 많이 하셨으니 이제부터는 편안한 여생을 보내시라는 하늘의 깊은 뜻인 줄 아시고……."

그때 평소 박연을 친할아버지처럼 따르던 하얀 피부의 잘생긴 김이라는 젊은 악공이 큰절을 올리며 청했다.

"대감마님께 소생 감히 청하옵니다. 마지막으로 대감마님의 피리소리를 듣고 싶사옵니다. 그 소리를 제 가슴 깊은 곳에 꼭꼭 쟁여 두었다가 대감마님이 생각날 때마다 꺼내 들어 볼까 합니다."

전송 나온 사람들이 여러 말을 해도 그저 잔잔한 미소로 응하던 박연이 그 말을 듣고 처음으로 무거운 입을 열었다.

"내 그리함세."

박연은 을쇠가 허리에 매고 있는 폭이 좁고 긴 전대에서 피리를 꺼내게 하여 세 번을 불었다. 그가 처음 이 세상에 태어

나는 날 사람들이 들었다는 그 피리소리 같았다. 그의 피리 부
는 모습은 인간사 모두 잊은 듯 평화로워 보였다. 물결도 문득
잔잔해지면서 허연 귀밑머리도 더 이상 날리지 않았다. 그런
속에 숱한 사연을 실은 피리소리만 뒤엉킨 비단실이 풀리듯
서서히 퍼져 나갔다.

"삘리리― 삘리리― 삘리리―."

그러자 급기야 모든 이들이 배 바닥에 쓰러지고 엎어지며 통
곡하기 시작했다.

"난계 대감!"

"아아, 저 소리……."

"이제 언제 또다시 난계의 저 아름다운 피리소리를 들을 수
있을꼬!"

전송하는 이들의 애달픈 탄식 소리는 뱃전에 부딪혀 가뭇없
이 사라져 갔다. 그들은 눈물 젖은 눈으로 저만큼 강 위에서
발견하였다. 박연이 창안한 악복을 입은 악인들이 박연이 제
작한 악기를 들고 박연이 정비한 문묘제례악을 연주하고 있
는 광경을…….

이윽고 남을 자들은 하선하고 눈시울 붉어진 늙은 사공이 이
마의 흰 수건을 질끈 동여맨 후 손바닥에 침을 퉤 뱉고서 노를
젓기 시작했다. 머리 위를 맴돌던 하얀 물새 떼가 배를 따라
날며 끼룩 끼루룩 울었다. 풀빛 푸른 강 언덕도 배가 떨어져
나갈 때 이별을 서러워하는 듯 눈물방울 같은 물거품을 높게
일으켰다.

거룻배는 순식간에 뭍으로부터 멀어졌다. 강가에 서 있는 사람들이 금방 조그맣게 보였다. 을쇠는 왼쪽 눈 밑에 박힌 점을 오른손등으로 쥐어박듯이 문지르며 꺼이꺼이 소리 내어 울었다. 그러나 박연은 난초같이 의연한 자태를 조금도 흐트리지 않고 천천히 붉은 입술에서 피리를 뗴었다. 그러고는 긴 여운을 끌며 사라지는 피리소리 같은 나직한 목소리로 말했다.

"을쇠야! 어차피 인간은 누구나 한 번 왔다가 한 번 가게 되는 것이니라. 우리 이제 모든 것 저 강물에 던져 버리고 훌훌 길 떠나자꾸나. 버들내 흐르고 월이산 솟고 옥계폭포 쏟아지는 내 고향 영동 땅으로. 내 거기 가서 난초와 산토끼와 너구리와 청설모와 새와 더불어 피리를 불며 학처럼 영원히……."

작가 후기

일본 동경대학에서 한일역사교육학을 강의하다 몇 해 전 타계한 대규 건大槻 健 교수 집안에 3대째 전수되어 온 일본 대금大笒 척팔尺八이, 난계蘭溪 박연朴堧 후손인 한국의 고등학교 역사 교사에게 물려진 일은, 참으로 불가사의하고 극적인 한 편의 드라마가 아닐 수 없다.

사건의 주인공인 박 선생의 전원주택의 햇살 좋은 남향 방에서 일본제 소쿠리에 담긴 그 유품遺品을 보는 순간, 등골을 파고드는 전율은 6백여 년 전으로 거슬러 올라가 천둥 벼락 같은 힘으로 내 몸뚱어리를 내리쳤다. 나는 멍한 정신 상태 속에서도 하나의 강한 의문에 사로잡히고 말았다.

도대체 그 일본인 역사학 교수와 한국인 역사 교사 사이에는 어떤 연줄이 닿아 있다는 말일까? 세종 당시 일본(왜)이 조선을 종주국으로 모셔 조공朝貢을 바쳤다는 기록이 남아 있는데 그것과 무슨 상관이라도?

나는 연습용 1개와 연주용 2개로 된 그 척팔을 찬찬히 살펴보기 시작했다. 박 선생은 그게 한국의 산조대금散調大笒보다는 20센티미터 정도 짧고 굵기는 비슷하며 모양이나 연주 형식은 우리 단소短簫와 흡사하다고 말했다. 또, 건 교수가 척팔 연주를 처음 배울 때의 악보와 평소 즐겨 본 악보들, 곡명을 새긴 열 개의 녹음 테이프도 보여 주며, 솔직히 유품 주인과 상속인인 자신은 일 년에 한 번씩 만나 의례적인 인사만 나눴을 뿐인데, 어떻게 자기를 지목했는지 수수께끼라고 덧붙였다.

내 마음속에서는 앞뒤 순서 없이 이런 여러 가지 소리가 복권 당첨 기구 속 색색의 공들처럼 마구 뒤섞여 돌아가고 있었다.

'박 선생님은 신라 경명왕의 맏아들 밀성대군密城大君을 시조로 하는 박연과 같은 밀양 박씨지요? 한일역사교육교류회 한국 교사 일원으로 계속 참석하시지요? 피리와 분명히 남다른 인연이 있지요?'

그러자 박 선생이 인도 여행에서 겪었다던 일화―열차 사고로 일곱 시간을 황량한 들판에 정차하여 언제 강도 떼가 출몰할지 모르는 위급하고 막막한 공기가 감도는데 박 선생이 대금을 꺼내 아리랑을 비롯해 몇 곡조를 불었더니 여행객들이 눈물을 흘리고 조국의 향수에 젖고 하여튼 낯선 땅 캄캄한 절망과 공포의 순간에 안방처럼 평온한 시간을 보냈다는— 가, 기구 밖으로 튀어나오는 공처럼 기억의 바닥을 뚫고 솟구쳤다.

각설, 미망인이 남편 유언에 따라 척팔을 한국인 박 선생에게 주게 된 놀라운 일을 상술하자면 중편소설 한 편 분량으로도 모자랄 판인데, 한정된 지면을 통해 핵심을 얘기하자면, 그렇게 소중한 척팔을 보관하여 잘 전수시킬 사람은 같은 일본인이 아니라 피리의 원조元祖인 한국인, 그중에도 한일역사교육에 관심이 높고 대금을 잘 부는 박 선생이 적격이라는 판단을 내렸다는 것이다.

예의 척팔이 대한해협을 건너게 됐다는 사실을 알고, 일본 NHK에서 촬영을 하고(잘 알려지지 않아서인지 한국 언론은 침묵했다), 일본인 교수 친척을 비롯한 많은 일본인들이 못내 아쉬워했지만, 그럼에도 불구하고 척팔이 이 나라 땅, 그것도 박연의 후손 집에 와서, 당신의 곳간을 열려는 필자가 만져 볼 수 있게 한 신비의 열쇠는 역사의 어느 길모퉁이에 떨어져 있을는지. 그것을 찾아내기까지 나는 꽤나 허리통에 시달려야 할 것 같다.

난계 박연. 나는 감히 그를 '멀티플레이어'라고 말한다. 15세기에 이미 21세기가 요구하는 멀티플레이형型 인재…….

어린 그가 피리를 불면 날아가는 새가 머물고 산토끼와 너구리가 와서 춤을 추고 나무와 꽃이 숨죽였고, 시묘살이 때는 호랑이가 부모 묘지를 함께 지켰다는 전설이 있을 만큼 효성이 극진했으며, 진사 급제한 문신 신분으로 태종에게서 학덕을 인정받아 훗날 세종이 된 충녕대군을 가르친 세자시강원 문학에다 관습도감 제조, 예문관 대제학까지 역임한, 그리도 멀티탤런트한 21세기 사나이가 6백여 년 전에도 실존했다는 사실이 믿어지지 않는다.

그러나 인간 박연이 겪어야만 했던 숱한 고뇌와 아픔 또한 적지 않았다. 한때는 세종과 대신들과의 견해 차이로 큰 고통에 시달렸고, 오늘날 어떤 학자로부터는 지나치게 중국(명나라) 음악에 심취한 사대주의자라는 혹평을 받고도 있으니, 그렇게 된 연유와 실상 그리고 얽히고설킨 갈등을 풀어내기까지의 과정도 소설적 상상력을 동원해 정당한 값매김이 가능한 역사관을 느끼게 재구성해 볼 계획이다.

막내아들 계우가 단종 복위 거사에 관여하여 비명에 가고 그 자신 파직되어 말 한 필과 하인 하나만을 대동한 초라한 행장으로 시골 영동으로 낙향한 불우한 음악 귀재로, 한 많은 말년을 살기도 했던 그의 등뒤에서 눈물짓는 나를 발견하고 탄식한다. 그가 마지막 부는 피리소리를 듣고 울지 않는 이가 없었다고 하니 대체 그 솜씨가 어떠했을꼬.

아악의 부흥이 가능케 했던, 음악에 관한 중국(명나라) 서적을 읽을 수 있는 학문적 실력이며, 악공의 복식을 연구하여 새로 제작한 의상 디자이너로서의 뛰어난 창의성, 무더운 여름날 다른 악기 제작자들이 모두 달아나 버린 뜨거운 불가마 앞에서 혼자 편경 등의 악기를 만들던 예술혼을 찾아 길 떠날 채비는 다 끝났다. 그가 수백 년 낀 청태를 벗겨 낸 실체로 현대를 살아가는 한민족 앞에 나타나고, 그리하여 악기도감 기술자들에게 말했던 '백년을 살지 못하는 우리네 인생이 천년을 살 수 있는 방법'을 얻을 일만 남았다.

특히 그가 정리한 아악은 중국에서도 복원하지 못했던 원리를 관련 문헌들을 연구하여 새롭게 정비한 것으로, 현재 한국이 동양 최고最古의 음악을 연주할 수 있게 한 힘의 배경이 되기도 했다니, 과연 그 에너지는 무엇이고 얼마만한 파괴력을 지녔을까? 유학자와 예술인이라는, 어찌 보면 도무지 어울리지 않고 불가능할 것 같은 두 개의 경력을 지녔다는 사실만으로도, 난계는 이 시대 작가라면 누구나 넘치도록 욕심을 낼 만한 인물이다.

동양 최초의 유량악보有量樂譜인 정간보井間譜는 박연한테 배웠던 세종이 장성하여 만든 것이고, 그때까지 전승되어 오던 고려 향악의 악보화는 물론, 세조 대의 오음약보 창안, 성종 대의 악학궤범 편찬 등이 모두 박연의 연구 업적에서 출발했고, 그 후 이어지는 삭대엽·영산회상 등 향악곡의 기초가 되기도 했으니, 어린 소년 시절 피리 하나로 음악에의 불꽃을 피웠던 박연이 최고의 악성樂聖으로 동시대를 살다간 서양의 어떤 음악인보다 우뚝 설 수 있었던 비밀은 무엇인가. 아무래도 내 마음 탐색기를 오랫동안 돌려야 할밖에.

　당시 음악 문화 정비 사업은 한국 역사상 전무후무한 대 사건이며 외국 음악학자들조차 세종의 15세기를 '한국의 르네상스'라 부르도록 만든 박연, 그에 어금지금한 난계 박연 상像을 생생히 그리기 위해 당분간은 세상 문 닫고 모든 소리들을 귀 밖으로 흘려 버려야 할 것 같다.

　애오라지 단 하나, 시내[溪] 가에 자라난 난蘭 이파리에 미끄러지듯 흐르는 피리소리만은 예외로 하고서 .

저자 김동민

백연

눈으로 읽는 난계 박연

대금

대나무관에 취구(입김을 불어넣는 구멍)가 한 개, 청공(얇은 갈대속막을 붙이는 구멍)이 한 개, 지공(손가락으로 막고 여는 구멍)이 여섯 개 있으며, 지공 아래에는 음높이를 조절하기 위한 여러 개의 칠성공이 있다. 장중하면서도 맑은 소리를 내고, 또한 갈대청을 울려 장쾌한 소리를 내는 등 다양한 음빛깔을 구사한다.

중금

현재 전하는 중금은 『악학궤범』이 편찬되던 당시의 원형을 유지하고 있다.

소금

『악학궤범』에 의하면 '대금, 중금, 소금은 악기 몸통의 크고 작은 차이에 따라 음높이가 달라지지만 그 음역과 운지법은 같다'고 하였다.

편종

열여섯 개의 종을 두 단으로 된 나무틀에 매달아 놓고 쇠뿔로 된 망치로 친다. 소리가 웅장하여 사자의 포효하는 소리에 비유된다. 고려 예종 11년(1116) 중국 송나라에서 들어와 궁중의 의식 음악에 사용되었고, 조선 세종 11년(1429)에는 주종소(鑄鐘所)에서 새 종을 만들어 주로 아악에 사용하였다.

편경

'ㄱ자' 모양의 돌 열여섯 개를 두 단으로 된 나무틀에 매달아 놓고 친다. 소리가 청아하여 흰기러기의 울음소리에 비유된다. 연주할 때는 각퇴로 긴 쪽의 끝부분 위쪽을 치며, 현재는 한 손만 사용하나 예전에는 두 손을 사용하기도 하였다. 돌로 만들기 때문에 쇠붙이보다도 기온의 변화나 습도에 민감하지 않아 모든 악기 조율의 기준이 되어 왔다. 현재는 문묘제례악 · 종묘제례악과 낙양춘 · 보허자 등 당악계 악곡의 연주에 쓰인다.

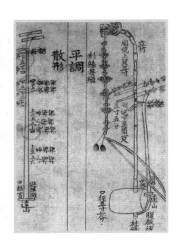

해금

성종 이전에는 해금을 연주할 때 줄을 잡아당기지 않고 가볍게 짚되 음정의 거리에 따라 넓게도 짚고 좁게도 짚었으나 조선 중기 이후로는 경안법에서 역안법으로 연주법이 변화하였다. 이것은 『악학궤범』에 실린 해금이다.

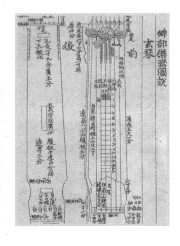

거문고

술대로 줄을 치거나 떠서 연주하는 악기는 거문고뿐이다. 거문고라는 악기 이름은 고구려라는 나라의 이름을 뜻하는 '감' 또는 '검'과 고대 현악기의 통칭으로 생각되는 '고'의 합성어로 '감고' 또는 '검고'가 '거문고'로 변형된 것이다. 이것은 『악학궤범』에 실린 거문고이다.

우물 정(井) 자 모양으로 간(間)을 질러 놓고 거기에 율명(律名)을 적어 놓는 악보

정간보 井間譜

세종대왕이 창안(創案)한 동양 최초의 유량악보(有量樂譜)로서 현재 서양의
오선보(五線譜)와 함께 가장 발전한 형태의 악보임. 간(間)은 음의 길이, 율명
(律名)은 음의 높이를 나타내며 한 장단의 박자수에 따라 6간, 10간, 12간, 16
간, 20간으로 나뉘어 쓰인다.

조선 전기의 문신이자 학자이며 음악가인
박연(1378~1458)의 유고집

난계유고蘭溪遺稿

활자본으로 1권 1책이다. 초간본은 1822년(순조 22)에 박연의 16대 손인 박
경하가 펴냈으며, 발문은 김조순과 김노경이 썼다.

내용은 시·소·잡저이고 부록으로 시장(경상 또는 유학이 정통하고 언행이
바른 선비들의 시호를 정할 경우 의논하여 임금에게 아뢸 때, 그 사람의 평생
의 행적을 적은 글)·신도비명(임금이나 직위가 높은 관리의 무덤 앞 또는
무덤으로 가는 길목에 세워, 죽은 사람의 사적을 기리는 비석에 새긴 글) 등
이 실려 있다. 이 가운데 39편의 상소문은 거의가 악기·음률·악제 등 음악
에 대한 것들로 『세종실록』에서 뽑아낸 것으로 보인다.

중간본은 1903년(광무 7)에 후손인 박심학이 수집하여 편찬하였다. 여기에
는 초간본의 발문과 함께 김학진과 송태헌의 발문이 실려 있으며, 발문 이외
의 내용은 초간본과 같다. 조선 전기 세종 때의 음악사 연구에 중요한 자료
이다. 또한, 예절 연구에도 훌륭한 자료가 된다.

＊규장각 도서, 국립중앙도서관 등에 있다.

왕지王旨

戉均生員朴然爲人(성균생원박연위인)
進士第一人出身者(진사제일인출신자)
永樂九年四月 日(영악구년사월 일)

영악 구년: 서기 1410년, 태종 11년 명조(明朝)

이 왕지(王旨)는 문헌공(文獻公) 난계(蘭溪) 휘(諱) 연(埂) 〈초휘(初諱)는 연
(然)〉의 18세손(十八世孫) 박희종(朴喜宗) 〈김천시(金泉市) 아포(牙浦)〉 가
문(家門)에서 전수(傳受)해 오다 서기(西紀) 2004년(年) 3월(月) 7일(日) 부
(附) 난계박물관(蘭溪博物館)에 소장(所蔣) 의뢰(依賴)함.

난계의 재미있는 일화

난계 박연 (1378~1458)

28세가 된 박연은 한양으로 올라가 생원을 뽑는 과거를 보아 당당히 급제하였다. 때는 조선 태종 5년, 즉 1405년이었다. '내 피리 실력을 한 번 시험해 보아야지!' 박연은 전악서를 찾아갔다. 거기에는 유명한 음악가들이 모여 악기의 연주와 음악 이론을 연구하고 있었다.

"영동 땅에 사는 박연이 피리나 한 곡 불어 보고 싶어서 찾아왔습니다."
이 말을 들은 악공들은 웃음을 터뜨렸다. '영동 땅에 사는 박연' 하면, 피리의 명수로 그 지방에서는 꽤 알려져 있었지만 악공들은 박연을 보자마자 비웃었다.

"어서 한양 땅에서 한 곡조 불어 보시구려."
어느 악공이 피리를 갖다 주자, 또 한 번 전악서에 웃음이 폭발했다. 박연은 고향에서 제일 자신 있게 불었던 곡조를 뽑았지만 악공들은 발을 굴러 대며 웃었다.

"아니, 왜들 그러십니까?"
"피리도 음악이오. 음악은 일정한 가락이 있고, 그 가락 속에 신비스런 맛이 곁들어져야 하오. 그대가 분 피리는 시골에서 멋대로 불어 젖히는 속된 소리요."
"우물 안 개구리였군요! 저도 〈율려신서〉를 읽고, 음률 공부도 하며 피리를 불었으나 음악에는 미치지 못했나 봅니다."
박연은 악공에게 자기가 분 곡을 한 번 불어 보라고 하였다. 악공이 부는 피리소리는 과연 달랐다.

난계 생가

• 위치 : 충북 영동군 심천면 고당리 308
• 규모 : 건물 2동(안채, 사랑채, 토석담장 등)

난계 박연 선생은 고려 우왕 4년인 1378년 8월 20일 이곳에서 출생. 태종 5년(1405)인 28세에 생원이 되었고, 34세(1411)에 문과에 급제하여 집현전 교리, 관습도관 제조, 악학별좌, 대제학 등을 역임한 후 세조 2년(1456)에 삼남 계우가 단종 복위 사건에 연루되어 화를 당할 뻔하였으나, 세 임금에 봉직한 공으로 화를 면하고 관직에서 물러나 이곳으로 돌아와 살다가 세조 4년(1458) 3월 23일 81세를 일기로 타계하였다. 선생의 업적을 기리기 위해 2000년 5월 안채(11.8평), 사랑채(6.6평)를 학술 용역을 근거로 복원하였다. 생가의 구조는 정면 3칸 측면은 전후퇴가 있는 겹집에, 전면퇴에는 우물마루를 설치하고, 한켠에는 부엌과 곡식 창고를 부설한 고미반자에, 우진각의 기와지붕으로 되어 있으며, 부속채는 1동으로 외양간, 광과 방 1칸인 초가지붕으로 되어 있다.

난계 사당

• 위치 : 충북 영동군 심천면 고당리 515

지방기념물 제8호인 '난계 사당'은 난계 박연 선생을 추모하기 위해 1973년에 건립하였다. 난계라는 호는 그의 정원에 난초가 많았기 때문에 붙여진 것이라고 한다. 난계는 석경·편경 등의 아악기를 만들었으며 향악과 아악·당악의 악보·악기·악곡을 정리하고, 악서(樂書)를 편찬하였다. 난계 박연 선생은 충북 영동군 심천면 고당리에서 출생하여 조선 초 태종·세종 때에 궁중음악을 정비해, 국악의 기반을 구축하였고, 우리나라 3대 악성의 한 분으로 추앙받고 있다.

난계 사당과 그리 멀지 않은 곳엔 지방기념물 제75호 박연 선생의 묘소가 있고, 난계 사당 바로 옆엔 밀양 박씨 후손들이 난계 선생을 비롯 6위의 위패를 모신 세덕사가 자리잡고 있다. 경내엔 신도비와 쌍청루·어서각·묘선재각·삼효각 등이 있다. 또한 주변에는 호서루·옥계폭포가 있어 관광과 역사 기행을 겸할 수 있다.

난계국악당

- 위치 : 충북 영동군 영동읍 부용리 379
- 개관일 : 1987. 3.
- 부대시설 : 객석(528석), 무대(310㎡),
  영사ㆍ조명ㆍ음향실
- 대관안내 : 연중무휴
- 시간 : 09:00 ~ 22:00
- 금액 : 영동군 난계국악당 설치운영조례에 의한 사용료

영동의 문화 예술의 중심지라 할 수 있는 난계국악당은 국악을 바탕으로 모든 전통 문화 예술을 꽃피워 왔으며, 전국적인 국악 행사를 도맡아 해 오고 있어 가히 국악의 대명소로 손꼽을 만하다. 또한 난계국악당 왼편에는 향토 민속자료전시관, 오른편은 영동군민회관, 청소년수련관 등이 위치해 있어 이곳이 영동의 문화 예술의 중심지라고 말할 수 있겠다.

난계국악단

우리나라 3대 악성 중 한 분이신 난계 박연 선생의 업적과 예술적 혼을 계승 발전시키고 국악의 고장인 영동의 문화 사절로서 영동을 국내ㆍ외 널리 알리고 우리 음악을 전하기 위하여 1991년 5월 창단하였다.

난계국악단은 지난 1991년 10월 창단 연주회를 시작으로 광주비엔날레 연주, 전국국악관현악축제 연주, 강원국제관광엑스포 연주, 경주세계문화엑스포 연주 등 수많은 수준 높은 연주를 하였다. 특히 1999년 〈세계문화유산의 해〉를 맞이하여 문화관광부가 주최한 '세종대왕즉위식 재현 행사' 및 '종묘제례악' 연주를 우리 난계국악단이 상설 연주함으로써, 실력 있는 국악단으로 그 이름이 전국에 알려지는 성과를 얻기도 하였다. 또한, 유네스코 지정 문화재로 선정된 종묘에서의 제례악 상설 연주는 종묘의 문화재적 가치를 한층 높여 주었다.

영동 난계국악축제

난계예술제 개막식

1. 축제 개요

충청, 경상, 전라 3도의 접경지이면서 충청북도의 최남단에 위치한 영동은 금강 상류인 양강의 맑은 물과 소백준령이 맞닿아 있는 아름다운 고장으로 우리나라 3대 악성 중 한 분이신 난계 박연 선생이 태어난 곳이다.

난계 선생은 조선조 국악의 이론을 정립하고 현·관·타악기들을 제작·정비하였으며, 연주에도 오묘한 경지에 도달한 분이시다. 따라서, 위대한 악성이 태어나 묻혀 있는 향리 영동에서 매년 난계 국악축제를 개최하며, 우리 국악의 우수성을 확대 보급 및 승화 발전시키는 데 그 뜻을 가지고 있으며, 조상들로부터 물려받은 많은 문화유적과 관광자원을 간직하여 관광과 국악을 함께 보고 즐기는 축제의 성격을 지니고 있다.

특히, 관광객들이 참여할 수 있는 국악기 전시를 비롯한 다양한 체험교실을 운영하여 우리 국악을 이해하는 데 도움을 주며, 난계 뮤직페스티벌 등 국악의 다양한 장르에 매혹을 느낄 수 있도록 '우리의 소리를 찾아서' 라는 주제로 국악의 세계화와 선도적인 우수성 홍보에 그 목적을 두고 있다.

숭모제 일무

숭모제 제례악 연주

2. 행사 내용

- 행사명 : 국문 - 난계국악축제
  영문 - NANKYE Traditional Korean Music Festival
- 행사기간 : 매년 9월 말이나 10월 초(4일간)
- 행사장소 : 난계사, 난계국악당, 영동천둔치특설무대, 영동문화원, 군민운
  동장, 국악기제작촌, 영동대학교, 국악박물관, 난계 생가, 청소
  년수련관 등
- 행사내용 : 숭모행사, 국악관련행사, 공연행사, 관광객참여행사, 이벤트행
  사, 특별 코너 운영

*자료제공
• 난계국악박물관 http://www.kukaknangye.or.kr/
• 영동군청 http://yd21.go.kr/
• 난계기념사업회